Le merveilleux divorce
de Juliette B.

Sylvie Medvedowsky

Le merveilleux divorce de Juliette B.

Roman

Plon

ISBN 2-259-19766-3

À Alexandre, cet être merveilleux,
sans qui ce livre n'aurait jamais existé.

1

PENSÉES NOCTURNES

(J –10)

Sommeil : zéro Lexomil la nuit dernière, pas mal dormi quand même malgré réveil à 5 h 45. Rien cette nuit, c'est décidé.

Enfants : étrangement calmes depuis deux jours.

Banque : moins 6 000 euros (j'ose pas imaginer ce que ça aurait fait en francs avant 2002).

Oui, madame la juge. Non, madame la juge. C'est à dire que non, je n'y ai pas pensé tout de suite.

Vous savez ce que je voulais, madame la juge, c'était sauver notre mariage. Alors, d'abord, j'ai fermé les yeux, je me suis dit ça passera, c'est un mauvais moment. Ça a quand même duré quatre ans.

Non, pas terrible, ça, la fille qui ferme les yeux. Qui a la trouille, qui a peur de fâcher le mari. Pourquoi j'aurais eu peur ? Je dois au contraire faire la fille franche, qui a voulu des explications et qui a été baladée. En plus, c'est presque vrai. Et puis, il y a mes bébés. Il faut bien de l'argent pour les élever. Élisabeth dit que 500 euros par enfant c'est trop peu. Elle pense qu'il faut demander beaucoup plus. Non, pas demander, exiger elle dit. Paul a largement de quoi, ça je peux pas dire le contraire. Bien sûr qu'il peut, il est bien payé. Quand je pense que j'ai mis dix ans à savoir ce qu'il gagnait exactement. Vraiment, quel sournois, j'aurais jamais imaginé.

Donc s'il dit qu'il a pas les moyens quand on se retrouvera ensemble dans le cabinet de la juge pour la non-conciliation, alors là je lui rentre dedans, sûr. Ou je me lève et je fais une sortie théâtrale propre à attendrir la juge la plus endurcie. Bon, est-ce que c'est vraiment une bonne idée ? Peut-être pas. Il faudra que je demande à l'avocat, il saura. Ça lui plaira pas trop. Tant pis. Enfin sauf s'il veut vraiment pas, je l'écouterai. Peut-être. Reste à bien se préparer. N'oublie pas, tu es désespérée, elle me dit Élisabeth. Il t'abandonne lâchement, il fout en l'air votre couple. Elle est marrante Élisabeth. Notre couple. Chef-d'œuvre en péril. À restaurer. Dossier à transmettre en urgence à la Direction du Patrimoine. Tout ce qu'il m'a fait depuis quatre ans ! J'en pouvais plus.

J'arrête pas de me retourner dans le lit. J'en connais qui me traiteraient d'agitée ! Mais la nuit, je réfléchis à l'argumentaire pour la juge. Et la journée...

— Allô ? Pardon ? La note sur l'inventaire des pièces disparues au ministère de l'Éducation nationale ? Non, monsieur, pas encore eu le temps de m'en occuper. Allez, pas la peine de prendre de grands airs. Je sais ce que tu as derrière la tête. Eh bien non ! Heureusement qu'il est loin lui dans la hiérarchie et qu'entre nous il y a Robert, mon boss direct. Une crème, lui. Et pas obsédé.

Donc, la jouer cool avec cette juge. Il paraît qu'elle n'aime pas trop les femmes et qu'elle est pas spécialement généreuse côté pension. C'est ce que pense l'avocat. Profil bas. C'est son grand mot.

Ça y est, c'est reparti. J'arriverai pas à m'endormir.

Ne pas la ramener. Comme si c'était mon genre. Il est bizarre quelquefois celui-là. Pour une fois, ça va vous réussir, il a osé me dire. Pas trop de maquillage. Pas de bague qui brille. Sac à main banal, pas le dernier

Gucci. Il rêve ! Bref, le look passe-muraille. Se déguiser en femme ordinaire, quoi. Bon, s'il le faut. Et la couleur du string ?

J'aime pas les lundis. Celui-là était pas meilleur que les autres. Toute la journée, j'ai galéré. J'appelais, et personne. Plus exactement des grands travailleurs de la République en balade. M. Bignon, mon interlocuteur à la Ville de Paris ? En réunion. Pas à déranger. M. Bazaine à l'Élysée ? Lui, il déjeunait. Et puis en rendez-vous « extérieur » tout l'après-midi. Tout ça dit par la secrétaire avec le ton des collaboratrices-qu'il-faut-pas-embêter-pour-des-broutilles. Tu parles, le Bazaine qu'il se défonce devant son ordinateur. Il va enchaîner à l'extérieur après son méga-déjeuner, ça fait pas un pli. Trois, quatre rendez-vous à perdre son précieux temps. Sans repasser au bureau après 19 heures. Je lui transmets le message et il vous rappellera demain matin. Bien sûr ma cocotte. À la première heure. J'y compte. Merci de mon appel alors que tu me trouves gonflante je le sens. Tout ça parce que j'ai déjà appelé deux fois pour lui parler aujourd'hui. Mais il fallait bien. On a notre « Mission de contrôle annuel des meubles et décorations » prêtés à la résidence présidentielle à mettre au point tous les deux. Qui va s'en occuper si c'est pas moi ? L'état des prêts de tapisseries de la Manufacture des Gobelins à vérifier, c'est du boulot.

Concentre-toi, Juliette. Concentre-toi sur l'audience.

Donc, je commence à sentir le truc. Petite femme courageuse, toute gentille, qui fait face à la lâcheté du mari en fuite. Mais, attention, sans se plaindre. Non faut pas exagérer comme dit Élisabeth, ça j'arriverai pas ! Mais bon, montrer que la bonne foi est de mon côté. Lui, c'est le-vilain-qu'a-détruit-une-jolie-petite-famille-si-heureuse-jusque-là. Et puis l'écouter genre passionnée par ce qu'elle dit, ça l'avocat a beaucoup insisté. Pas faire la frivole non plus il dit, pas parler du train de vie, des petites mules Prada de temps en temps, des sacs Vuitton à Noël, de tout ça qui disparaît. Ça lui plairait pas du tout il pense.

Faut dire qu'elles sont bizarre ces juges. En tout cas celle-là. Du genre qui ne se marre pas tous les jours. Quand je lui ai dit à l'avocat, est-ce qu'elle va se rendre compte de la baisse de niveau de vie à laquelle j'ai à faire face, il a rien répondu. Fini les restos branchés, les petites virées à l'espace Lingerie du Bon Marché, les week-ends en Irlande, je vais être pauvre ! Eh bien, il a élevé la voix. J'ai presque cru qu'il allait se fâcher. Vous savez elle doit gagner 3 000 ou 4 000 euros quelque chose dans ce goût-là en fin de carrière et c'est pas le genre à sortir et à s'éclater. Alors si vous voulez pas passer pour une femme intéressée, laissez tomber tout ça, d'accord ? Oui bien sûr, maître, je comprends, j'ai répondu. Mais je comprends pas du tout en fait. Elle a jamais eu de sac un peu chic ? Jamais partie à l'étranger ? Jamais un cadeau de son petit mari ? Faut croire que non. Et j'ai pas aimé le mot : frivole. Ça veut dire quoi ? Bref, c'est vraiment bizarre un divorce. Faut faire gaffe à un tas de petits trucs auxquels j'aurais jamais pensé. Sans compter votre futur ex-mari qui risque de s'en servir contre vous, a ajouté l'avocat. Si on était en appel, il pourrait même vous faire suivre pour vous coincer.

Mince, mon portable. Qu'est-ce que j'ai fait de mon portable ? Fouille du sac à main, les poches du manteau. À quatre pattes sous le lit. Rien ! Perdu ? Reste la voiture. J'irai demain matin. Pas le courage de descendre en pleine nuit en pyjama au parking. Dangereux et question réputation, pas terrible.

Essaie de dormir, Juliette. Dors !

Je me demande quand même s'ils n'en font pas trop, tous. Après tout Paul a toujours été correct. Sauf question nanas, alors là non pas correct du tout. Sous ses airs d'ange, le parfait petit coureur. Dès qu'une pimbêche à la robe ras ce que je pense se pointait, alors là monsieur il avait pas ses yeux dans la poche. Plus elle était vulgaire, plus il aimait. Et sous mon nez. Il imaginait peut-être que je ne le voyais pas. Enfin pendant longtemps, j'ai fait comme si. Et puis un beau jour, j'ai craqué. Mais pour l'argent, cela dit, il ne comptait pas. Et c'est pas lui qui me reprocherait ces cadeaux : c'est lui qui voulait absolument les faire. Donc, rien à dire sur ce plan. D'ailleurs, moi je lui en veux pas spécialement. J'ai été obligée d'en arriver là. C'est pas par plaisir. Il le comprend. Quand on avait pris un verre il y a un mois pour préparer le rendez-vous avec les avocats il m'avait fait la bise. Charmant il était. Et il m'avait appelée « ma puce », comme avant. Oh ! tiens c'est toi, quelle coïncidence ! Alors tu divorces aussi ? Ben ça alors, moi pareil ! Ça m'avait fait tout drôle. Mais je sais bien comment il est embobineur. Faut me méfier. Il voulait même qu'on laisse tomber. Qu'on reparte sur des nouvelles bases comme il disait. Mais je les connais ses bases. Lui à l'extérieur, débordé, en voyage, père absent. Moi à la maison, au boulot, qui fais les courses. Mère parfaite. Paul aime les femmes qui travaillent. Il en a toujours voulu une. Surtout ne pas reproduire le schéma de sa mère. Femme de militaire, oisive jusqu'au bout des ongles. Sauf à la messe le dimanche. Et lorsqu'elle enseigne le catéchisme le mercredi. La parfaite bourgeoise provinciale. Mais côté cœur, la vraie teigne. Elle l'a pas arrangé notre couple.

Et comme par hasard, Paul a jamais supporté une vraie femme, une amante. Monsieur ne pouvait pas faire l'amour à la maison. Il préférait baiser à l'extérieur. Un jour, avec moi, il n'a plus pu du tout. Blocage. Séparation totale dans sa tête : la maman et la putain. Toujours les mêmes clichés. Navrant. Et les enfants, qui s'en occupe ? Les cours de dessin d'Élise, et ses cours particuliers de maths ? Le foot d'Arthur, les réprimandes des profs de l'École bretonne ? Moi, toujours. Et les vaccins contre la grippe ? Et le genou qu'il faudrait opérer ? Ras le bol. Fatiguée de tout assumer. Préfère encore être seule plutôt que de continuer à faire semblant. Semblant d'être là, semblant d'aller bien, semblant de dormir, semblant de faire semblant. Semblant de s'aimer.

Une première chose bien, et immédiate avec le divorce, c'est qu'on perd la surcharge pondérale acquise au fil des ans. Dans un *Madame Figaro* récent, j'ai lu plein de choses intéressantes. La seule chance de s'en sortir, d'après l'article, ce sont les études. « Plus elles — c'est nous les cobayes — ont un niveau d'éducation élevé, plus elles sont minces », raconte une docteur-e interviewée. Bon c'est peut-être ce qui m'a sauvé. J'y avais jamais pensé jusque-là. Pour une fois elles m'auront servi à quelque chose « mes études ».

La journaliste, une grande spécialiste on dirait, écrit : « Avant d'entreprendre le moindre régime, il faut comprendre la raison qui vous pousse à grossir. »

Pas compliqué, ma chère. Les soucis, figurez-vous. Alors, par moments, les gâteaux, les tartines de beurre salé, les petites vodkas-cerise, ça fait du bien.

Pas besoin de créer un Observatoire du poids (un machin de plus) pour étudier la question *in vivo*. Pas besoin de se bloquer des soirées pour se prendre la tête, d'organiser des colloques sur le sujet, genre « Obésité et Déprime », pour avancer.

Les soucis, les maris, les ennuis.

Voilà pourquoi on déconne.

En tout cas, ma chance, c'est la procédure qui pointe le bout du museau. D'après ce que je constate, elle est tellement longue que les kilos, ils partent tout seuls. Quelques poignées d'amour en trop ? Suffit de demander un report d'audience. Crac, deux mois de gagné, cinq kilos en moins. Et le tour est joué. Silhouette parfaite pour les fêtes, façon Julia Roberts. Je l'aime bien cette fille, elle me ressemble assez, je trouve. Sauf que je suis blonde. Et manque le grain de beauté sous l'œil.

Mais ça peut se faire en cas de besoin. Et puis, question massages pour raffermir, là, pardon, j'assure.

Mais pour séduire qui ? Personne en vue. Éric, à la Manufacture de Sèvres ? Faut voir. Mais pas beau son nez. Et puis le crâne. Dégarni. Trop ! Je le verrais plus souvent, s'il était plus mignon. Il m'a proposé de dîner avec lui un de ces jours. Est-ce que j'accepte ? Mais qui d'autre ? Je devrais passer une annonce, c'est ce que pense mon psy. Lors de la dernière séance, il a insisté : Juliette, allez, qu'est-ce que vous mettriez dans l'annonce ? Il faut faire quelque chose d'attirant, de commercial... Eh oui, c'est comme ça qu'ils parlent aujourd'hui les psys, même le mien ! Mais j'ose pas... J'y crois pas... C'est idiot... Et puis j'ai plus d'énergie en ce moment. D'abord en finir avec cette maudite procédure. Et avec cette audience qui me fait flipper. Plus que dix jours à tenir. Et accéder, enfin, au statut de femme divorcée. Génial ! J'en ai toujours rêvé. Et je suis en train de le faire.

L'angoisse monte maintenant. Deux bonnes heures à me tourner dans le lit et à me battre avec la couette. Finalement, je suis accro au Lexomil. Deux d'un coup. Et hop, dodo. Tout s'embrouille.

2

ENTRETIEN D'EMBAUCHE

(J –8)

Sommeil : essayé Stilnox (3). Émergé le matin complètement abrutie. Revenir au Lexomil.

Enfants : quand l'un est en forme (trop !), l'autre a la crève. Épuisant (pour moi).

Interdiction bancaire : en vue.

La cata. Pourtant, tout avait bien commencé. Le jeudi, Éric, mon collègue qui dirige la Manufacture de Sèvres et que je connais depuis des années, passait à Paris. Sympa, agréable, même s'il est parfois un peu content de lui. Il est revenu à la charge. Alors, j'ai eu l'idée d'organiser un petit dîner avec les enfants. C'était la première fois que je l'invitais à la maison. J'avais envie de le voir en dehors du bureau. Bien sûr, il ne s'agit pas d'aller à la mairie dans huit jours ! Mais je voulais aussi observer la réaction de mes trésors. Rien de très sérieux, juste pour voir à quoi il ressemble en situation. Histoire de savoir si je plais encore. Et puis on ne sait jamais. C'est toujours au moment où on ne cherche pas qu'on trouve. Comme justement, c'est mon cas en ce moment. Donc on prépare tout bien. Je me suis pas foutue de lui. Au menu : langoustines (fraîches) en entrée, lotte en papillote (à mastiquer énergiquement because la cuisson était un peu rapide), du fromage et une super-tarte aux fraises (vraiment facile à manger, décongelée à point, pour ça le micro-ondes c'est formidable).

Et le voilà qui débarque, bien mis, presque trop (la cravate n'était pas indispensable), avec des cadeaux pour les enfants. Un jeu vidéo de voitures. Mais pas de Playstation III. La marque de la console d'Arthur donc, mais pas du dernier cri. Encore un truc à changer sans avoir le ticket de caisse. La galère assurée ! Et un drôle de rouge à lèvres pour Élise. Pour qui il la prend, celui-là ? Il veut la mettre sur le trottoir, ma petite fille ? Ça m'a un peu inquiétée, ça. Il faut dire que je suis sur les nerfs en ce moment. Un rien m'excède. J'ai pensé : on voit qu'il a pas de gosses lui. Pourtant, il était attentionné. Pour moi, il avait prévu un « napperon » en dentelle du Puy. C'est trop. Entre collègues !

Mais, ce qui m'a le plus dérangée, c'est qu'il est arrivé en avance. On avait dit 20 h 30. Pas 20 heures. On n'était pas prêts. Élise était en train de se pomponner en petite culotte roulée sur les hanches dans la salle de bains et Arthur était scotché devant la télé en train de suivre les aventures du « Loft III », suite et fin. Avec de nouvelles recrues. Il ne se lasse pas.

Enfin, on s'est dépêchés ! On commençait à être presque présentables tous les trois, quand... téléphone : Mamie. Ma mère.

Temps minimum de la conversation si on laisse faire : trois quarts d'heure. Là, j'ai battu mon record : trois minutes chrono. J'ai réussi à la faire taire et elle s'est promis pour se venger de m'offrir un portable à Noël. « Un autre rien que pour moi, qui ne soit pas toujours occupé. »

Évidemment, les enfants n'ont pas aidé. Éric et moi, on était dans l'entrée et on se cherchait des sujets de conversation. Genre « C'est bien chez toi, tu as de l'espace » (soixante-dix mètres carrés à trois, géant l'appart !). « Et puis tu es bien exposée, non ? » Moi, toujours prête à faire un bon mot : « Pas tant que ça. Tu sais dans l'administration... » Lui qui met une plombe à comprendre et qui finit par se forcer à rire. Là j'ai réalisé qu'il était bien installé, un peu lourdingue. « Relou », comme on dit. Une fois dans le salon, j'ai essayé d'obtenir des enfants qu'ils daignent nous rejoindre. Finalement, ils arrivent. Ensemble comme d'habitude. Lui se lève au moment où Arthur s'approche. Il s'apprête à l'embrasser et mon petit prince lui tend la main, très digne, style Quai d'Orsay ! Pauvre Éric. C'est comme si on l'avait transformé en statue. Heureusement, Élise a été plus cool et lui a fait un bisou sur chaque joue. L'ambiance se dégèle un peu. Beaux enfants, ont l'air si gentils, venez vous asseoir avec nous. Il se donnait du mal. C'est Élise qui a ouvert la chasse au prétendant. L'air de ne pas y toucher, elle l'a regardé avec insistance avant de lui balancer : « Pourquoi tu as des cheveux gris ? Tu es beaucoup plus âgé que maman ? » Il a plutôt bien réagi. C'est vrai que j'en ai un peu, mais c'est normal. Oui, en effet j'ai quelques années de plus que votre mère mais ça ne me gêne pas. Là où ça a commencé à déraper, c'est quand Arthur a ouvert son paquet. Il a regardé le jeu vidéo et il a dit, lugubre : « Mais c'est l'ancienne version. Et j'ai déjà la nouvelle console. » Sa tête ! Éric a bafouillé quelque chose sur ce que le vendeur lui avait dit, et qu'il n'y connaissait rien. Et Arthur : « C'est pas grave, Je l'échangerai. En plus, j'aurais préféré un chien. »

Il fallait tenter une diversion. Je mets en urgence la conversation sur les vacances. Il dit qu'il va aller au ski dans son chalet. À ce moment-là, Élise se tourne vers moi avec sa petite voix flûtée : « Tu te rappelles, maman, du gros barbu ? Celui qui voulait louer une famille pour les week-ends ? » Et elle se tourne vers lui en souriant, genre toute mignonne : « Maman avait aussi organisé un dîner pour nous le présenter, et lui il répétait tout le temps : moi, ce que je veux, c'est une famille mais pour le week-end seulement, parce que pour le reste j'ai déjà donné. Alors on lui a balancé : " Vous pouvez faire une location avec nous mais attention on est très chers ! " » Je trouvais pas ça drôle alors je lui ai fait signe d'écraser. Elle insiste : « Quoi, maman, qu'est-ce que tu veux ? Fallait pas le dire ? » Éric s'agitait sur le canapé, alors qu'il voulait paraître de plus en plus à l'aise. Je sentais qu'il se demandait si c'était une si bonne idée ce dîner. C'est à ce moment-là qu'Arthur a pris un air sérieux. Il a commencé : « Dis-nous, monsieur... » Notre convive l'interrompt : « Appelle-moi par mon prénom, comme ta maman... » Pas démonté, mon fils enchaîne : « D'accord, Frédéric, euh, non, monsieur Éric. Tu sais avec Élise on voulait te poser une question. » Lui la joue relax : « Bien sûr, mon petit bonhomme... » À sa tête, je vois que la formule lui plaît pas trop à mon Arthur, alors il continue : « ... Tu as déjà fait l'amour avec ma maman ? »

Là, j'ai su que le truc était foutu. Le petit salopard. Me faire ça à moi qui les élève si bien ! Avec tout ce que je leur offre. Les réunions de parents d'élèves, les convocations des profs à l'école. Les impôts. Toutes ces corvées à régler en permanence. C'est sadique les gosses finalement. L'autre, en plus, perdait les pédales et bafouillait : « Mais qu'est-ce que tu racontes, mais enfin ça regarde les grandes personnes, c'est pas pour des enfants de votre âge... » Alors, le « petit bonhomme » d'ajouter : « Moi j'ai dix ans, tu sais je suis capable de comprendre. Et ma sœur c'est une grande, elle en a treize. » Là je suis intervenue. J'ai dit ça suffit comme ça, Arthur, arrête d'embêter Éric. Il m'a mal répondu, j'ai élevé la voix et il a marmonné suffisamment fort pour que tout le monde entende : « On en a marre de ces conneries. Pour qui elle se prend ? Chaque fois ça recommence avec un autre. Jamais le même... » On pouvait pas mieux couler l'affaire.

Il avait pourtant l'air tout gentillet le collègue. Un peu mystérieux par moments. Vit seul. Grand appartement à Sèvres, près de son bureau, une maison à la montagne. Genre qui peut m'offrir plein de cadeaux : mules Gucci, sac Tods, lunettes de soleil Chanel... J'étais vraiment énervée après ce cirque. C'est que je m'étais crevée pour leur amener le truc habilement. C'est un métier de présenter des maris potentiels à ses enfants. Faut pas les brusquer, faut les amadouer, sans en faire trop non plus. Bien sûr, il y a le genre : Mes chéris, demain soir devinez qui vient dîner ? Non, pas papa ! Un ami, et qui a envie de vous rencontrer. Pourquoi ? Eh bien comme ça, c'est tout. Vous allez voir il est super-sympa (pour vendre, faut pas dénigrer le produit). Il a une maison à la campagne où on ira peut-être (la date était déjà fixée). Vous voulez ? Quoi « On n'a pas envie ! On s'en fout ! » ?

En fait, j'avais déjà utilisé la manière douce avec le barbu. Mais ça leur donne trop d'importance. Ils avaient eu l'impression que je sollicitais leur autorisation. Normal, m'avait dit Élisabeth, ma grande copine. Tu les écoutes trop. Alors cette fois, changement de stratégie. Faire plus simple, plus direct. Plus directif aussi.

Donc, j'avais attaqué dans le style on-se-dit-tout. Élise, Arthur, « je tenais à vous dire que demain j'ai invité à dîner un ami que j'aime beaucoup. Je compte sur vous pour être gentils avec lui. C'est bien pour nous de voir d'autres gens de temps en temps ». Ils n'avaient rien dit. Mais leurs têtes !

Ça recommence. S'emmerder avec un nouveau candidat. Faire les polis. Ronds de jambe en vue. Écouter le raseur en ayant l'air intéressé. Pas le choix. Enregistré. Bien sûr j'aurais dû m'inquiéter lorsqu'ils m'ont mis leur petit mot ce matin, sur la table de la cuisine. Devant mon bol. Six lignes seulement. « Beau-père = de la famille de bâtard, bêlant, bellâtre. Expressions dérivées : *faire le beau*. En parlant d'un chien : se tenir dressé en levant les pattes de devant. Pour quelqu'un ; se pavaner. *Vieux beau*, homme âgé qui cherche encore à plaire. » Et c'était signé « Le comité de lutte contre le remariage. Tes enfants qui te veulent du bien et qui t'aiment, Arthur et Élise ».

J'ai pas voulu comprendre. Au lieu de les neutraliser, j'avais décidé de les associer. Erreur. Mais le pire finalement c'est quand ils ont quitté la table à 9 heures et demie. Parce que Élise n'a pas voulu lâcher son frère. « Excusez-moi, monsieur, je suis fatiguée, je vais aller me coucher... » Tu parles, elle qui va jamais au lit avant 11 heures. Mais qu'est-ce que je pouvais faire ? L'obliger à rester ? Elle aurait été encore pire. J'ose pas imaginer les questions. Et ta femme pourquoi elle est pas là ? Et pourquoi tu as pas eu d'enfants ? Tu pouvais pas ? Tu les aimes pas ?

Les coups bas, ça les arrête pas ces deux-là. Au contraire, j'ai l'impression que ça les excite. Je me rappelle l'été juste avant notre séparation, on passait quinze jours en Italie tous les trois. Sur la plage un autochtone m'aborde. À croquer. Peut-être vingt-cinq ans. Donc beaucoup plus jeune que moi. Mais ça me gêne pas. Faut dire que je me défends pas trop mal, merci Lancôme, L'Oréal et tous les autres élixirs-super-efficaces-surtout-pour-creuser-mon-découvert. Il commence à me draguer. Una gelata, signorina ? Bellissima et tout le tintouin. Bene, bene. Alors, Élise s'est approchée et elle lui a dit d'un air triste tout en imitant méchamment son accent : « Molto gentile signor ma que mia mamma e sola per qué a il sida, e molto malada... » Il l'a regardée tellement éberlué que je n'ai pas pu m'empêcher d'éclater de rire. Il était vexé à mort ! Il s'est relevé brusquement. Il a grogné un truc désagréable sur les Francese arrogantes et il a filé comme un obus. Je n'ai pas pu lui en vouloir, elle est tellement drôle ma grande fille. Mais quand même : quand est-ce qu'ils vont arrêter de me planter ces deux-là ?

3

CONFIDENCES CONJUGALES

Sommeil : introuvable. Insomniaque avant l'âge.
Enfants : jamais à la maison. Vie mondaine déchaînée.
Banque : appelé mon chargé de compte. Lui ai promis une « surprise » pour bientôt. Me demande ce que je pourrai inventer après.
Boulot : calme plat. À croire qu'on ne nous emprunte plus rien.

Ce n'est pas mon genre, mais pour une fois, j'ai été prise de remords. On l'a trop mal traité, Éric. « Il s'est pris un vent, pas de quoi en faire une histoire », ont ricané, triomphants, les deux monstres après son départ précipité.

Il ne méritait pas ça, lui qui ne m'a jamais fait défaut. « Laisse tomber, c'est une vraie super-glu », a grincé, toujours charitable, le duo en chœur. Mais je l'aime bien. Il est dévoué, prêt à me réconforter à tout moment. Je voyais déjà, quand j'étais encore avec Paul, qu'il pensait que mon mari ne mesurait pas sa chance. Non, j'invente pas ! Il me l'a dit plusieurs fois.

Et compréhensif ! Il n'était pas obligé d'expliquer la situation à mon boss, Robert, un copain de promotion à lui. Du coup, j'ai une paix royale à l'abri de jardin. C'est comme ça que j'appelle mon bureau.

Il peut même être drôle, Éric, quand il s'y met. D'accord, en général il le fait pas exprès, mais quand même ! D'accord, il a aussi un côté grand benêt. Mais il me rassure.

Qu'est-ce que je fais ? 3 heures du matin. J'appelle. Pour m'excuser. Il décroche, la voix tout ensuquée. Mais, grand seigneur, il fait le mec disponible, content d'être réveillé au milieu de la nuit. Je ne savais plus quoi dire. J'ai baragouiné que j'étais désolée pour la soirée, que pour Arthur et Élise c'était difficile en ce moment. J'ai ajouté que je me sentais parfois très seule. J'avais des larmes qui commençaient à couler, silencieusement. Il a dû s'en rendre compte à ma voix.

Il a insisté pour venir, si-si, j'y tiens il a dit. En tout bien tout honneur. Bien sûr, bien sûr. Même à cette heure-ci ? Non, non, pas de problème : Sèvres-Paris, c'est vite fait. La nuit ça roule. Delanoë n'a pas encore réussi à inventer le concept d'embouteillages de nuit dans la capitale. S'il pouvait aussi dormir le jour celui-là !

Quand il est arrivé à la maison, à peine vingt minutes plus tard, j'allais déjà mieux. Il m'a suivie dans ma chambre. Assis sur le lit, il m'a pris la main : « Juliette, a-t-il murmuré doucement, je suis là. »

Ça m'a fait tout drôle. Au lieu de me détendre, j'ai éclaté en sanglots. Il en a profité pour se rapprocher et me prendre dans ses bras. J'étais tellement engoncée dans mes oreillers — quatre pour moi toute seule, c'est mon cocon — qu'il a eu du mal. Pour bloquer la fontaine j'ai attrapé la boîte de Kleenex. Pour renouveler mon stock. Il y en avait partout sur le lit. Belle au bois dormant déjantée je devais faire. Alors, on a rigolé !

Aucun homme n'avait été si mignon avec moi comme ça depuis bien longtemps. Je le lui ai dit. Il m'a serré encore plus fort la main. Il a répondu quelque chose, genre « C'est si dur ? » et là, j'ai craqué. Je suis devenue un moulin à paroles. Je lui ai confié qu'avec Paul on ne se parlait presque plus ces dernières années. Il a voulu savoir pourquoi. Il n'a pas connu ça. Il est veuf. Sa femme est morte six mois après leur mariage. Cancer foudroyant. Pas le temps de s'accoutumer, ni de s'installer dans la routine conjugale. Alors, il relativise tout.

Je ne savais pas par où commencer. La rencontre en stage à la BNP, le coup de foudre. Paul si craquant avec ses lunettes. Le mariage dans la foulée. Les deux années sans enfants après nos études. On préparait ensemble sa carrière qui le préoccupait tant. Le premier poste après l'école de commerce compte beaucoup : le choix de l'entreprise, le premier salaire, l'achat de la GTI — à l'époque, c'était la voiture de tous les jeunes couples branchés. J'étais l'épouse. Peut-être pas parfaite mais motivée en tout cas. J'y croyais.

Sans oublier le repos du guerrier, indispensable. Je ne voulais pas trop insister là-dessus. Mais Éric avait l'air passionné. Alors, j'ai continué.

Ça allait très bien entre nous au début, sur ce plan. Puis Élise est arrivée. Ma poupée. On était une famille modèle. Puis, trois ans plus tard, Arthur, un petit mec. Une fille, un garçon : le choix du roi ! Et là, je ne sais pas ce qui s'est passé. La machine conjugale s'est bloquée. À trois, ça allait. À quatre, non. Paul m'a peut-être plus vue comme une mère. Et de moins en moins comme une femme. Et on ne fait pas l'amour avec sa mère.

Ça peut paraître de la psychologie de bazar. Mais c'est comme ça. « Crois-moi, Éric, ce qu'on peut en souffrir de ça. Ne plus être désirée parce qu'on est la mère des enfants qu'on a voulu avoir ensemble, c'est terrible. »

J'en ai parlé autour de moi des années après. Eh bien, c'est beaucoup plus courant qu'on ne le croit.

Mon psy m'a écoutée et n'a pas réagi quand j'ai trouvé une explication : « Il avait peut-être peur que je le mange tout cru ! »

À ce moment-là, Éric a incliné la tête en faisant la moue, comme pour admettre que je n'avais pas tort. Pourquoi je me suis sentie toute bizarre ? Mystère. Enfin, en tout cas, je lui ai caressé la joue. Une seconde. J'étais contente de l'avoir fait. Mais j'ai vite retiré ma main. Pas envie de provoquer un malentendu entre nous.

Puis on a parlé de la décomposition des couples. Je lui ai tout raconté ou presque. J'étais lancée quand, brusquement, j'ai senti qu'il glissait sa main sous la couette.

Sensation de chaleur sur ma cuisse.

Il veut en venir où, exactement ? J'ai hésité. Oh ! et puis, après tout ? Et puis non. Ne mélangeons pas tout.

Éric ! j'ai dit. D'un ton surpris et réprobateur. Il a rougi. Juste un peu. Il ne l'a pas enlevée tout de suite sa main, le coquin. Il devait être mal. Puis, discrètement, il s'est retiré, si j'ose dire.

Plus retors que je ne le pensais, mon collègue apparemment inoffensif. Il en a profité pour rebondir : et la cause du divorce, c'était quoi ?

Si incroyable que ça paraisse, je n'ai pas pu répondre tout de suite à cette question. En me repassant le film de notre vie conjugale, je n'arrivais pas à trouver ce qui avait capoté. Je pensais à toutes ses liaisons et à tous ses prétendus voyages d'affaires en Côte d'Ivoire ou au Sénégal et à tout ce qu'il m'avait caché pendant si longtemps.

Je surveillais Éric en même temps du coin de l'œil. Sa main en embuscade me gênait pour me concentrer. Le début de la fêlure ? Tout à coup, l'évidence m'est apparue. C'est curieux, je n'y avais jamais pensé comme ça jusque-là.

Je travaille au Mobilier national. Une administration étonnante qui remonte à Colbert paraît-il et qui s'occupe de meubler les résidences présidentielles, les hôtels des ministres, les ambassades à l'étranger. On y restaure aussi les œuvres d'art qui décorent l'intérieur des édifices publics.

On essaie de tenir à jour l'inventaire, autrement dit de savoir où sont passés nos meubles, nos tableaux, nos tapisseries et le reste. C'est des soucis parce qu'ils ne nous rendent pas toujours ce qu'on leur a prêté, ces messieurs du pouvoir. Et, depuis peu, ces dames.

Bref, pour la première fois, le « Mobilier », comme on dit entre nous, s'était intéressé à mon cas. On me proposait de diriger l'atelier de dentelles du Puy. Une trentaine d'artisans sous mes ordres, occupés à tisser et retisser, à broder et restaurer les nappes et les rideaux de l'Élysée. Le Patrimoine national quoi. Pour moi, c'était une chance sur le plan professionnel.

Non seulement je gagnerai plus mais je changerai d'univers. Plus qu'une promotion. Et là, Paul a tranché.

Rien que de me rappeler ses paroles, ça me donnait la chair de poule. Éric l'a compris. La pression de sa main sur mon genou s'est légèrement accentuée mais il n'a pas poussé son avantage. Ouf !

« De la dentelle, mais tout le monde se fout de la dentelle. Et du Mobilier national, je ne te dis pas ! Et c'est pour ça que tu voudrais qu'on aille s'enterrer en Auvergne ? Où tu dis ? Au Puy ? C'est en France, ça ? Tu te moques de moi ! »

Il n'a même pas compris que j'ose lui en parler. Il m'a descendue et en plus il s'est acharné. C'était horrible. De quoi j'avais besoin ? J'avais un salaire après tout, et pour le reste il payait l'essentiel, non ? Ma carrière dans l'administration ? Une plaisanterie à côté de la sienne dans le privé. Seule l'entreprise fait vivre les fonctionnaires, n'est-ce pas ? Et justement, ce poste qu'il convoitait tant de directeur régional des ventes allait se libérer bientôt. Or, on le lui avait promis. La direction. Alors, pas question dans ce contexte de disparaître à l'autre bout du pays. J'avais mes inspections dans la région parisienne qui suffisaient à m'occuper, non ?

Mes balades m'amenaient jusqu'à Chantilly, voire Compiègne — que des châteaux ! —, et je voulais tout plaquer pour l'Auvergne ? Plus il parlait et plus il s'emballait. Bien sûr, je n'avais pas pensé au déménagement : qui allait le payer ? Lui, comme d'habitude. Et la scolarité des enfants ? Penser qu'ils allaient peut-être redoubler, ça ne m'était pas venu à l'esprit ? À l'École bretonne, il y a un suivi au moins. Non, plus il y réfléchissait et plus il était scandalisé par cette conversation, le père vertueux qu'il était brusquement devenu.

« Et qu'est-ce qui s'est passé ? » Éric, pour éviter de sombrer dans le sommeil et paraître toujours attentif, redoublait de questions.

On n'en a plus jamais parlé ensemble. Macho, Paul, sous ses airs de mari compréhensif, ravi d'avoir « une femme qui travaille » — pas comme sa mère. J'en ai gardé une blessure enfouie qui, avec les années et les affronts, s'est peu à peu réinfectée.

Alors après, j'ai voulu me changer les idées. Petite vengeance mesquine ? Oui, sans doute. Et alors ? Ça m'a fait du bien.

Un jeune peintre. Cinq ans de moins que moi, je crois. Il m'a distraite au début. Beau gars, type méditerranéen, très sûr de lui. Il faisait « artiste », comme il disait. C'est-à-dire, encore et toujours étudiant, pour justifier qu'il était fauché.

Comment s'appelait-il, déjà ? J'ai oublié. C'est dire s'il a compté. Enfin si, trois mois. Il a compté trois mois dans ma vie, des semaines un peu folles sans horaires où je m'inventais des missions lointaines, tardives, qui ne me ramenaient au domicile conjugal qu'au milieu de la nuit, parfois. Mais le plus souvent on s'envoyait en l'air l'après-midi dans un petit hôtel cosy à Montmartre. Pour lui, il était avec une « vieille ». Il me le disait en se moquant. Et « bourge » en plus ! Il l'avait lâché un jour où je refusais de l'accompagner avec des copains à lui dans une boîte punk épouvantable dont j'avais déjà expérimenté la faune inquiétante et l'ambiance musicale assourdissante. Bien sûr, c'est moi qui payais tout. L'« artiste » était trop pris par ses créations pour consacrer un peu de son précieux temps à gagner sa vie.

Au bout d'un moment, je me suis lassée. Je m'ennuyais de mes enfants. Qu'est-ce que je faisais avec ce génie méconnu, avare de la moindre attention, sans même parler, hypothèse incongrue dans son esprit, de cadeaux. Il n'aurait même pas lâché 5 euros pour m'offrir un paquet de Kleenex de chez Hermès ! Un jour il m'a reproché de ne plus être « disponible » pour lui. La fin, quoi ! Je le lui ai dit et je suis partie. Puisque ça l'amusait tellement de ricaner sur mon côté fashion victim, il allait pouvoir me remplacer, quelle chance ! Il l'a pas cru, cet idiot. Il m'a rappelée et suppliée « encore une fois, une dernière fois », pendant des semaines. Trop tard.

Seule Élisabeth a su.

Chloé, la gaffeuse, a soupçonné quelque chose. Mais quand il n'y a pas de mariage à l'horizon, ça ne l'intéresse pas.

Paul ne s'est douté de rien bien sûr. Quand je le voyais lire le journal sur son canapé, content de lui, tranquille, je repensais à nos séances de baise à l'hôtel. C'était ma petite revanche à moi sur les dentellières.

J'ai redoublé d'attention à la maison. Soirée — obligatoire — en tête à tête tous les mardis soir. Des tentatives renouvelées de petits plats. Éric a sursauté. Je le croyais assoupi. Mais non ! « C'était quoi tes spécialités ? » m'a-t-il demandé. Il devait avoir en mémoire les surgelés d'hier soir. « Le canard à l'orange », j'ai répliqué, moqueuse. C'est vrai. Je suis la reine. J'étais fatiguée.

Il a fallu quand même évoquer la garce. Un soir, le téléphone a sonné, j'ai décroché. Les mots dansent toujours dans ma tête, même après toutes ces années. Éric écoutait, les oreilles déployées. Directe, la fille :

« Tu sais que t'es cocue ? Tu le sais ? » J'ai été surprise sur le coup. Une fêlée, j'ai pensé. Oui, mais pas tant que ça. Quelques détails ont suivi, toujours sur le même ton délicat. « Ton mari te trompe depuis le début. T'entends ? T'es cocue avec la moitié de la boîte. Il se les fait presque toutes, jeunes ou vieilles, stagiaires ou pas. Et Madame ferme les yeux sur ce qui se passe dans l'hôtel en face de nos bureaux ? »

J'ai gardé mon calme et j'ai trouvé les ressources pour lui balancer qu'elle me dérangeait et que les enfants dormaient. Que ce serait mieux de rappeler demain et de parler directement à Paul. Ça l'a énervée la greluche. Elle a continué. Apparemment, mon cher mari venait de la larguer au profit d'une certaine Nathalie. Et l'autre se vengeait comme elle le pouvait en massacrant ce qui était à sa portée. Moi, Élise et Arthur. Nous quoi. « Écoutez, mademoiselle, j'ai réussi à lui envoyer, cette histoire ne me regarde pas. Le mieux, c'est de la régler entre Paul et vous. Et avec cette Nathalie bien sûr. Bonne nuit maintenant. »

J'ai raccroché, un sourire aux lèvres. Mais un sourire amer. Parce que je savais que cet incident venait de faire définitivement exploser ce qui restait de notre mariage.

J'avais tout fait pour ne pas prendre la responsabilité de la séparation officielle. « Pour fausser les statistiques ! » ai-je ajouté. Le dénouement ? Il s'est produit à la veille des vacances de Noël. Un jour, Paul est arrivé et a suggéré qu'on se sépare. « Juste pour les vacances. » Ça fait très mal. Après, on a encore fait semblant pendant quelques jours : le réveillon du 24 chez ses parents. Le 25, grande messe familiale de son côté, obligatoire. La dernière. Le jour de l'an : visite seule — lugubre — chez ma mère. Et le lendemain, quand je suis rentrée à la maison avec Arthur et Élise, les placards de Paul étaient vides. Il était parti. Sans un mot. Sans une explication. En silence. Le silence des lâches.

Arthur n'a pas compris : il a mis des mois à s'en remettre. Élise, elle, a pigé tout de suite.

J'en avais fini avec l'histoire de la rupture. Pour conclure, j'ai fait allusion au divorce. À l'amiable. Comme tous les couples de nos jours. Paul a l'air conciliant jusqu'ici. J'espère que ça se passera sans trop de dégâts. En voulant observer la réaction d'Éric, j'ai vu qu'il s'était endormi.

J'ai regardé ma montre : 6 heures du matin. Le pauvre. J'ai hésité à le réveiller. Mais le mettre dehors après tant de patience, non vraiment, c'était délicat. Rien à faire. Alors, je lui ai pincé le nez. Il a sursauté. Je lui ai proposé de rester. Je savais qu'Arthur ferait la gueule s'il le découvrait lorsqu'il se glisserait dans mon lit d'ici deux bonnes heures. Et mon fils, je ne peux pas lui faire ça. Mais Éric a eu du tact, comme d'habitude : « J'y vais », il a dit en se redressant. Je lui ai fait promettre de m'appeler quand il serait chez lui. Mais pas avant 10 heures, que je puisse faire ma grasse matinée... sans être dérangée.

4

SCÈNE DE FAMILLE

(J –5)

Banque : sans nouvelles. Louche. À suivre.
Sommeil : agité. Arrêter Lexomil pour éviter accoutumance.
Boss : fantomatique en ce moment (voyage d'affaires). Ça m'arrange.
Enfants : neutralisés hier soir (grâce à la bouteille de cidre. Entière !).

J'étais toute gentille à mon bureau quand Chloé m'a appelée. Au départ, quand on était adolescentes, on formait un trio inséparable. Il y avait Élisabeth, la raisonnable (elle l'est restée), Chloé, la rousse, obsédée par sa recherche du prince charmant (ça continue), la plus fantaisiste, et moi, la « toute sage ». Enfin pour les parents. Mais en fait, la plus déjantée pour les copines. Et puis, plus tard, Hélène, la conventionnelle, a rejoint le groupe, déjà dingue de décoration, de maison (elle a réalisé son rêve : femme au foyer). Tiens, je lui ai laissé un message à Hélène mais elle ne m'a pas encore rappelée. Ça fait longtemps que je n'ai pas dîné avec elle et son mari, Henri, un banquier arrivé (et, ma foi, plutôt en pas trop mauvais état).

Elle est pas facile à gérer, Hélène. Déjà, bien qu'ayant débarqué la dernière dans notre bande, elle nous cassait les coups quand on se jetait à la tête des garçons. Convenable Hélène. Trop. À quatre, ça n'a pas duré longtemps. Surtout qu'elle a rencontré Henri très jeune, à seize ans. Très vite on ne l'a plus revue. Elle était collée à lui. Et Henri par-ci, et Henri et moi par-là. Elle et son « mamour », comme elle l'appelait, elle nous a vite horripilées.

Avec le recul, elle a toujours tiré la couverture à elle. Ce qu'elle voulait, c'était une famille, point barre. Le trio des copines s'est recomposé au fil du temps. On a recommencé les conneries à trois. Mais ce n'était plus pareil. Plus de parents, finies les études. Et puis il y avait la rivalité Chloé-Élisabeth : elles étaient toujours amoureuses des mêmes mecs, donc elles s'engueulaient. Moi, je suis toujours restée amie avec les deux. Je les voyais à tour de rôle en tête à tête. On s'amusait bien, même si c'était moins fort qu'autrefois. Chloé a dû déménager et elle s'est installée comme esthéticienne. Et Élisabeth a épousé Philippe que Chloé visait plus ou moins. Ça a distendu les liens. Elles se sont revues mais de loin en loin. Jusqu'à la rupture : Chloé n'a pas supporté d'être la dernière à rester célibataire. Car, entre-temps, j'avais épousé Paul.

Le problème, c'est que ça la travaille et ça se sait ! Des années qu'elle en parle de son futur mariage. Et du futur élu. Faudrait pas qu'il se sauve avant d'avoir été attrapé celui-là ! Ce serait pas un service à nous rendre.

Bref, j'étais en pleine recherche d'une note sur d'éventuelles disparitions de meubles au ministère de l'Éducation parmi les piles de dossiers qui traînaient sur mon bureau depuis un moment, quand le téléphone a sonné. Les deux collègues d'en face m'ont regardée d'un sale œil alors j'ai baissé la voix. Elles sont jalouses, elles trouvent que je passe trop de temps au téléphone — Maman, Élisabeth, Élise, à nouveau Élisabeth — et pas assez à faire avancer les dossiers. L'un n'empêche pas l'autre. D'ailleurs, j'y peux rien si ça m'ennuie ce boulot.

Donc, Chloé me dit : « Tu fais quoi maintenant ? » Je lui explique en chuchotant que je suis en plein travail et qu'elle me dérange. C'est vrai, j'en ai marre à la fin de tous ses plans comment-pas-rester-vieille-fille-sans-se-mettre-la-corde-au-cou. Pour elle, se caser c'est un quasi-plein temps. Il doit marcher bizarrement son « centre de beauté ». Il est vrai que comme esthéticienne, elle s'organise comme elle veut mais quand même. « Tu n'as pas de clientes aujourd'hui ? » Elle éclate de rire : « Si, dans une heure, mais c'est pas grave, il attendra. En plus, je m'en fous, c'est un de mes ex ! »

Jamais Élisabeth dirait un truc comme ça. Elle a des principes. D'ailleurs, ça ne les a pas rapprochées avec le temps. J'essaie de résister à cette satanée Chloé, je lui explique mes dossiers en retard, les collègues à côté qui, maintenant, me surveillent en se demandant si je vais encore partir en plein milieu de l'après-midi. « Mais on s'en fiche de ces vieilles biques, elle me répond. Viens avec moi. Devine où ? C'est le dernier jour du salon, je dois encore choisir ma robe et deux ou trois trucs urgents... » Elle exagère. Me demander à moi, en plein divorce, accablée par l'audience qui se profile ! Avec la préparation que ça suppose ! L'accompagner au « Salon du mariage » ? Quelle midinette. Elle ne pense qu'à elle.

Le pire, c'est qu'elle croit me faire plaisir en me consultant pour tout et n'importe quoi. Elle est persuadée que l'événement me passionne et que ça m'amuse d'avoir mon mot à dire sur le moindre détail de son mariage avec Alain-Serge. Même pas encore rencontré l'Alain-Serge ! Pour Chloé, ça n'a pas l'air d'être l'accessoire le plus important de « son » mariage. Pas un journal féminin, pas un article auquel je n'aie droit. « Les mariés de l'an III », « Inventer votre mariage ». Deux ans qu'elle organise le sien. Elle a tout lu, tout vu, tout repéré, y compris sur Internet. Elle passe ses nuits sur guidedumariage.com ! C'est devenu une vraie pro. La fête, la robe de ses rêves, l'habit du marié, les faire-part, les alliances, le voyage de noces, le choix du curé, la préparation de la cérémonie à l'église, la liste des cadeaux, ce qu'il faut demander, le rôle des parents, des beaux-parents, le menu, le choix de l'endroit, du traiteur, rien ne m'a été épargné. Pour moi : que des mauvais souvenirs ! Mais ça elle n'y pense même pas. Y a pas plus égoïstes que les futures mariées !

D'habitude, quand elle m'appelle, j'ai beau garder un silence complet, elle continue. Et quand elle a terminé, je raccroche, effondrée.

Mais là, j'hésite plus. Marre des deux toupies qui me font la morale depuis que je suis dans le service. Ça les regarde, mes horaires ? Elles sont chefs ? Non ? Alors, « écrase », comme dit Arthur. Nous, on était mieux élevés. « Camembert », on disait.

On se donne rendez-vous une demi-heure plus tard, au Carrousel du Louvre. À cette heure-là, ça devrait à peu près rouler. Pour me convaincre, à la fin, elle m'a lâché : « De toute façon, il faut que tu sortes, alors pourquoi pas là-bas ? » En effet, pourquoi pas ?

Une foule ! Des froufrous, des dentelles, du blanc, des banderoles partout. Rivalisant de réalisme : « Bienvenue dans la douce insouciance du mariage ». Faut y croire.

Il a fallu un moment pour qu'on se retrouve, même avec les portables. Après, elle m'a prise en main. Je suivais, machinalement. J'étais comme dans du coton. Anesthésiée. Elle n'arrêtait pas de parler. Impossible de couper le son. À un moment, elle a fini par s'intéresser à mon cas et m'a demandé comment ça se passait avec Paul. Je lui raconte un peu où on en est, la conciliation, lui fuyant mais pas de mauvaise foi, apparemment. Et les enfants ? Climat de confiance, je réponds, on se dit tout, d'ailleurs, ils ont très bien compris la situation et de toute façon ils se détachent de leur père. Et ils ne peuvent pas la voir, la petite nouvelle de Paul. Nadine, elle s'appelle. Surtout Élise. Elle est cyclothymique : elle leur parle mal et elle connaît rien aux enfants même si elle en a une et... Et puis, elle cherche à les acheter. Comme s'ils étaient à vendre mes bébés !

Impossible. Je m'arrête net. Scotchée sur place, bouche bée. Chloé se retourne. « Qu'est-ce que t'as ? » Non, c'est absurde, qu'est-ce qu'elle ferait ici, à son âge ? Je suis transformée en statue. Et qui est avec elle ? Ce n'est pas une de ses copines, j'en suis sûre. Je chavire. Alors, qui est cette brune dégingandée qui pose la main sur l'épaule de ma fille ? Élise au Salon du mariage ? J'ai cru m'évanouir. Chloé s'est approchée : « Juliette, tu te sens pas bien ? » Non, pas bien du tout même.

La voilà qui se tourne vers moi. Elle reste figée en me voyant. Sa gêne me sort de ma léthargie.

— Mais, Élise, je peine à trouver mes mots, qu'est-ce que tu fais ici ?

Chloé semble stupéfaite elle aussi.

— Ah ! maman, maman, je t'expliquerai...

La silhouette qui l'accompagne nous rejoint.

— Et qui c'est celle-là ? dis-je en faisant un vague geste de la main.

Le sourire de cette personne disparaît aussi vite qu'il était apparu. À cet instant, j'ai compris. J'ai cru que j'allais tomber raide.

— Maman ! Je te présente Nadine, la... enfin la nouvelle copine de papa quoi, bredouille ma fille un peu déstabilisée.

La garce. Me mentir ce matin en prétendant qu'elle passait l'après-midi à la FNAC avec son père. Ma petite maman chérie à qui je dis tout et qui me confie tout elle aussi. Tu parles. On se fout bien de sa gueule à la maman chérie. Quelle idiote ! Quand je pense que je lui ai acheté cette petite robe à 120 euros l'autre jour. Si ça se trouve, elles se voient tout le temps. Elles sont copines ? Pas possible. L'horreur.

Elle comprend que je m'apprête à disjoncter.

— Maman, qu'est-ce que t'as ?

L'autre réussit à me tendre la main au prix d'un effort surhumain.

Je lui tourne ostensiblement le dos.

— Juliette, arrête ! chuchote dans le brouhaha ambiant Chloé indignée.

Elle ferait mieux de la fermer celle-là. C'est à cause d'elle que je me trouve dans cette situation alors pour une fois elle devrait se faire oublier.

D'abord, me concentrer sur Élise.

— Tu te moques de moi ?

— Mais, maman...

— Je croyais que tu étais avec ton père. Ce matin...

Elle ose m'interrompre.

— Mais écoute, bon sang, c'est dingue ça de parler tout le temps...

Ça faisait un bon moment que je tentais de résister. Je sais que c'est pas la bonne méthode avec Élise. Elle se braque facilement. Mais là je n'en pouvais plus. Rien que de penser à cette pouffiasse qui me volait ma petite fille adorée, ça me rendait malade. L'emmener au Salon du mariage ! Comme si c'était des choses à faire avec une gamine de treize ans ! C'est irresponsable de lui mettre une idée pareille dans la tête. À moins que... Elle aurait quand même pas l'intention... Mais bien sûr. J'aurais dû comprendre plus tôt. Quand les enfants me parlaient d'elle, que leur père n'avait pas l'air si malheureux, qu'elle s'occupait pas si mal de lui, qu'elle était pas si méchante et tout ça. Le mariage qu'elle prépare, c'est le sien, le leur, Paul et Nadine, Nadine et Paul !

C'est elle son cerveau. Tu parles d'un cerveau ! J'en suis sûre. Elle a une tête de radine intéressée. Je comprends mieux. Elle a transformé Paul en girouette. Et il s'y prête. C'est plus simple. Pour avoir la paix.

Élise, d'un regard, a deviné ce que j'allais faire. Trop tard.

Il ne faut pas me provoquer. Mes enfants, c'est ce que j'ai de plus précieux au monde. Alors, ils doivent pas me trahir. Sinon, ils existent plus. Rayés de la carte.

La claque est partie toute seule.

Que j'écoute les mensonges de ma propre fille ? Qu'elle continue à me ridiculiser, et devant l'autre en plus ? Ma fille à qui j'ai tout sacrifié. Sa chambre, ses études, sa télé, sa garde-robe, ses exigences en tout genre. Et tout ça pour m'entendre dire « de l'écouter, bon sang », parce qu'elle a « des choses à me dire » ? Petite inconsciente. Des mensonges de gamine mal élevée, oui !

Elle titube. Après la surprise, la fureur.

Elle m'oblige à en rajouter.

— Tu vas rentrer à la maison. Et tout de suite encore tu entends ? C'est ta mère qui te parle, Élise ! On réglera ça ce soir.

Chloé tente de s'interposer.

— Juliette, calme-toi. Elle ne faisait rien de mal...

Elle ne va pas s'y mettre, elle aussi. Elle m'a déjà gâché l'après-midi et elle continue.

— Je ne t'ai rien demandé. D'ailleurs, c'est à cause de toi si on en est là !

La pimbêche se lance alors, sur le ton très grande dame s'adressant au petit peuple.

— Élise, je crois que ta maman ne va pas très bien. Fais ce qu'elle te dit.

Là, j'ai failli vraiment déraper. J'ai fait quelques pas dans sa direction.

— Vous, je vous conseille de vous barrer, et vite fait. Vous n'avez rien à faire avec ma fille, alors ouste, compris ?

Et un coup de sac à main pour la Nadine. Elle l'a pas volé.

— Ça m'a échappé !

— Là, je crois que tu exagères, m'a lancé Chloé.

— Oh, toi, laisse tomber je te dis. Et quant à vous, rentrez réconforter votre Paul adoré qui est tout seul, le pauvre chéri, ça a dû lui manquer de pas vous voir pendant deux heures, allez-y, faites pas attendre le grand homme...

Sur cette forte déclaration, je me retirai d'un air hautain, laissant les deux obsédées du mariage interloquées.

Elles avaient qu'à finir l'après-midi à chercher leurs robes ensemble.

5

PETITS COMPLOTS ENTRE COPINES

(J – 1)

Sommeil : Lexomil sans effet. Infusion. Paraît-il à base de plantes. Pas plus efficace. Dur.

Enfants : notes épouvantables d'Élise. Tentative d'Arthur d'imiter ma signature sur son carnet scolaire. Sanctions à prendre.

Banque : changement d'attitude. Le type que j'avais neutralisé me poursuit au téléphone. Pas l'énergie pour l'opérer, avant le jour J.

Abri de jardin : le boss s'y met aussi !

La veille de l'audience on est mal. On repense aux conseils de l'avocat, des uns, des autres... Alors, lorsque le reste dérape, on a l'impression de couler. On se dit que la vie est cruelle. On a envie de tout lâcher.

Juste après la scène avec ma fille et l'horrible créature, j'avais appelé Élisabeth pour tout lui raconter. Pour me soulager aussi. J'ai peur d'avoir été un peu dure avec Élise, mais elle a le don de m'énerver en ce moment. Élisabeth m'a tout de suite dit : « Passe dîner demain. Philippe est en voyage, on sera tranquilles pour parler. Je me ferai livrer par l'Indien en bas de la maison. Je sais que tu adores. » Alors, je suis venue. J'étais mal, j'avais envie de rester chez moi, toute seule, à ruminer mes sombres pensées, mais je me suis forcée. J'ai bien fait.

Ce que j'aime, quand je la vois, c'est qu'avec elle j'ai toujours raison. Quoi que je fasse, elle comprend. Elle a trente-neuf ans, donc un peu plus que moi ; son mari, Philippe, est adorable. Il fait plein de choses à la maison, il garde même les enfants quand elle est prise par ses activités politiques (elle milite dans la section PS de son quartier). Il s'intéresse à tout ce qu'elle fait. Le contraire de Paul, quoi. Il sait même concocter des petits plats. Un cas rare. Elle a de la chance, Élisabeth, et elle le sait.

Alors, évidemment, quand on s'est séparés avec Paul, elle a pas mâché ses mots. Elle était écœurée. Les types comme ça qui se défilent, ça me dégoûte elle disait en parlant fort. À un moment, pendant que je lui racontais qu'il me répétait de ne pas m'en faire sans payer quoi que ce soit pour autant, elle m'avait interrompue : « Mais ma parole, ton embobineur d'ex, c'est Merlin. Merlin le désenchanteur ! » Alors, ça lui était resté ce petit nom.

Ce soir, elle en a rajouté une couche quand j'ai résumé nos négociations.

— Tu sais, Merlin, dès que je l'ai vu, c'était combien de temps avant le mariage...

— Six mois, j'avance.

Il ne faut jamais discuter avec Élisabeth à propos des dates. Elle est très précise et si on conteste, c'est la fâcherie.

— Non, pas du tout. C'était juste avant, deux mois maximum.

On s'est rappelé des souvenirs. Et puis, elle est repartie comme un bulldozer.

— Donc, je disais qu'il m'a jamais plu. Oh, bien sûr, il avait l'air bien élevé, gentil, mais en fait c'était un faux-cul de première.

— Tu exagères un peu.

— Pas du tout, il était un peu trop aimable. Y compris avec nous d'ailleurs. Tu m'avais dit un jour qu'il nous avait trouvés « coincés », Philippe et moi.

— Ah bon, il a dit ça ?

— Oui. De toute façon, il suffisait de voir sa mère pour comprendre ce qui t'attendait, ma pauvre ! Une dame d'œuvre, une sainte nitouche qui jouait à comprendre les jeunes alors qu'elle passait son temps, le jour de ton mariage, à persécuter les gosses qui essayaient de s'amuser ! Je me souviens qu'elle courait de table en table en répétant : « Les enfants, soyez sages ! Faites moins de bruit ! » Elle était grotesque. Tu ne te rappelles pas ?

J'ai besoin d'Élisabeth. Il me semble qu'elle enjolive un peu les événements mais je n'ai pas envie de la contredire. Pas ce soir en tout cas.

— Oui, vaguement.

— Ah ! tu vois.

Tout à coup, j'ai eu envie de pleurer. C'est bizarre. Les larmes, c'est comme ça. Ça vient d'un coup. Pourtant, j'étais bien avec elle. Mais tous ces souvenirs qui revenaient. Le choc de réaliser l'ampleur du gâchis. Elle m'a consolée. Elle m'a sortie des statistiques, pour montrer que mon cas était tout ce qu'il y a de plus banal, que c'est même le contraire qui aurait été étonnant. Alors, j'ai dit : « Mais toi et Philippe ? — Oh ! c'est pas si facile que tu crois », elle m'a répondu. C'était délicat de sa part, vraiment. Et puis, elle a ajouté : « Nous on est des diplodocus ! » Ça nous a fait rire.

Ensuite, elle m'a parlé d'Élise. Selon elle, il ne fallait pas la mêler à nos histoires, ne pas lui reprocher de voir l'autre. Faut pas tout mélanger. Toi, tu lui laisses rien passer à Merlin. Mais ses relations avec les enfants, c'est pas toi qui gères. C'est lui. J'étais pas d'accord mais bon, j'ai écouté. Et puis interrompre Élisabeth, quand elle est lancée à la vitesse du TGV, c'est pas facile. Je lui ai aussi parlé du dîner-catastrophe avec Éric, le boycottage des enfants, le fiasco complet.

« Il ne faut pas sortir avec des collègues, c'est toujours une source d'embrouilles », elle m'a répondu. C'est probable. Mais je me demande comme elle sait ça, vu qu'elle travaille quand elle veut (grâce à son mari). Mais enfin, elle le sait. Donc, il paraît qu'il faut mettre Éric au placard. Que de toute façon, il a pas l'air drôle et puis il ne sait pas s'y prendre avec mes bébés. C'est vrai mais peut-être qu'il pourrait apprendre, non ? C'est absurde selon elle. Un type qui n'a pas d'enfants de son côté, ça peut être un problème. S'il ne bascule pas dans les cinq premières minutes, c'est que ça ne marchera jamais. Bon, elle a peut-être raison, je ne sais pas. C'est dommage parce qu'il avait l'air attentionné quand même et que j'ai besoin qu'on s'occupe de moi en ce moment. Parce que je divorce figurez-vous !

Après, elle a fait sa fête à Chloé. Tu parles d'une copine ! elle fulminait. Moi, je serais toi (mais non, justement, t'es pas moi mais continue quand même !), une fille comme ça je couperais les ponts. Non mais, quel culot ! Tu te rends compte, toi en pleine galère, l'audience demain (tiens, au fait, il faudrait en parler non ?), avec l'épreuve que ça représente et elle qui t'embarque au Salon du mariage. Qu'est-ce qu'elle voulait, cette écervelée ? Que tu choisisses ta robe ? Que tu prépares la pièce montée ? Que tu décides de la musique ? Je rêve. Ça fait longtemps que je te dis que Chloé, vu comme elle a tourné, ne t'apportera que des ennuis, mais tu ne m'écoutes pas, tant pis !

Là, j'ai trouvé qu'elle allait un peu loin, Élisabeth. Toujours jalouse ? Et rancunière ? C'est pas parce qu'elles ont été rivales il y a des années qu'il faut la descendre en flammes comme ça. Elle l'a eu son Philippe et elle l'a gardé. Et Chloé, elle est toujours seule, et ça c'est pas drôle. Au bout d'un moment heureusement Élisabeth a changé de cible.

Et Merlin, tu crois qu'il était pas au courant ? Hein ? Tu plaisantes ! Tu es vraiment naïve, ma pauvre Juliette (ça m'agace quand elle a ce petit ton supérieur). Si ça se trouve, c'est lui qui a tout manigancé. Pour éloigner Élise de toi. Il a dû lui suggérer à cette... comment... ah oui, Nadine — radine-sardine-tartine, tu te souviens, à l'école primaire ! — de l'emmener là-bas pour qu'elles fassent mieux connaissance. Ah, le salaud ! Et puis, laisser ta fille traîner dans un endroit pareil, on n'a pas idée. À treize ans, c'est criminel ! Quel irresponsable, ce type. Enfin, heureusement que tu es tombée sur elle parce que sinon tu l'aurais même pas su. C'est la seule chose utile à mettre au crédit de Chloé ! Pas à une contradiction près Élisabeth. Elle a toujours raison. C'est ça qui fait que je l'aime.

Le repas était presque terminé et on n'avait toujours pas abordé le sujet qui me tourmentait. L'audience ! Pour me motiver, j'ai sorti la convocation de l'avocat et je lui ai lue :

« 14 heures, Palais de justice, cabinet 212, couloir L, 6e étage... » Je lui ai expliqué qu'il fallait préparer sérieusement l'expédition. D'abord, il paraît que le parking du tribunal est quasiment toujours complet. Ensuite, il faut un indigène connaissant bien le terrain pour te guider, et prévoir au moins vingt minutes rien que pour se retrouver dans ce labyrinthe à pied. Les rollers sont interdits à l'intérieur du Palais. Tu vois le truc ! Et après, la cérémonie peut commencer.

Là, Élisabeth est intervenue fermement. Elle avait deux ou trois conseils à me donner. Je ne sais pas d'où elle les tient, étant donné qu'elle n'a pas divorcé et que personne dans son entourage n'est dans cette situation. Mais le fait est qu'elle a des idées drôlement précises sur le sujet. Bref, un, il ne faut pas parler au méchant (Paul) avant de passer devant notre juge. Rien, pas un mot. Ensuite, il faut avoir les nouvelles munitions sur soi (elle est marrante, Élisabeth). Au cas où ! Mais être aimable.

Et puis mettre en avant les enfants. Si j'ai besoin d'une pension, c'est pas pour moi, vu que je dépense rien ou presque. Non, c'est le dessin, le tennis, le foot, les stages de langues, les voyages qui forment la jeunesse. Le minimum vital, quoi. Et soigner ma tenue, là-dessus, elle a été très ferme. Comme l'avocat. Ne pas se faire remarquer. Pas de bijou, le sac Prada assorti au petit bracelet du jour au placard, la dernière petite robe pas chère qu'on voit dans tous les magazines — enfin à 299 euros quand même — on l'oublie. Faut mettre quelque chose de très simple, ambiance gentille fille qui se débat face à un vilain mari. Du classique en somme.

Son dernier conseil, c'était : pas de bonne humeur, encore moins de fou rire. Austérité, sévérité. Comme notre juge. Les divorces, elle m'a dit d'un ton solennel, c'est comme les enterrements. On est nerveux alors tout à coup, une remarque, une question bizarre et on pouffe. Impossible d'arrêter. Mauvais, ça, très mauvais. Se rappeler la règle de base de l'audience de conciliation : je suis là pour le fric. Ni pour le pire, ni pour le meilleur.

À la fin, elle était un peu bourrée Élisabeth. Elle s'est levée. Alors moi aussi.

Elle a dit en cherchant ses mots :

— Paul, ignoble personnage, ici absent ?

— Oui, j'ai fait.

— Acceptez-vous, Juliette Beaumont, ici présente, comme divorcée ?

— Oui, j'ai dit.

— Et vous, Juliette Beaumont ici présente, acceptez-vous ce type comme divorcé pour le meilleur de l'ex-pire jusqu'à la fin des siècles ?

— Oui, j'ai hurlé cette fois.

— Eh bien (Élisabeth a levé son verre de château

séguret comme si elle allait m'asperger avec), Paul et Juliette, je vous déclare unis par les liens du divorce !

C'est à ce moment-là que Philippe, qui était entré en silence dans le salon, s'est pris le verre en pleine figure. Le vin a dégouliné sur sa belle veste. Aveuglé, il a heurté la table. La lampe art déco qui s'y trouvait a chancelé. J'ai allongé le bras, mais pas assez. Élisabeth a poussé un soupir déchirant. Et elle s'est fracassée avec un bruit épouvantable (la lampe). Philippe a alors lâché : « Je ne sais pas si c'est une bonne idée de vous laisser seules toutes les deux ! »

6

CONCILIATION MUSCLÉE

(J + 1)

Enfants : nerveux. À cran avec Élise qui me cherche. Tentative d'Arthur pour tempérer.

Banque : situation bien améliorée depuis que je n'ouvre plus leurs méchantes lettres.

Sommeil : essayer l'homéopathie ?

Boss : pas entendu parler (tant mieux, pas le temps en ce moment).

En l'écoutant, je me dis qu'il ne faut pas sous-estimer les avantages du divorce. Je parle de mon protecteur. De mon avocat quoi ! C'est vrai, tout le monde me parle en permanence des mauvais côtés de la démarche mais il y en a aussi des bons. Plein même.

1. On apprend à devenir patient. Convocation, premières conclusions, deuxièmes conclusions, conciliation, réflexion. Chaque fois qu'on croit en avoir fini, le manège repart pour un tour.

2. On découvre une nouvelle langue. C'est drôle comment ils parlent tous. Les juges, les huissiers, même les avocats. Au début, on est un peu perdu. On lit les papiers, on essaie de comprendre et puis on les repose en disant qu'on le fera plus tard. Et on ne le fait jamais. Jusqu'au moment où l'avocat vous dit : « Ah, mais madame, il fallait interjeter appel de la décision. »

Alors là, on se bouge. Ouf, on avait jusqu'à demain. Maintenant, je suis très calée en « divorsocharabia ». Ainsi : « Il est échet en conséquence d'observer que l'affaire est pleinement en l'état d'être jugée et qu'en différer la solution porterait gravement préjudice au concluant. » Traduction : « Faut y aller, c'est l'heure de trancher entre ces deux emmerdeurs. » Ou encore : « Mme B. a cru devoir attraire M. T. par la juridiction de céans aux fins de voir fixer la part contributive mise à sa charge au titre de l'éducation et de l'entretien des deux enfants mineurs, Élise et Arthur... » En bon français : « Elle a traîné l'autre grippe-sou en justice pour obtenir un peu de fric. » Basic. C'est pas du mot à mot mais là aussi, c'est ce qu'il faut retenir. Quand on dit quelque chose, ça devient « Contrairement aux assertions de Mme B... ». Mais le plus chouette, c'est quand Paul devient le « sieur T. » et moi « dame Juliette B. ». Ça, j'adore. J'ai l'impression d'être dans la sitcom du soir sur M6 quand il y a des scènes de procès.

3. On révise le code des bons usages. J'avais un peu oublié, il faut dire. Bon, au début, j'ai eu du mal et puis on s'y fait. Par exemple, la demanderesse (c'est moi !) a découvert que « Plaise au Juge des Affaires Familiales », ça veut dire : « Vous êtes la meilleure madame la juge. Et puis la plus juste, la plus belle... » Enfin c'est l'idée. Et côté respect des bonnes manières, face à ces gens-là faut pas mollir.

4. Je suis devenue une grande psychologue. Très utile. Ça permettra de mieux manipuler les prétendants dans l'avenir. L'avocat, toujours lui, m'avait prévenue : quand une magistrate commence à s'agiter sur son siège, ça veut dire qu'elle trouve le temps long. Faut abréger. Comment elle est habillée, ça compte aussi. « Notre juge », c'est comme ça qu'il l'appelle mon avocat, elle avait un look assez classique, mais on sentait qu'elle l'était pas complètement. Et puis il y a la question de la fameuse pension. Là, je savais ce que je

devais faire. Je crois que je m'en suis pas trop mal sortie quand j'ai dit : « Vous comprenez, je gagne moins de 3 500 euros par mois, je sais jamais tout à fait combien exactement et pour Paul c'est un salaire de misère... » Là, j'ai vu que ça lui plaisait pas, comme elle doit gagner à peine plus, la vieille. Enfin, je veux dire madame la juge.

5. Autre avantage : l'organisation et le rangement. Moi, au départ, j'étais un peu bordélique. Eh bien ça m'a passé. Parce qu'il y a un mot dans un divorce auquel il faut s'habituer : pièces. Les pièces. « Vous avez les pièces ? » qu'il demande l'autre zouave chaque fois que je le vois dans son cabinet. Au bout d'un moment, je m'y suis faite. J'ai une chemise pleine de « pièces » pour toutes mes dépenses. La bleue pour « Factures courses de bouffe ». Une verte « École bretonne, rentrée scolaire ». Une autre encore « Activités diverses » (foot, dessin, tennis, enfin tout ce dont mes chérubins ont besoin pour se distraire). Et d'autres comme « Dépenses santé », « Loyer appartement », « Vacances ». Je me suis dressée à garder toutes les factures, les relevés de cartes bancaires, le ticket d'achat du poulet à Monoprix (ah, quel train de vie !), le voyage à Lille, la consultation chez l'ophtalmo, les Nike, la carte « Imagin'R ». Tout ça va dans des chemises de couleurs différentes. Je suis devenue la reine du classement. J'ai même retrouvé des vieux Pascal que m'avait donnés un charmant monsieur il y a deux ans. Il y en avait pour 800 euros. Trop tard pour aller les changer à la Banque de France, je crois. Quel gâchis ! Faudra que je vérifie, sait-on jamais. Et puis j'ai remis la main sur les garanties du lave-vaisselle et de la minichaîne, qui est tombée en panne il y a un mois et que j'ai pas encore eu le temps de faire réparer. Je vais faire des économies.

6. Et puis il y a l'argent. Je suis devenue plus rusée. C'est le système qui veut ça. Le nerf de la guerre du

divorce. Faut apprendre à jouer la pauvre fille face à l'ignoble macho qui veut renier le serment du mariage sans payer la note, le salaud ! Donc, le Paul, je lui ai taillé un sacré costume pendant l'audience. De conciliation ? Tu parles ! Quand je mentionnais ses salaires, c'était en brut et les miens en net. L'écart devait lui sembler bizarre mais, comme il se souvenait plus bien, il osait rien dire. Quant à l'autre, elle disait rien mais je voyais bien qu'à la façon dont elle plissait les yeux, elle tombait de l'armoire la... enfin notre juge quoi. Et l'appartement ! Là j'y suis allée fort. J'ai évalué à 30 000 euros ce que j'avais dépensé en travaux, aménagements, meubles. « C'était toute sa vie, cet endroit » qu'il a dit justement mon avocat. Il a eu beau exploser, Paul, demander les factures, dire que c'était n'importe quoi, j'ai bien vu que ça avait frappé la juge.

Pour les chiffres, j'ai jamais été très forte. Mais côté stratégie, je me défends. Et sur le train de vie, j'avais pas mal préparé mon coup. Il faut dire que j'en ai passé des soirées à faire mes petits calculs. Et à chialer aussi. Enfin, ça c'est fini maintenant.

Donc, j'ai dit d'une petite voix : « Pour moi, je n'ai pas besoin de grand-chose, madame la juge. Je peux me débrouiller. Mais les enfants, c'est autre chose. Tout ce que je souhaite, c'est qu'ils puissent continuer leurs études dans de bonnes conditions. Et ne pas être obligés d'abandonner leurs activités, ça leur briserait le cœur... » Là, il s'est énervé cet idiot. Paul a haussé la voix, dit que c'était la chair de sa chair, genre mélo, qu'il n'avait jamais eu l'intention de mégoter sur ce plan.

Et puis l'avocat a lâché ce que je voulais, un peu moins de 2 000 euros. Alors là, sa tête ! Il a bégayé qu'il en gagnait 6 000, d'euros, que c'était près du tiers, qu'il travaillait dans le privé et qu'il pouvait donc se faire virer n'importe quand. Il a ajouté, la voix tremblante de fureur, que des arnaques comme ça il en avait jamais vu à ce point. Et puis le discours habituel, je l'attendais, que j'avais des revenus, que j'avais toujours voulu mon indépendance et que ce serait un peu fort de café, c'est l'expression qu'il a utilisée, que le divorce me permette de doubler mon salaire. Alors là notre juge elle a été parfaite. « Calmez-vous, monsieur, elle lui a balancé, chacun donne son point de vue, c'est moi qui trancherai de toute façon à la fin. » Et vlan dans les gencives ! Pas habitué à la contradiction, mon petit Paul !

7. Une autre bonne chose, c'est qu'on est bichonné par son avocat dans un divorce. Il s'occupe de tout ou presque. Il vous remonte le moral, il vous téléphone pour vous donner des nouvelles de la procédure, il vous dit de pas vous inquiéter (quand il le répète un peu trop ça en devient angoissant), il affirme qu'il fera son affaire du paiement de la pension après, que la loi est bien faite, qu'on la récupère facilement, juste besoin d'un huissier et crac, l'argent passe d'un compte à l'autre en moins de temps qu'il n'en faut pour le dire, qu'il sera là jusqu'à la fin, il est à l'écoute, on peut le joindre n'importe quand et voilà, je vais vous laisser maintenant parce que je crois que mon rendez-vous suivant est déjà arrivé et je déteste faire attendre mes clients.

8. Le trajet du retour en sortant du cabinet de l'avocat, c'est enfin le moment intéressant du divorce. Il passe — avec un tout petit détour — par l'avenue Montaigne. Côté sud à l'aller. Inabordable. Côté nord au retour. Là, la tentation devient insupportable. Je me dis que j'ai tout bien fait chez l'avocat. Bien appris à traduire leur langue de bois. À ranger mes pièces. À faire mes comptes (j'avais jamais essayé depuis dix ans). Donc je mérite une petite récompense. Bon d'accord, j'en ai des tiroirs entiers. Acheté un petit violet il y a deux semaines et un autre il y a quatre jours... un par semaine, c'est vrai que c'est trop. Mais en ce

moment c'est particulier, j'ai besoin de me faire du bien. Faut pas craquer. C'est pas normal pour une mère de famille et en plus en plein divorce, sortant de chez son avocat ? M'en fiche ! Orange je l'ai pris. Orange avec un énorme papillon brodé couleur bleu nuit derrière, juste ce qu'il faut pour qu'on le repère bien, avec du strass tout en haut sur les coutures, devant et derrière. Celui de la semaine dernière, rose bonbon avec des fils translucides, était plus sobre. Mais le contexte aujourd'hui est différent. En tout cas, je lui ai déjà donné un nom au nouveau : le « string de la conciliation ». Si je gagne contre Paul, j'en offrirai un à notre juge. De quoi la transformer en bombe sexuelle !

7

VITE, UNE NOUVELLE TÊTE !

(J + 2)

Sommeil : encore une nuit incomplète (endormie à 2 heures du matin réveillée à 6).

Banquier : neutralisé provisoirement (été dans son agence avec de bonnes paroles).

Enfants : parfaitement silencieux (absents, en visite chez leur père).

Sport : en vue.

Est-ce que vous avez de la place cet après-midi ? 14 heures ? Oui, ça me va. D'accord pour Mélissa la coloriste et Mario, le coupeur. Mon nom ? Juliette Beaumont. Quoi ? Oui, oui, c'est bien moi mais j'ai changé de nom, c'est un peu compliqué. Bon, à tout à l'heure.

Pas question que je me trimbale un jour de plus ce truc imprononçable. Tcherkodriou. Ah, il était fier, Paul, de s'appeler comme ça. Et il a tellement insisté pour que je le porte moi aussi. Il me faisait « don » de son nom. Sacré cadeau ! Mais à part marquer un max de points au Scrabble, il m'a jamais servi à rien ce nom.

Qu'est-ce que je vais faire demain soir ? Avant, le samedi, on dînait souvent chez Hélène et son mari. Mais là, pas de nouvelles. Je lui ai encore laissé un message il y a deux jours mais elle a pas rappelé. Bizarre.

La dernière fois que je l'ai eue au téléphone, c'était quand ? La semaine dernière, jeudi. Elle était pressée. Des courses à faire pour un dîner le lendemain. Pourtant pas son genre de se préparer la veille. Tout doit toujours être frais, saumon frais, petits fromages frais, invités frais. Enfin, ceux-ci pas forcément. Ce sont toujours les mêmes. C'est étrange. En y réfléchissant, ça fait un moment que je ne les ai pas vus. Enfin ensemble, chez eux. Trois mois ? Plus. Six. En fait, depuis le début de la procédure. Curieux. C'est pas leur genre pourtant. On se connaît depuis si longtemps. Et puis quand j'appelle, Hélène a pas changé. Ma chérie, ça me fait si plaisir. On a une vie de fou, c'est pas parce que je ne travaille pas que je ne suis pas débordée, on ne se voit jamais. Mais raconte-moi plutôt, toi comment tu vas ? Et les enfants ? N'y pensons plus. On verra plus tard.

Ça fait du bien de prendre l'air. Prendre le temps de marcher, tranquillement. Pas de courses, pas de mari qui attend les pieds sous la table, pas d'Arthur et d'Élise en train de s'étriper. Portable exceptionnellement éteint (plus tard maman, plus tard. À demain). Place Saint-Sulpice. J'adore le sixième arrondissement. Et surtout cet endroit, la place, la fontaine, le café de la Mairie, les boutiques. Le kiosque.

— *Libé*, s'il vous plaît.

La grosse dame me sourit au moment où j'entends une voix grave derrière moi.

— La même chose.

La kiosquière me tend deux journaux.

— Non, un seul... enfin nous ne sommes pas ensemble, dis-je en bredouillant.

L'homme s'est avancé et me regarde.

— Excusez-moi. Allez, affaire conclue. Aujourd'hui, je paie. Et demain c'est vous, d'accord ?

Il a de l'aplomb celui-là.

— Si vous voulez. Merci, dis-je en cherchant mes mots. Mais comment...

Son sourire de dragueur me rassure à moitié.

— J'achète mon journal ici tous les jours, à peu près à cette heure-ci. Je travaille juste à côté. Alors, c'est d'accord ?

— Oui, enfin si vous voulez. Mais...

Pourquoi est-ce que je lui laisse une ouverture ? Certes il a une belle gueule.

— ... Comment vous allez me joindre ? Facile, voilà ma carte si vous avez un problème. Alors à demain. Ici même heure. OK ?

— Faut voir...

— Ça veut dire oui ?

Il ne va pas me lâcher. De toute façon, ça ne m'engage à rien.

— Vous verrez bien, dis-je en concédant un petit sourire.

— Parfait, à demain.

Le tout sous le nez de la kiosquière, étonnée par le spectacle.

Je tourne vite les talons et je file, genre débordée-qui-gère-son-temps-à-la-minute-près. Plutôt pas mal de dos. Silhouette élégante. Belles fesses. Quelque chose de réservé malgré son audace. Je sors discrètement la carte de visite de ma poche.

Marco FRANCISI
Paradisland
Agence de communication-Multimédias
Tél : 01 53 32 15 12
Direct : 01 53 32 15 10
Fax : 01 53 32 16 60

Multimédias, tu parles. Multidragueur surtout. En fait, je déteste ce genre de type. Prétentieuse sa carte. Direct quoi ? Le septième ciel ? Les emmerdes oui.

Même pas de portable mentionné. Monsieur se protège. Un coup vite fait dès le premier rendez-vous et puis l'homme invisible. Pas la peine, surtout en ce moment. D'ailleurs, ça ne me manque pas du tout, de ne pas baiser. Et puis avec la tête que j'ai, je ne comprends même pas qu'il ait pu m'adresser la parole. Il doit être en manque, lui. C'est jamais bon un mec à l'affût de tout ce qui bouge. Ça cache quelque chose. Donc pas d'embrouilles !

C'est pas au moment où je retrouve ma liberté que je vais tomber dans les pattes d'un malade qui en est réduit à distribuer sa carte de visite devant les kiosques.

— Ah, ça fait longtemps qu'on ne vous avait pas vue, madame Tcher...

— Beaumont, Mélissa, c'est mon nouveau nom.

— Ah...

Elle a l'air désemparée.

— Alors, on vous fait quoi ?

— On change tout !

— Très bien. Mario...

Ça y est, c'est parti. En temps normal, j'ai pour principe d'être assez directive. Il ne faut pas les laisser libres. Sinon désastre. Si on leur dit d'accord pour deux centimètres, on rafraîchit juste les pointes pour les alléger, on se retrouve dégradée de dix centimètres, style Claire Chazal. Bref, pas du tout adapté à mon visage. Le tout pour 150 euros quand même.

D'habitude, en arrivant chez le coiffeur, on est toujours un peu angoissée. Est-ce que ça va être comme avant ? Aussi bien que la dernière fois ? Vous savez on m'a fait tellement de compliments !

Mais là on est pas dans une situation normale. Je suis en plein divorce. Paul s'est barré et vit avec une autre. Je suis seule pour tout gérer. Donc le mot d'ordre c'est : totale transformation. Pas de consigne. Risque maximum. Je me laisse faire. La musique latino lascivo-soft s'y prête. Shampoing odorant, massage du crâne, je me décontracte. Préparation des mèches. Une heure à mijoter. Très bien, j'ai tout mon temps. Un petit café ? Volontiers.

Tout à coup, je pense à sa phrase en sortant du tribunal l'autre jour, après la prétendue conciliation. Pour la première fois, il crachait son venin : « Tout ça ne me concerne plus. Et encore moins après ton petit numéro de femme désintéressée qui ne pense qu'à sa progéniture ! À partir de maintenant on n'a plus rien à se dire. Prends tes responsabilités. Salut. »

Il voulait m'effrayer. Et le pire, c'est que ça a marché. J'en fais des cauchemars depuis. Il a peur de rien. Mal élevé par sa maman qui l'a couvé. Toujours le plus intelligent, le plus beau. « Vous ferez attention à lui, ma petite, vous savez derrière les apparences c'est un garçon très fragile. Il est tellement sensible... » Ça, c'était le discours de cette vieille sorcière. Dès le début, elle m'a eue dans le pif celle-là. C'était jamais assez bien ce que je faisais. Et puis les compliments, les cadeaux, c'était pas son style.

La seule fois où elle m'a offert quelque chose, un « plat de service » en argent étamé, elle m'a demandé de la rembourser ! Et, en plus, elle l'avait acheté en solde ! Bradé, le plat. « J'ai pensé que ça vous ferait plaisir... » Enfin, ça c'est un vrai avantage de ne plus la voir et de ne plus entendre sa voix mielleuse qui cachait toujours une vacherie à un moment ou à un autre. Disparue, oubliée la vieille guenon !

Donc mon numéro devant la juge ça lui a pas plu à Paul. Parfait. Ça prouve qu'il était au point. Mais qu'est-ce qu'il croyait ? Que j'allais le remercier de m'avoir plaquée ? S'il croit qu'il va échapper à la pension, il rêve le fils-à-sa-maman. T'as fait deux gosses, t'as eu une femme, construit un embryon de famille et t'as tout bousillé. Tu vas pas t'en tirer comme ça crois-moi. Faut assumer maintenant. Dans les deux semaines qui viennent, je serai fixée. Faudra payer ce que la juge a dit. Notre juge !

Ah ! ça recommence. Et qu'est-ce que je vais faire samedi soir ? C'est le jour des couples. À la trappe les familles monoparentales ! C'est chouette comme expression, monoparentale. C'est plus chic que femme-qui-élève-seule-ses-enfants-et-qui-galère. Pourquoi Hélène et Henri ne m'invitent-ils plus ? Est-ce qu'ils sont vraiment comme ça eux aussi ? Des bonnes paroles mais on va pas jusqu'à me voir en personne. « On sera huit », elle m'avait dit la semaine dernière en parlant de son dîner. Quatre fois deux. Quatre couples comme il faut. Évidemment, une divorcée ça fait tache dans le tableau des heureux-si-contents-de-se-retrouver-entre-eux-parce-que-n'est-ce-pas-ça-fait-si-longtemps... « Je vous présente Juliette, l'ex-femme de Paul. » Ça leur arracherait la langue ? Ils ont peut-être peur d'être obligés de donner des précisions.

Je les imagine, baissant la voix, avant que j'arrive : « Et puis il l'a laissée avec leurs deux enfants, Arthur qui a dix ans et Élise treize. Très mignons. Juste pour que vous sachiez... » Et au moment de faire la liste : « On invite Juliette ? Ça fait longtemps... — Je veux bien mais avec qui ? — Ah oui, c'est vrai... » Parce que, bien sûr, il faut me recaser. Ils se sentent investis d'une mission, les amis. Recaser la malheureuse. Et le malheureux ? Non, ils sont moins inquiets quand il s'agit des mecs, on se demande bien pourquoi. Il faut ouvrir son carnet. Et faire défiler les célibataires du moment, la quarantaine prospère avec leurs habitudes de vieux garçons (incasables donc), les plaqués qui n'arrivent pas à se consoler et à oublier (donc pas plus faciles à placer), les impuissants (ça se sait toujours à un moment ou à un autre). Et bien sûr, il y a aussi les autres divorcés. Déjà passés au moins une fois ou deux à la moulinette à broyer les illusions.

Si le marché fonctionnait bien, on les mettrait

ensemble. Mais problèmes. Parce qu'il y a ceux qui se sont retrouvés avec leurs enfants (et élever ceux d'une autre non merci, je donne assez avec les miens !) et ceux qui n'en ont pas et qui n'en veulent pas (pas mieux : égoïstes, fuyant les responsabilités de la vie, incapables de comprendre, et en plus méchants avec les gosses à la moindre occasion). Et, pire que tout, ceux qui n'en ont pas et en veulent au moins un (à fuir dans la seconde !). Finalement tous plus ou moins difficiles à recycler, eux aussi. Hélène ! Je serai toujours là s'il t'arrive quelque chose, ma chérie, ne t'inquiète pas. Ah, elles sont belles les fidèles amies. Tout ça pour préserver l'équilibre d'une petite sauterie dont tout le monde se fout. Surtout ne pas perturber les épouses parfaites qui ont su garder leur gros trésor. Je les imagine, Henri et elle, dans leur cuisine flambant neuve. Pas la peine de laisser traîner une voleuse de maris, une briseuse de ménages unis, une hooligan du couple. On ne sait jamais avec Juliette, tu la connais. Quand elle est mal et qu'elle a bu deux verres, elle ne peut pas s'empêcher de faire du gringue à un type qui lui plaît. Je t'assure, on fera un autre dîner pour elle. Tu as raison, ma chérie.

Ah, bien sûr, Paul c'est pas pareil. Ou alors... Non, impossible. Paul et l'autre vicieuse, ensemble, chez eux ? Entrez, bonjour, vous êtes... Ravi de vous rencontrer enfin. Paul nous a tellement parlé de vous.. S'ils ont fait ça, c'est simple je coupe les ponts. Terminé.

Qu'est-ce que je vais devenir ? Ouvrir les magazines, tout de suite, ça m'occupera. Aller directement à l'essentiel. La politique, les affaires, tout ça m'a toujours prodigieusement ennuyée. Non maintenant un seul sujet m'intéresse : moi. Autocentrée, voilà ce que je suis. Élisabeth a raison. Je me suis trop longtemps sacrifiée. Pour Paul, pour les enfants.

L'horoscope du mois, voilà ce qu'il me faut : le Scorpion. La passion des défis, ça tombe bien.

« Vous êtes le plus combatif des signes d'eau. Le plus

complexe aussi ! À la fois émotive, hypersensible et volontaire, vous êtes animée d'un esprit de compétition exacerbé. Et vous n'êtes jamais rassasiée de victoire. » Tout à fait moi. Ils sont forts à *Elle* !

Côté cœur : l'entente entre les signes, oui, vite. Les signes de terre ? Déjà donné merci bien. Les signes d'eau ? J'en connais pas. Les signes de feu ? « Bonjour les tensions. » Ça part bien ! Pas la peine d'aller plus loin. Restent les signes d'air. « Frivoles, volages, les Gémeaux ne comprennent rien à l'intensité de vos sentiments. » À dégager le Gémeau. Dernier lot de consolation : la Balance. « Séduisant, conciliant, vous pouvez croire le mener par le bout du cœur. » Tu parles, on les connaît les mecs. En général, l'organe vital c'est pas là qu'il est ! Donc, ce mois-ci, pas d'efforts, ne pas s'investir, se laisser faire la cour et on verra bien.

— Alors, ça vous plaît ?

Disparues mes petites boucles dorées. À la réflexion, ça faisait un peu nunuche. C'est pas si mal, tout court. Ça me va plutôt bien. Ma nouvelle vie commence.

Tiens, au fond, le type du kiosque à journaux, le Marco distributeur de cartes, qu'est-ce qu'il peut être comme signe ? Taureau ? Scorpion ? Je n'y crois pas. Allez, s'il est Balance, je le laisse approcher. Après tout, c'est vrai, il a pas l'air trop voyou celui-là.

Et c'est peut-être ça qu'il me faut en ce moment. Non ?

8

UN GOÛTER DIPLOMATIQUE

(J + 8)

Sommeil : jeté mes boîtes de Lexomil pour ne plus être tentée. Réveil vers 5 heures. Attente. De plus en plus fatiguée.

Boulot : bien fait, vite fait.

Banque : ils ne croient plus à mes annonces mirobolantes. Bande de méchants.

Enfants : en pleine ébullition.

Aujourd'hui pas de nouvelles en perspective, c'est samedi. Huit jours que je repense à la conciliation. L'avocat me rassure chaque fois que je l'appelle (pas plus de deux fois par jour en ce moment). On verra bien ! Cool, la nouvelle Juliette avec sa nouvelle tête, ses nouveaux prétendants, sa nouvelle famille recomposée. Un bloc d'amour : Élise, Arthur et moi. Famille à trois pattes mais bien décidée à s'aimer... et à survivre.

Seule (petite) contrariété : le rendez-vous manqué avec Marco. J'ai été obligée de l'annuler lundi soir. Sortie au théâtre avec Élisabeth programmée depuis longtemps. J'avais oublié. Elle me l'a rappelé *in extremis*. Bon, c'était pas très gentil pour lui mais il aura droit à une autre chance.

En attendant, grandes festivités en cours. Objet ? L'anniversaire d'Arthur. Autant dire le jubilé de la reine.

L'événement de la semaine. Il a dix ans. Ça compte. Pas question de bâcler la chose ! Il y a deux ans, c'était sa journée, en guest star à Disneyland. J'ai cru que j'allais y rester. Aller là-bas. Se garer. La journée à 150 euros — resto et peluches compris. La foule. Partout. Les files d'attente à chaque attraction. Morte, j'étais quand je me suis couchée ! L'année dernière, il avait voulu faire comme son copain Pierre. Fiesta au McDo, avec hôtesse maquillage, hôtesse jeu (source d'inévitables disputes qui se sont ensuite prolongées à l'école) et une agitation infernale. Quant à la nourriture, c'est spécial. Coca à gogo et sauce partout. J'ai eu du mal à digérer. Lui évidemment, il est habitué. D'ailleurs à cet âge, ils avalent n'importe quoi.

En tout cas j'étais pressée d'en finir avec ce magic goûter. Huit jours entiers de négociation à raison de trois heures chaque soir. Deux jours entiers de préparation. Je n'ai pas chômé dans l'abri de jardin. Confection des guirlandes, ballons, masques et autres accessoires indispensables. Discussion sur les gâteaux, Arthur ne voulait que du chocolat. Il fallait quand même un peu penser aux autres. L'affaire se déroulait à la maison. Avantage : ça coûte moins cher ce qui m'arrangeait bien. Inconvénient : tous ces barbares à domicile, pardon ! Ils couraient partout, ils trafiquaient tous les appareils, ils hurlaient pour accéder à la Play Station.

Et puis il fallait prévoir la partie dancing. Bien sûr, ils n'en sont pas encore à Elvis Presley, mais enfin Arthur avait prévu tout un programme musical. Il a fallu aller compléter les CD chez la voisine au dernier moment. Il faut dire que les filles étaient déchaînées. De vraies furies. Lola, la nouvelle fiancée d'Arthur, ne le quittait pas d'une semelle. Chaque fois qu'une autre prétendante s'approchait de lui elle s'arrangeait pour la faire fuir. Il se demandait ce qui se passait, le pauvre. Il n'est pas encore rodé. C'est qu'elles le veulent toutes mon bébé ! Il était beau avec son jean bien froissé et ses cheveux en pic sur la tête à coups de supergel fixant ! Et sa chemise ouverte pour jouer à l'homme. Et ses nouvelles Nike. Ils étaient tous verts de jalousie.

Dommage qu'Élise se soit crue obligée de faire son numéro. La veille elle m'avait demandé si elle pouvait inviter quelques copains à elle. Je lui ai dit que c'était la fête de son petit frère. « Il est d'accord, elle m'a alors répondu, ne sois pas méchante. » Évidemment elle l'avait embobiné. En fait, il n'en avait aucune envie. J'ai dû lui dire non. Cris, larmes, crise. Elle m'épuise. On m'avait dit que ce serait dur à l'adolescence mais à ce point, non, j'imaginais pas ! Quelle idée d'avoir des enfants ! D'ailleurs, je me demande s'il en a ce Marco. Vu son côté dragueur, je dirais plutôt non. Mais avec eux on ne sait jamais. Un ou deux qui traîneraient d'un mariage précédent, ça s'est vu.

Heureusement que je n'ai pas cédé parce que c'était déjà l'invasion. Figurez-vous que maintenant c'est l'égalité des sexes. Pas question de faire la fête en petit comité, entre garçons ou entre filles, comme quand j'avais son âge. C'est la classe entière qu'on invite. Ça, c'est pas négociable. « Sinon je passerai pour un nul. Toutes les filles et tous les garçons. Pas de jaloux. » J'ai tenté au début de résister : « Mais, mon ange, tu sais, l'appartement n'est pas extensible. Bon d'accord. Va pour *toute* la classe. Vous êtes combien déjà, mon chéri ? Trente-cinq ? Ah, tu rigoles ! Quoi ? Trente ? C'est beaucoup mieux. D'accord, ça ira. »

Quoi d'autre ? Ah, tu ne veux plus de clown, pas de magicien, et surtout plus de baby-sitter pour vous surveiller ? Super, financièrement, c'est parfait. Élise, compte tenu des bracelets qu'elle m'a extorqués jeudi dernier en passant devant le Printemps, fera l'affaire. Deal à traiter avec elle *a posteriori*, donc pas facile. Encore une crise en perspective. Retour aux bonnes vieilles méthodes d'autrefois. Ça avait du bon. Pour le reste, un buffet sur le thème des pirates. OK pour le spectaculaire gâteau avec des cierges magiques et des bougies partout. Et rien que du chocolat. Plein de bonbons de toutes sortes et de toutes les couleurs : des smarties, des fraises tagada, des dragibus. N'oublie pas les malabars et les marshmallows. Carambars et sucettes obligatoires. On veut se goinfrer.

Parle bien mon chéri.

Et des jeux à inventer tout seuls — genre la bouteille, merci, je connais, Élise m'a déjà fait le coup y a trois ans. Et des déguisements de Harry Potter pour tout le monde. Rien que ça, mon amour ?

Ça va être tout simple l'anniversaire de tes dix ans. Faut dire que, n'ayant pas tout à fait la tête à ça, j'ai pris soin de consulter, avant. Histoire de ne pas faire de gaffe. Premier anniversaire sans (son) père, ça méritait un avis de mon psy.

« L'enfant en ramenant des copains chez lui joue son prestige. C'est pourquoi il faut l'aider à réussir sa fête, m'a-t-il répondu.

« Vous, en tant que mère, devez éviter deux écueils : vous occuper vous-même de tout, l'enfant doit participer. Mais aussi ne pas vous plier aux quatre volontés du chérubin. Pour votre Arthur, son goûter d'anniversaire est l'occasion d'exprimer ses rêves et ses désirs… et de les confronter à la réalité. »

Parole d'expert. À un moment, les négociations étaient tellement houleuses que je ne savais plus quoi faire. Alors, je lui avais passé un coup de fil. Après, je n'arrivais plus à l'arrêter. J'ai eu l'impression qu'il était même jaloux de mon fils celui-là !

Je n'ai pas osé faire les comptes, le soir. Trop dur. Dans le rouge, et bien encore. Une réussite le goûter. Aux anges, mon Arthur. Et Élise, pour une fois, ne m'a pas traitée de mère qui se la joue et n'y connaît rien aux gamins de dix ans. Mais à quel prix !

« Ouvre les yeux, Juliette ! » La phrase préférée d'Élisabeth en ce moment. Et avec ce que je viens encore de dépenser pour Élise, petite virée imposée un soir en rentrant de chez le dentiste — le T-shirt assorti à la jupette qui va avec les Nike — et pour l'anniversaire d'Arthur, j'ose même plus ouvrir les lettres de ma banque. Je coule.

Même pas envie de me faire une petite folie de string cette semaine. À peine le temps d'y penser. Quant aux mecs, nada. Alors, ouvrir les yeux, ça non ! C'est quand je vais leur annoncer qu'on ne part pas dans le désert comme d'habitude en février qu'ils vont faire la gueule, les deux paniers percés. Encore des explications à fournir, des larmes à venir. Mais qu'est-ce que j'y peux ? Heureusement, les vacances c'est encore loin.

Je les connais. Ils vont crier à l'injustice, à l'abandon. « Avec papa, on part. On va au ski. C'est bien, ça nous aurait fait montagne et soleil. Pour la santé, c'est indispensable avec la vie à Paris, la pollution, la pluie, la circulation... »

Et la phrase qui tue : « Si ça continue, on va être mieux chez lui bientôt. » En clair ! Merci mes enfants. Merci. On en refera des goûters et un petit tour de shopping, comptez sur moi.

Le lendemain matin au réveil, je me suis dit qu'il fallait les reprendre en main. Les pauvres, ils n'avaient encore rien dit pour les vacances, Arthur était même ravi de son goûter (les voisins moins à en juger par leurs réactions !), mais bon, j'ai senti que c'était le moment d'agir. J'étais sûre de moi. Alors, j'ai exigé qu'ils signent. Encore tout endormis. M'en fous. Ça s'appelait « RÉSOLUTIONS DU TRIO INFERNAL » :

1. Ne plus exiger de cadeaux improvisés.
2. Bien me parler (sinon un gage immédiat : cuisine à nettoyer, une demi-heure de repassage, lavage de la voiture au karcher...).
3. Être « adorable » avec les personnes du sexe masculin qui viennent dîner à la maison, même si on

ne les a jamais vues (pas comme avec Éric la dernière fois !).

4. Ne plus discuter ce qui est décidé à l'avance.

5. Être serviable en toute occasion à la maison, comme à l'extérieur.

6. Aimer sa maman qui fait le maximum pour vous et le lui montrer quotidiennement.

Signé : Arthur, Élise et Juliette.

Ils ont signé. Pas un mot. Froid dans la voiture en partant à l'école. Leur réprobation était palpable.

Tant pis ! Désormais, c'est comme ça.

9

CHER EX-MARI

Sommeil : enfin là et reconstructeur.

Enfants : « Liste des résolutions » en vigueur depuis hier. Ça marche fort.

Banquier : je le fuis en attendant le geste qui sauve.

Sport : un essai. Première séance de stretching aujourd'hui. Un peu rouillée.

Incroyable ! Quand ça a sonné, j'ai pas reconnu sa voix tout de suite, mais le ton, oui. C'était Paul. Élise est entrée dans la pièce pensant que, comme d'habitude, le téléphone lui était réservé. Je lui ai fait signe de s'éloigner. C'était chaud de l'autre côté, même si je faisais la muette.

— Tu inventes, jamais je n'ai dit ça.

— ...

— Je sais ce que tu vas me dire. On en a déjà parlé deux fois. Tu gagnes ta vie non ?

— ...

— Non, c'est toi qui l'as voulu, moi je t'ai proposé de recommencer à zéro avant l'audience...

— ...

— On ne peut pas te confier la garde de deux enfants, dans ces conditions.

— ...

— De toute façon avec la justice c'est nous les pères qui avons toujours tort !

— ...

— Si tu avais fait plus attention à moi, à notre couple, on en serait pas là...

— ...

J'ai beau avoir décidé de l'écouter tranquillement, là, j'ai failli m'étrangler.

— Moi je suis prêt à discuter, je te l'ai déjà dit cent fois !

— ...

— Les enfants à cet âge, ils ont besoin d'une mère mais aussi d'un père, figure-toi. Et leur père, c'est moi.

— ...

— Je ne me laisserai pas faire, j'ai des droits moi aussi.

— ...

— Ce que tu as demandé est absurde, tu n'as aucune chance de l'obtenir, crois-moi.

— ...

— Et les résultats de français d'Arthur tu t'y intéresses ? Tu as vu la dégringolade depuis la rentrée, tu l'as vue ?

— ...

— Je savais bien que tu n'étais pas solide, c'est une trop grosse responsabilité pour toi.

— ...

— Je connais ton discours ! Mais la vérité c'est qu'il faudra simplement que tu t'adaptes. Tu apprendras à dépenser moins et à te serrer un peu la ceinture, c'est tout.

— ...

— Impossible d'avoir une conversation avec toi, tu as toujours raison, il n'y a que toi qui parles !

— ...

— Pas la peine de faire ce cirque, tu ne m'impressionnes pas, tu sais.

— ...

— Tu ne trouvais pas la vie si terrible quand on était à Grasse chez mes parents et que ma mère s'occupait de tout !

— ...

— De toute façon c'est clair, je te le dis en face, je n'ai pas les moyens de payer une somme pareille quoi que tu en penses.

— ...

— Et Élise que tu laisses sortir à n'importe quelle heure, tu trouves ça normal ? À treize ans, elle vit comme si elle en avait dix-sept.

— ...

— Mon avocat me l'a dit, la pension moyenne c'est 530 euros par mois, alors avec tes demandes tu peux toujours rêver !

— ...

— Avec le mal que je me suis donné, j'ai sacrifié ma carrière pour toi, oui, exactement, ma carrière.

— ...

— Et quand j'ai renoncé à aller au séminaire de Dublin il y a deux ans ? Il y avait tout le staff européen. Eh bien, je suis resté parce que tu étais malade. Malade à l'hôpital. Ça tu l'as oublié bien sûr.

— ...

— Oh ! mais oui, mais on pourrait aussi parler de ta mère ! Toujours à me juger, à dire que je n'étais pas assez là, ça la regardait peut-être ?

— ...

— Moi j'ai confiance dans la juge, elle a très bien compris la situation. Si ça se trouve tu n'auras rien, ça s'est déjà vu tu sais.

— ...

— Sous prétexte que madame a besoin d'argent pour

ses caprices il faudrait brader tout ce que j'ai. Ça, ma pauvre, tu peux t'accrocher !

— …

— J'exigerai la nomination d'un expert s'il le faut, ça ne se passera pas comme ça.

— …

— Tu pourras toujours essayer, avant que tu arrives à récupérer tout cet argent l'eau coulera sous les ponts, c'est moi qui te le dis.

Il faut que je coupe le feu sous les pâtes, sinon elles seront immangeables. Élise et Arthur les préfèrent *al dente*.

— Tous mes amis pensent que j'ai été beaucoup trop gentil avec toi. Et pour quel résultat ! J'ai été trop con, je m'en veux.

— …

— Tu es folle, tu ne m'as jamais compris, tu ne t'intéressais qu'à toi et aux enfants, rien qu'une égoïste !

— …

— Ils ont besoin d'équilibre, comment veux-tu que je te fasse confiance pour les élever ?

— …

— Et puis pourquoi je ne te paierais pas un appart pendant qu'on y est ? Bonne poire le Paul, on le jette et en plus il offre le loyer, déménagement compris, l'imbécile !

— …

— Jamais, tu entends, jamais !

— …

— Tu n'as aucune chance, tu sais ils en voient passer des femmes comme toi qui ne pensent qu'à l'argent, ils sont habitués.

— …

— Et les voyages que tu réclames ! Je ne peux pas. D'ailleurs je ne vois pas l'intérêt. Si tu crois qu'elle apprendra l'anglais là-bas tu te trompes, ma pauvre fille.

— ...

— Je ne sais pas où tu vas chercher ça. Mais quel gâchis. Par ta faute.

— ...

— Et moi qui voulais construire ! C'est moi qui t'ai proposé de m'épouser si je me rappelle bien, c'est moi qui ai parlé d'enfants le premier.

— ...

— 600 euros, je ne pourrai pas plus, tu le sais bien.

— ...

— Mais tu n'as aucune idée de la vie. Tu sais ce que je paie comme impôts, moi ? Non. Évidemment, c'est toujours moi qui les payais avant. Maintenant tu vas te débrouiller, tu vas voir ce que ça représente. Tu vas apprendre à gé-rer !

— ...

— Oui, tu feras une croix sur tes petites robes et tes petits sacs à la mode, tu survivras ne t'inquiète pas !

Mais comment ai-je pu rester marié quatorze ans avec ce type ? Qu'est-ce qui m'est arrivé ? Il était pas odieux à ce point ? Rassurez-moi un instant.

— Mais que j'aie des problèmes au bureau, ça tu t'en fous. Que j'aie dû me retrouver un appartement et tout racheter, ça n'empêche pas madame de dormir hein ?

— ...

— Décidément, on ne peut pas te parler. Tu sais tout, tu as toujours raison.

— ...

— Je regrette vraiment qu'on en soit arrivé là, à cause de toi, parce que tu ne veux jamais faire la moindre concession, le moindre effort, regarder la vérité en face...

— ...

— Et ton avocat, un escroc, c'est simple.

— ...

— Ce n'est pas bien. Les enfants ne doivent pas être mêlés à ces histoires, ils n'y sont pour rien. Tu le sais bien.

— ...

— J'ai droit de les voir autant que toi. La garde alternée c'est un bon système, tous les psychologues le disent.

— ...

— Et en plus t'attaquer à une de mes amies, Nadine, une copine, rien de plus.

— ...

— Tu ressembles bien à ta mère, tiens.

— ...

— Ah ! tu aimes les conflits ? Eh bien, crois-moi tu vas être servie, et au-delà de ce que tu penses.

En fait, il n'a jamais pensé qu'à lui. Mon boulot, mon chef, ma promotion, mes enfants, mon quatre-pièces dans le XVe arrondissement, ma réussite sociale, mes petites maîtresses, ma nouvelle compagne 1. Oh, et j'allais oublier : sa mère !

— Ça ne s'est jamais fait dans ma famille, tu crois qu'ils sont heureux mes parents ? Tu imagines l'effet que ça leur fait ? Un divorce !

— ...

— Et il fallait que ça tombe sur moi ! Quel gâchis, il n'y a pas d'autres mots ! Tu es contente ? T'as ce que tu voulais ?

— ...

— Au fond, tu m'as fait croire que tu m'aimais, que tu voulais qu'on reste ensemble quoi qu'il arrive mais en fait tu préparais ton coup en douce !

— ...

— Ah, je te dérange ? Tu es occupée avec quelqu'un d'autre peut-être ? Et les enfants, tu y penses ?

— ...

— Demain. J'ai mon après-midi. Je ne travaille pas pour une fois. Tu n'auras qu'à les préparer, je passerai les prendre vers 13 heures.

— ...

— Attention, si tu me pousses à bout, je serai obligé de saisir le juge d'appel. Je n'hésiterais pas une seconde s'il le fallait.

— ...

— Bien sûr, toujours la victime. Tu es une manipulatrice-née, tu le fais avec tout le monde en plus. Et ça se sait, figure-toi.

— ...

— Tout est fini entre nous.

— ...

— Je ne te comprends pas.

— ...

— Je n'existe pas pour toi.

— ...

— Tu verras ce que c'est que d'être seule.

— ...

— Jamais je ne céderai.

— ...

— Et ne t'amuse pas à tomber dans la vengeance. Pas de pension, pas d'enfants ? Tu fais très fort décidément, tu es fière de toi ?

— ...

— Ah, j'oubliais mon nom. Tcherkodriou. Bien entendu tu n'as plus le droit de l'utiliser.

— ...

— Tu penses ce que tu veux, si tu savais à quel point je m'en fous ! Tu n'en voulais déjà pas à l'époque.

— ...

— Et maintenant tu en voudrais ? Pour m'emmerder, oui. Eh bien non. Sois heureuse, tu redeviens une petite Beaumont, comme avant de me rencontrer.

Mais qu'est-ce que je lui ai fait ? C'est lui qui est parti, oui ou non ? Un jour comme ça sans rien dire. D'accord, je l'ai un peu aidé à se diriger vers la porte — après six mois de résistance passive, un record. Et maintenant cette crise de nerfs. Il va falloir qu'il se détende avec sa Nadine le pauvre chéri s'il veut s'en sortir. Il veut encore me faire souffrir ? Raté cette fois-ci. Fini de se prendre la tête à chacune de ses remarques perverses. Exit le Paul, débarrasse le plancher espèce de guignol !

10

VICTOIRE !

(J + 30)

Sommeil : nuit quasi blanche. Devrais me faire payer par les labos pharmaceutiques comme cobaye.

Enfants : tout doux, mignons, liste des résolutions efficace.

Banque : promis un gros virement au responsable. Quitte ou double.

Sport : séché la séance de stretching. Pas envie.

J'étais au volant quand le portable a sonné. J'ai reconnu sa voix tout de suite. Ma boule dans l'estomac est immédiatement revenue. « J'ai appelé le tribunal et j'ai obtenu la décision... » Ah ! ce besoin de se mettre en avant. Je le sais que t'es utile, gros minet. Sinon je t'aurais pas pris. Un truc de mec pour m'impressionner ? Ou d'avocat qui veut se faire mousser ? C'est énervant. Et il continuait : « Le jugement ne sera disponible que dans quelques jours, peut-être deux semaines... » Heureusement qu'il n'est pas en face de moi, je ne pourrais pas rester calme. Terminé son numéro ? Non ! « Je connais bien quelqu'un au greffe, vous savez, c'est toujours intéressant... » Là, j'ai plus voulu jouer. J'ai pris ma voix de cliente fâchée : « Maître ! » Il n'a pas pu se retenir de me faire lanterner. Une petite pointe de sadisme c'est bon parfois.

Bon, je deviens sévère. Et puis, brusquement, les merveilleuses paroles. « Vous pourriez répéter ? »

On a gagné. Ga-gné ! Oui. La famille Beaumont new-look a écrasé l'*homo divorcus* belliqueux ! Mille deux cents euros. Presque ce qu'on demandait. Vive la juge ! Vive notre juge ! Au fond, j'ai toujours senti qu'elle était fine cette femme, et qu'elle comprenait ce qui se passait. Je me rappelle bien maintenant. Comment elle m'avait fait entrer dans son cabinet. Aimable, un peu plus même. Elle avait dû lire le dossier bien à fond. Et comment elle m'avait écoutée, attentive (et moi, mauvaise, qui pensait qu'elle somnolait !). Ensuite, sa façon de fixer Paul quand il nous avait rejoints avec son pit-bull (son avocat, je veux dire).

Les automobilistes autour de moi avaient l'air inquiets. Je sautais sur le siège, la musique à fond (nique ton mari, c'est mieux que ta mère !). Derrière, Arthur se demandait ce qui se passait. Quant à Élise, elle secouait la tête en regardant à l'extérieur, genre c'est-pas-de-chance-d'être-tombé-sur-une-mère-complètement-dingue. Mais je ne suis pas folle. Il a dû comprendre sa douleur l'autre mégalo. Ah ! c'est moi qui délirais, il paraît ? Il va déchanter Merlin l'Enchanteur ! Six cents euros il voulait bien lâcher, le noble, le généreux père ? Bing, entre les deux yeux. Ce sera le double mon grand ! Hé oui, faudra faire des économies, mais c'est toi qui les feras, pas de chance. Et la Nadine aussi. On va lui serrer la ceinture à celle-là. Plus de voyage en 4 × 4 au Maroc. Même le chameau ce sera au-dessus de vos moyens ! À pied. Les Touaregs y arrivent bien, alors pourquoi pas vous ? Ou alors, plus simple encore, le voyage de noces à Brest, avec crêpes et cidre à volonté ! Marrant, non ? Non ? Fallait y penser avant.

« Qu'est-ce qui t'arrive, maman ? » C'était Arthur qui commençait à paniquer. Alors je lui ai expliqué. On — mon avocat et moi — enfin nous avons gagné le procès. Bon, ils avaient pas l'air si contents que ça. Encore à plaindre leur père ! Il a fallu que j'améliore mon argumentaire. J'ai parlé du désert où on allait retourner, de la nouvelle nouvelle console Playstation IV, encore en cours de fabrication, des petits chemisiers du magasin en bas de la maison, des restos qui redevenaient possibles. Alors, brusquement, ils ont hurlé. Ils m'ont félicitée mes bébés. Je l'ai pas volé : après tout, c'est pour eux que j'ai fait tout ça. Je leur ai demandé ce qu'ils voulaient comme cadeau, juste pour aujourd'hui. On était en chemin pour déposer Arthur chez son fameux copain Pierre chez qui Lola (sa fiancée depuis trois semaines, un record !) est invitée aussi, et Élise à ses cours de dessin. On parlait tous en même temps.

Finalement, j'ai mis le cap sur un endroit où il y a à la fois des CD, des DVD, des livres, des vidéos, des BD. De quoi satisfaire le bloc d'amour au complet. Enfin la prospérité, les vacances sans limites, une nouvelle microchaîne pour ma chambre, et tous les derniers strings de l'avenue Montaigne, bien sûr, avec des papillons de toutes les couleurs !

Arrivée devant le Virgin des Champs-Élysées, j'ai pilé. « Qu'est-ce que tu fais, maman, tu vas pas te garer là ? » a dit Arthur. Si, mon chéri. Aujourd'hui, c'est parking libre ! On s'arrête là où on a envie. On achète ce qu'on veut et on revient. Pas de soucis. Et si j'ai une contravention ? Eh bien, c'est Paul qui paiera. Rien de dramatique. On est entrés en hurlant dans le magasin. Les gens nous regardaient d'un air bizarre. Je me demandais à qui j'avais envie d'annoncer la grande nouvelle. Ma mère ? C'est ça, pour qu'elle me dise de faire attention, que je dépensais trop, que Paul n'était pas si mauvais, merci bien ! Chloé ? Je ne lui avais pas vraiment reparlé depuis l'affaire du Salon du mariage. Ni pris de nouvelles d'Alain-Serge, de la future cérémonie, du choix de sa robe... Une occasion de se réconcilier, mais plus tard. J'ai appuyé sur la touche Élisabeth tout en donnant rendez-vous devant la caisse à Élise une demi-heure plus tard dans le vaste hall. Je préférais me balader tranquillement avec Arthur. « Élisabeth, c'est moi. J'ai gagné ! Ouf ! » Ce qui m'a fait plaisir, c'est qu'elle paraissait presque aussi contente que moi.

Pendant que je lui racontais les détails, mon petit ange se dressa devant moi, les bras chargés de divers objets que je n'arrivais pas à identifier. Maman, je peux prendre ces nouvelles cassettes ? Il faut exterminer les bandits avec des mitraillettes Uzi. Quatre, ça va ? Mais oui, mon amour. « Je te disais donc qu'à part l'article 700, c'est-à-dire les frais de justice à sa charge, on a eu tout ce qu'on voulait. » Brusquement, c'est Élise qui s'est pointée. Maman, je voudrais la compil de Destiny Child, et puis Céline Dion et puis le vieux Madonna qu'on a perdu deux fois. Bien sûr, ma puce. Chouette ! Merci, t'es trop gentille. Et le dernier CD de Noir Désir, tu veux bien aussi ? Bien sûr je t'ai dit que c'était une journée pas comme les autres. Extra, je vais faire encore un tour au cas où j'aurais oublié quelque chose.

« Où on en était ? Ah oui, mes frais d'avocat. Bon, ça c'est pour moi. Mais pour le reste, le jugement est terrible pour lui. Et mon avocat m'a bien expliqué, même s'il ne payait pas il n'y a rien de plus facile à faire saisir qu'une pension alimentaire... » Quoi, mon ange ? Ces soldats ? Pourquoi pas ? Combien tu dis ? Cent euros la boîte ? Eh bien, c'est pas donné. Bon d'accord, mais après c'est fini. Quoi ? Pourquoi tu fais ta mauvaise tête ? Mais non, j'ai dit ça mais si tu veux vraiment autre chose tu le prends. Tu me laisses finir ma conversation avec Élisabeth, d'accord ?

« Donc, je suis contente, t'as pas idée. Je vais payer le gardien pour tous les bricolages qu'il fait dans l'appartement depuis près d'un an, je lui dois une semi-fortune. Et puis le foot et les cours de tennis d'Arthur. Excuse-moi, faut que je te laisse, j'ai un autre appel. On se rappelle, hein ? Bisous. » Quoi encore ? Écoute, ma chérie, le walkman on va peut-être attendre un peu. Et puis tu... Quoi ? Le tien, le vieux, il a deux ans ? Ben d'accord mais c'est pas si... Hein ? Marine a le même ? Oui bien sûr mais c'est pas une raison... C'est vrai, j'avais dit tout ce que vous vouliez mais j'en ai déjà pour une jolie somme et... Ça va mais après on arrête pour un moment, promis ? Bien. Allez venez on passe à la caisse.

« Allô ? Ah, c'est vous Marco ? Non, ah... Oui... enfin, je suis en train de faire des courses, enfin du shopping... Quoi ? Eh bien avec mes enfants... Deux. Dix et treize ans. » Arthur, arrête de faire l'imbécile, tu entends ? Élise, commence à faire la queue à la caisse de gauche au fond, il y a moins de monde. « Pardon, vous voyez c'est pas triste. Ce serait mieux de rappeler ce soir ou demain. Un numéro fixe ? Non, vous avez mon portable, c'est le plus facile pour me joindre. Non pas ce soir, je leur ai promis qu'on dînerait tous les trois. Pourquoi ? Tout simplement parce que je viens de gagner mon divorce figurez-vous ! Écoutez, là c'est vraiment difficile, je vous entends de plus en plus mal. On se parle plus tard, OK ? Oui, oui, j'entends plus. Moi aussi, moi non plus, voilà à plus tard. »

Insistant le Marco aujourd'hui et limite aimable. Il avait pas l'air comme ça quand on s'est rencontrés au kiosque. Et après, au téléphone, plutôt compréhensif, non, il ne m'en voulait pas de l'annuler au dernier moment. Déjà moins aimable à la deuxième tentative d'invitation. Bon allez, demain, je lui donne sa chance. Dîner vendredi soir. « La sélection du mois », à lui de jouer. Qualités indispensables requises : transparence (les petits mensonges sur sa situation conjugale ne passeront pas) ; honnêteté (ne pas jouer au directeur général s'il est coursier dans sa société) ; et générosité (ah ! le choix du restaurant ! Et la façon de commander le vin sans avoir l'air terrifié par les prix !). Et pas d'hésitation au moment de l'addition. Le comble de l'élégance ?

La régler avant même qu'elle n'arrive sur la table ! L'épreuve de vérité, quoi ! Ah, dernier détail auquel je tiens : observer s'il me laisse me servir à boire ou s'il se précipite sur la bouteille de Badoit pour remplir mon verre. Primordial. Ça s'appelle la galanterie. Et ça se perd.

En même temps, essayer de mettre en pratique les sages conseils d'Élisabeth. Ne plus attendre l'homme idéal. Espèce disparue. A-t-elle jamais existé d'ailleurs ? Fatiguée des princes charmants, des amants inusables, des futurs époux attentionnés. Préférer les crapauds jetables, comme je les appelle, pourvu qu'ils aient quelques avantages : compréhensif, disponible sans être envahissant, attentionné avec les enfants. Et surtout, pas trop poilu ! C'est drôle, on a bien changé depuis qu'on est devenue indépendante. On veut du sérieux pour eux et du léger pour nous, du sur mesure juste quand on en a envie. Fini les dragueurs qui ne pensent qu'au sexe, ou les séducteurs obsédés par l'enchaînement de conquêtes.

Toute cette sélection de critères, même accumulés, ne suffit pas. Après tout Paul ressemblait un peu à ça quand on s'est mariés. Ah ! il était pas avare de belles paroles, de promesses mirifiques. Ensemble, toute la vie, au moins deux enfants, voire quatre, les regarder grandir, l'appartement du XVe arrondissement, les vacances à Grasse dans la belle-famille, Ardisson à la télé le samedi soir. Et puis un jour, on découvre qu'on est devenus des étrangers. Bonjour, bonsoir. Alors, les enfants, ça s'est bien passé aujourd'hui ? Arthur il suit en français ? Ah, tant mieux. Et Élise ? Elle choisira quoi comme seconde langue ? Italien ? T'es sûre ? Moi, j'aurais préféré qu'elle fasse espagnol. Elle y tient ? Ah bon. Au fait, qu'est-ce qu'il y a à manger ce soir ? Là, j'arrête sinon je vais encore me ruiner le moral. Pas question. Pas aujourd'hui.

Oui, madame ? Excusez-moi je n'ai pas entendu ?

Sept cents euros ? Vous êtes sûre ? Y a pas d'erreur ? Non ? Voici ma carte. Eh bien les bébés ils ne m'ont pas ratée. Allez, venez, on y va, on n'est pas en avance.

Ce qui s'est passé ensuite ? Devinez ! La fourrière avait embarqué ma voiture. À six heures, pas un taxi en vue évidemment. Il a fallu qu'Arthur aille en métro retrouver sa petite bande. Quant à Élise, elle a préféré rentrer à la maison avec moi. Heureusement, sinon je ne sais pas comment j'aurais transporté tous nos achats. Bon c'est pas grave. J'ai récupéré la Twingo à la fourrière de l'avenue Foch. Pas triste. Un endroit où j'aurais bien envoyé la Nadine passer un week-end. L'avantage, c'est que j'étais tellement crevée que je me suis endormie comme un vrai bébé.

11

GUÉRILLA URBAINE

Sommeil : en net progrès.
Enfants : discrets en ce moment.
Bureau : je suis sur une note urgente.
Banque : mon gestionnaire continue à me soutenir.
Seule ombre : mon portable donne des signes de fatigue (besoin de RTT lui aussi).

La vie commençait de nouveau à me sourire quand ça s'est produit. Changement de tête, plus disponible avec les copines. Décidée à faire du zèle, dès aujourd'hui, à l'abri de jardin. Même à être aimable avec les affreuses collègues. Et attentionnée envers ma mère, pourtant épuisante, avec ses tentatives incessantes de conversation téléphonique, pour ne rien dire.

Et puis, ce matin, je descends dans la rue prendre la voiture pour emmener les enfants à l'école. Eux finissaient de se préparer à la maison. De loin, je crois apercevoir quelque chose d'inhabituel qui se reflète sur le capot. Pas réveillée la fille, je me dis. Mon neurone doit être à plat. Cette Twingo, le dernier cadeau de Paul, commandée « avant » et livrée au mois de janvier, donc après la séparation. Un cadeau de divorce en quelque sorte. Y a pas tellement longtemps, mais ça me paraît si loin. Quand on a discuté de la séparation, il me l'a laissée, grand seigneur. Il m'a tout laissé. Même les cadeaux de mariage et certains de ses livres auxquels il tenait. Il les prendrait plus tard. Il a juste embarqué « sa » collection de timbres. Une fortune. À ce moment-là, il pouvait encore être gentil.

Elle est noire, intérieur cuir « beurre frais ». Quatre haut-parleurs avec le son tournant. Jantes alu. Un petit bijou. Quand j'arrive au bureau, elle ne passe pas inaperçue. Toute la journée je traverse Paris grâce à elle. Pour le travail bien sûr. Et pour les courses, pour récupérer Arthur ou Élise, et passer chez la masseuse, et rendre visite aux copines. Bref, pour gérer « la PME Juliette ».

Après la fourrière, je l'avais garée dans la rue. Pas le courage, à 9 heures du soir, de la rentrer dans le parking. Et ras le bol des souterrains.

Maintenant, arrivée à sa hauteur, j'étais fixée. Ça continue. Pas de pause dans la galère. On lisait bien ce qui était gravé en grosses lettres sur le capot mais aussi sur les deux portières : « pute ». Gravé sur le noir, on ne pouvait pas faire mieux. Avec un tournevis sans doute. Du travail soigné, fait maison. « Pute ». Habile de ses mains l'artisan. Mais restreint, le vocabulaire. C'est signé. Encore une petite bande de banlieue qui s'attaque aux habitants du XVe. J'étais furieuse. Ce genre de vandalisme — comment disent-ils nos grandes consciences ? Ah oui, les incivilités ! — ça devient insupportable. Ils s'attaquent même aux divorcées chargées de famille ! Bon, d'accord, c'était pas écrit dessus mais une Twingo, c'est pas l'engin des superprivilégiés quand même.

Ma voiture. Pas neuve, mais presque. Et si jolie avant. Avec le divorce, je dois faire attention, pas question de m'en repayer une avant longtemps en cas de coup dur. Alors, je la bichonne. Et là, foutue. À mettre à la casse. Poubelle. Ces salopards, si je les tenais. La voir tout abîmée ça me fendait le cœur. Je crois que je ne l'aime plus. Même réparée, enfin repeinte, ça ne serait plus pareil nous deux. Sans compter les coups de fil, les lettres à l'assurance. Au fait, est-ce que je suis assurée pour ce genre de dommages ? Et les flics pour la plainte, prendre rendez-vous avec le garage, rappeler au chef d'atelier que je suis une faible femme sans appuis. Des heures gaspillées pour rien. Et de l'énergie.

Ces voyous ne respectent rien. En plus, ils s'en prennent aux pauvres ces abrutis. Et puis quelle vulgarité ! Pute. Qu'est-ce que t'en sais, banane ? Et si c'était vrai, hein ? Même relookée, je sais plus si je l'aimerai à nouveau. Une voiture, pour monter dedans tous les jours, on a besoin d'avoir des sentiments pour elle. Même si, dedans, c'est le bordel, comme chez moi. Ma Twingo, c'est mon deuxième bureau, là où j'ai mon panier. Lui, c'est le troisième bureau. Je le trimbale partout. Plein de dossiers, et mon portable, ma trousse de secours, mon agenda, des bouquins et des pilules pour le mal de ventre, enfin ce genre de désagréments qui nous frappent, nous les femmes. Et de quoi me changer vite fait entre deux rendez-vous. Au cas où.

Voilà les pensées, noires, qui m'envahissaient quand Arthur et Élise m'ont rejointe. Elle pas coiffée, ventre à l'air même en plein hiver, son sac rempli à déborder, lui à peine réveillé, traînant les pieds, comme écrasé par ses dix kilos de cartable sur le dos que les ministres promettent depuis des années d'alléger.

Arthur s'est planté devant la voiture et m'a regardée, effondré :

— Maman, c'est quoi ce bordel ? C'est à la fourrière qu'ils ont fait ça ?

Décidément, l'autorité des flics n'est plus ce qu'elle était. Quant à Élise, elle tournait autour. « C'est quoi ça, maman ? » Et Arthur d'en remettre une couche — on dirait qu'il jubile.

— Putain, il t'a pas loupé ce fils de chien. Y en a pour un paquet de fric, non ?

J'avais envie de leur dire de la boucler. Pas le moment de remuer le couteau — le tournevis — dans la plaie. J'ai essayé le genre dynamique-qui-ne-se-laisse-pas-abattre. Allez, mes chéris, ça fait Smart bariolée, vous montez, on est déjà en retard. Au bureau, ils en ont marre de me voir débarquer après 9 h 30, je le sens bien. Comme si je le faisais exprès. Quoique ! Enfin, je passerai au garage et je verrai ce qu'ils peuvent faire. Peut-être qu'ils auront le temps de s'en occuper d'ici ce soir.

Mais les gosses, c'est vicieux. Ça appuie là où ça fait mal. Sans s'en rendre compte ? C'est ce que disent les parents, les psys, les profs. N'importe quoi. Bien sûr qu'ils savent ce qu'ils font.

— En tout cas, moi, a lâché Élise, Smart ou pas, il est pas question que je monte dans cette horreur. C'est la honte, maman, tu te rends pas compte, tous les copains vont se foutre de moi, mais grave ! Déjà à treize ans, avoir sa mère qui t'amène à l'école tous les matins c'est limite, mais avec « pute » sur la caisse, ça le fait pas !

Là, je ne sais pas ce qui s'est passé. Le neurone a sauté. Ou un plomb dans le neurone peut-être. Je me fous la vie en l'air à veiller sur eux, à leur offrir tout ce qu'ils veulent, à me réveiller aux aurores pour les accompagner à l'école et la princesse Élise a honte ! J'ai bien entendu ? J'ai carrément élevé la voix pour lui dire ce que je pensais d'elle et la voilà qui, comme d'habitude, me coupe :

— Mais, maman, tu comprends rien ? Je te dis qu'il est hors de question...

Impossible de me contrôler. Une baffe. Une vraie. Une « qui le fait ». Celle du Salon du mariage à côté, c'était de l'entraînement. Elle a vacillé. Arthur s'est tassé avant de se glisser en un clin d'œil dans la voiture. Élise m'a regardée comme si j'étais devenue folle.

— Et en plus, tu la fermes. OK ?

J'ai vu que je lui faisais peur. Eh bien, oui, je le

reconnais, j'ai éprouvé quelques secondes un sentiment très très agréable. Pendant le trajet, silence de mort. Arthur inquiet et puis aussi solidaire de sa sœur. Elle mortifiée, d'humeur vengeresse. Pour l'embêter, je l'ai déposée juste devant l'entrée du collège. Tous les petits copains devaient être là à en juger par le mouvement qui a agité ceux qui me dévisageaient avec insistance. Elle est descendue sans un mot. Juste avant de fermer la porte, elle s'est penchée vers moi et m'a dit :

— Ça, tu me le paieras.

Arthur derrière se tenait à carreau. Son école n'est pas loin. J'ai démarré en trombe. Comme il avait été plus malin, lui, je me suis arrêtée cent mètres avant. Je l'ai embrassé et il a filé. À ce soir. À ce soir, mon chéri.

J'ai traversé la Seine. L'abri de jardin me tendait les bras. Les collègues devaient trépigner d'impatience en m'attendant. Je ne me rappelais plus combien de notes en retard me guettaient, elles aussi. Le bip, la barrière, un grand sourire au gardien qui me laisse me garer dans la cour même quand ce n'est pas mon jour. Le grand escalier. Un fonctionnaire plus ou moins chef dont le nom m'échappe me salue d'un air cordial. Signe amical.

D'autres m'accueillent gentiment :

— Bonjour, Juliette.

— Ça va ce matin ?

— Oh, mais tu serais en avance aujourd'hui ?

Les commentaires habituels. L'abri de jardin se divise en deux catégories de collègues : les inconditionnels et les jaloux. Je ne parle bien sûr qu'à la première catégorie. Ils sont plus nombreux.

— Juliette, tu as le dossier du musée de Bourges ?

— Je le cherche et je te le passe tout de suite.

Tous ces gens m'empêchent de régler les problèmes en cours. Par quoi commencer ? Le plus urgent. La voiture. D'où ça vient ? Qui m'envoie de telles mauvaises ondes ? Début des consultations : Chloé ? Vite vu. Répondeur sur ses trois lignes, home, portable et boutique. Mais quand est-ce qu'elle travaille celle-là ? Toujours obsédée par l'événement à venir. La dernière fois qu'on s'est baladées ensemble dans le quartier de Saint-Germain-des-Prés, elle portait un T-shirt couleur rose Barbie avec un gros cœur dessus sur lequel était inscrit couleur bleu azur : « Soon married ». Discret. Et puis, question voiture, elle s'en fout ; pour elle, c'est un objet de frime urbaine. Donc, pas de compassion pour mes malheurs.

Élisabeth, elle, était là, disponible. Qu'est-ce que je ferais sans elle ? Je lui raconte ce qui s'est passé et je lui demande son avis. Elle hésite quelques secondes avant de lâcher, péremptoire : « C'est un truc de bonne femme, ça, pas de petit loubard. Sinon, il t'aurait cassé une vitre pour te piquer quelque chose. Y en a pas une qui t'en veut particulièrement en ce moment ? »

Double appel. Toujours le même collègue. Aimable, mais pénible celui-là.

— Tu as eu le temps de regarder pour mon dossier ?

— Je suis dessus.

— J'ai besoin de le récupérer, ça devient urgent.

— Oui, ne t'inquiète pas. Je te rappelle, là je suis en ligne.

J'ai repris Élisabeth. C'est pas parce qu'on est au bureau qu'il faut se permettre d'interrompre les conversations importantes, quand même ! Je cherchais dans ma pauvre tête qui pouvait me détester à ce point quand l'évidence m'est brusquement apparue. Bien sûr que c'est elle. Ça ne lui suffisait pas, Paul ? Elle voulait me terroriser en plus ? « C'est elle, la Nadine. Je le sens. » Du coup, Élisabeth était embêtée de m'avoir mise sur la piste. « Attends, ne t'emballe pas, faut être sûre que c'est bien elle. Mais pute, quand même, elle exagère. »

Déjà, je ne l'écoutais plus. La rivale dans ses œuvres. Mais comment s'en assurer ? L'écouteur avec la voix d'Élisabeth crachait des paroles apaisantes : réfléchir, ne rien faire dans l'immédiat. Maîtrise de soi. Facile à dire, ma belle, avec ton Philippe de mari, ta petite vie protégée. Quand on est au front vingt-quatre heures sur vingt-quatre, on est moins philosophe.

— Juliette, vous avez une seconde ?

Impossible de se concentrer ici. C'était l'adjoint du directeur. Très « service-service » mais pas méchant.

— Je suis en ligne avec les gens du Loir-et-Cher. Vous me laissez un instant ?

Il a hoché la tête, un peu contrarié. Mais un agent consciencieux c'est rare de nos jours. Faut pas la décourager Juliette. Pendant qu'il s'éloignait de son pas traînant, je ne pus m'empêcher de sourire. J'en profitai pour conclure ma conversation avec Élisabeth. Déjeuner toutes les deux tout près du bureau. Rendez-vous dans deux heures. Ça me ferait du bien. Le portable qui sonnait maintenant. Ma collègue la plus proche me jeta un regard furibard. « Vous avez un nouveau message. Aujourd'hui, à 10 h 15... »

Je la connais pas cette voix... « T'as vu ? Moi aussi je peux te pourrir la vie. Le coup du sac à main au Salon du mariage, ça m'a rendue dingue. Alors, maintenant, ta petite bagnole, tu peux la changer. Et puis pas la peine de me traiter de pouffiasse devant tes gosses. Surtout maintenant que tout le monde sait que toi t'es une pute... »

Pour les premières épouses, les suivantes sont toujours vulgaires. Mais là, franchement, qui pourrait me contredire ? Quelle pauvreté de vocabulaire chez cette fille. Bagnole, pouffiasse, pute. Quelle distinction ! Ah, il s'est pas raté Paul en la choisissant. « Le pôvre », comme disait sa mère, « avé l'assent ».

— Tu peux prendre M. Bazaine ? Il essaie de te téléphoner depuis une heure et j'en ai marre de faire ton standard, figure-toi !

La jalouse d'à côté. Elle n'a jamais pu me supporter.

C'est réciproque. Ce matin, elle fait ce qu'elle peut pour m'énerver mais ça ne marchera pas.

— Dis-lui que je l'appelle cet après-midi s'il te plaît.

— Oh, je vois, madame est trop occupée !

Je me suis contentée de hausser les épaules. Le mépris ça suffit avec les collègues malintentionnés. Ça la regarde, la façon dont je travaille ? Non ? Alors mêle-toi de tes fesses !

Où j'en étais ? Ah oui, la tagueuse au tournevis. Pas étonnant que les enfants soient mal à l'aise avec elle. Encore qu'Élise ait l'air de s'y faire un peu trop. Mais mon bébé, lui, il souffre. Ils vont pas être aidés avec une garce pareille. Quelle mauvaise influence ! Non seulement elle parle comme une « caillera » mais en plus elle est irresponsable. Tout comme lui. L'autre jour, les enfants m'ont raconté qu'ils n'avaient pas le droit de faire leurs devoirs quand ils étaient chez leur père. « Papa a dit qu'on le voyait déjà pas beaucoup, alors qu'en plus si on passait notre temps dans nos cahiers... », a dit Élise. Et l'autre salope a ajouté : « Ici, vous êtes là pour vous amuser... » Voilà le tour est joué. À moi les corvées, les engueulades, le suivi à l'école et à eux les sorties en famille, au ciné ou au restaurant ! Du coup, j'ai envoyé un fax à l'avocat. Toujours aussi cool celui-là. Il m'a expliqué que les « servitudes scolaires » seraient réintégrées dans le « temps de visite » chez les Groseille-Tcherkodriou. Bien fait pour sa pomme à Merlin l'Enchanteur ! Encore mon portable qui sonne. Évidemment dans l'abri de jardin ça fait un peu de bruit.

— Juliette, décroche ! On essaie de travailler, nous, merci !

Parfois, elles se stressent pour rien mes collègues. Pas bon pour elles. Je vais le couper jusqu'au déjeuner. Au fait, c'est quoi cette sonnerie ? « Libertine » de Mylène Farmer, il me semble. Qui l'a changée sans me consulter ? J'aime pas ça. Je vais être obligée de quitter la pièce pour écouter mes nouveaux messages. Seulement deux ! Le premier me demande si j'aime la mélodie qu'il a spécialement commandée pour moi. Il est trop craquant, mon Arthur. C'est mon fils, ça ! Tout émue, je passe au suivant. Une autre voix familière, hélas. « C'est votre chargé de comptes, madame Beaumont. Écoutez, il y a un problème, il faudrait que vous passiez d'urgence à la banque, au plus tard demain matin, avant le week-end. Rien de grave. Mais en deux mots, le chèque de votre mari, enfin de votre ex-mari, a été rejeté par sa banque. Faute d'être provisionné. Alors, rappelez-moi au plus vite. Merci et bonne journée. »

Pas de doute, c'est ça un divorce : une suite de galères entrecoupées par quelques emmerdements. Mais ça va bien finir par s'arrêter un jour, non ?

12

FRIANDISE DE NUIT

Sommeil : insomnies à répétition. Repris 3 Lexomil deux nuits de suite.

Banque : sais même plus où j'en suis. Eux non plus d'ailleurs. Tant mieux.

Enfants : que des amours.

Lumière tamisée, bougie sur chaque table, décor zen, assez d'espace pour ne pas subir les voisins, pas trop bruyant pour un resto branché du soir, ça devrait fonctionner. Il leur restait juste une table. Bon signe.

Qu'est-ce que j'ai oublié ? Maquillage, c'est fait. Blush paillettes. Robe-chemisier noire toute simple : ça colle. Ah, les chaussures. Mules ou pas mules ? Mes Prada de « salope italienne », comme dirait le futur mari de Chloé, Alain-Serge ? Non : trop fragiles. Quelle heure est-il ? Pourvu qu'il n'arrive pas en avance. Mais pas en retard non plus, je déteste ça. Et string obligatoire bien sûr, pour éviter les « quatre fesses », comme dit Élise. Elle n'a pas tort, pour une fois.

Au fait, est-ce qu'elle aime la nourriture thaï ? Pas la moindre idée. J'espère que ça lui plaira. J'ai ramé un moment pour trouver cet endroit. Original. Sûr que personne ne l'a encore amenée là.

Et voilà ! J'ai failli sortir sans parfum. Qu'est-ce que je mets ? « Ce soir ou jamais », l'avant-dernier Goutal, c'est pas mal dans le genre fleuri-rose-agrumes. Un peu fort peut-être pour la première fois ? De près, il risque de le trouver envahissant ? Eh bien, tant mieux.

Bon. Récapitulons. Je tente quelque chose... après l'entrée. Dès que ça marche, je sors le grand jeu et tutti quanti !

Ou alors « Nu ». YSL, bien sûr. Très capiteux. J'aurais préféré quelque chose de plus suave. Mais c'est envoûtant. Objectif : détruire toutes ses défenses. C'est qu'il doit être un peu crispé après le traitement de choc de nos derniers échanges téléphoniques. Première date fixée, annulation, nouvelle date, report à nouveau, désolée, débordée, dépassée je suis. Tu comprends, hein, Marco ?

Et puis après le dîner, je la raccompagne chez elle. Dans le XVe arrondissement. À cette heure-là, les couloirs Delanoë on peut se les faire. Et là, j'attaque. Qu'est-ce que j'ai lu l'autre jour dans *Biba*, déjà ? Ça me revient : leur « truc à filles ». Ah, c'était pas mal. Sortir un baratin incompréhensible pour les déstabiliser. J'y aurais pas pensé spontanément. Avec Juliette, je pourrais essayer une phrase comme : « Tu — ou vous d'ailleurs, on se vouvoie toujours, je sais même plus à force — vous, vous devez avoir peur des fenêtres qui claquent. » Elle serait toute chose, elle gambergerait. Elle se demanderait ce que j'ai bien pu vouloir dire, elle se remettrait en cause. Ça la fatiguerait. Moi, avoir peur ? Non ! Quoique... Et là, il suffirait... que je sois là.

Ce qu'il faut, c'est pas des longs discours qui me soûlent. De l'action, Marco, de l'action !

Au fond, l'idéal ce serait de papoter un peu avant d'aller au restaurant, j'aimerais bien savoir où je vais mettre les pieds. Elle vient de divorcer, elle a dit. Bon, mais c'est un peu court. Et les deux enfants ? À un moment, elle a dit : « Quand on est partis en Italie l'année dernière. » « On » ? J'ai demandé. Elle a hésité. Oui, avec mes grands enfants presque totalement élevés. Comment s'appellent-ils déjà ? Ah zut, c'est pas le moment de faire une gaffe. Il faut pourtant que je demande de leurs nouvelles. Adrien ? Non, c'est autre chose, plus marrant, ça commence pourtant par un A... Et la fille, Ève ? Non. Élisa ? Non, pas tout à fait. Éli... Élise, voilà.

Donc, l'idée c'est de ne pas perdre de temps. J'en ai déjà assez gaspillé comme ça, avec Paul. Des années à tergiverser.

Il faut que je retrouve le prénom du garçon, bon sang.

Le problème avec les mecs maintenant : ou ils ne prennent pas de gants, ni la peine de vous inviter à quoi que ce soit, si ce n'est passer au lit. Direct. Ou ils sont toujours dans un schéma archaïque. Invitation (à dîner) acceptée = envie de se faire sauter = besoin de se faire belle = honneur que je lui fais en la sortant. Conclusion : c'est dans la poche. Eh bien, non. C'est juste une occasion de vous tester. Voilà. Et neuf fois sur dix, on a le plaisir de les laisser se planter !

Bon, c'est pas grave, ça me reviendra tout à l'heure. Donc, ne pas la brusquer. Finalement, même pendant le dîner est-ce que c'est une bonne idée d'attaquer ? Pas sûr. Elle est du genre à me trouver trop pressé, le type qui ne pense qu'à ça, qui ne la voit que pour la sauter. Mauvais ça. Elle est étrange, elle a l'air à la fois délurée, limite facile, et genre pleine de principes. Oui, mais voilà, lesquels ? Arthur, voilà. A comme Arthur, son fils.

En fait, je le connais à peine ce type. On s'est rencontrés dans la rue, il faut le dire. On s'est parlé trois fois au téléphone plus quelques messages. Ensuite on s'est croisés par hasard l'autre jour dans un bar cosy près de la Madeleine. J'aurais bien voulu le voir plus longtemps, mais j'étais avec Chloé et attendue par la masseuse qui avait déplacé notre rendez-vous. Je ne pouvais quand même pas l'annuler, elle est tellement débordée, celle-là ! Donc, je ne le connais pas, ce Marco. D'où, prudence. Il serait temps d'arrêter de s'emballer pour un oui ou pour un non.

Oui, ce qu'il faut, c'est prendre son temps, donner du temps au temps comme disait l'autre. Bon. Mais j'ai quand même vraiment envie de me la faire. Trois semaines que je suis quasiment au régime sec à cause de cette garce de Karen. Trop occupée pour me voir. De plus en plus de gardes-surprise à l'hôpital, donc très difficile pour moi de monter vite fait un plan avec une autre. Elle se foutait de moi. Elle se tapait les toubibs en douce. Tout le monde sait qu'ils passent leur vie à s'envoyer en l'air ceux-là ! Une histoire de six mois, dont cinq de trop. J'ai bien fait de lui dire ce que je pensais d'elle. Zappée.

Oh là là ! Ça y est, ça devait arriver ! Mes poches sous les yeux, il ne va voir que ça. J'ai l'air d'avoir cent cinquante ans. L'horreur ! Et je m'en rends compte justement ce soir, pas de veine. Vite l'anticerne, où est-ce que je l'ai mis ? En haut dans l'armoire. Spasfon-Lyoc ? Spasmine ? Non. C'est pas ce que je cherche pour une fois, mais c'est quoi ce bazar ? Élise ! C'est pas vrai, elle me rendra dingue. Déjà que le rangement entre médicaments et maquillage n'est pas totalement assuré ! Qu'est-ce que j'ai fait pour mériter ça ? S'ils pouvaient m'aider au lieu de me bousiller la vie ces deux-là. Pourtant, il y a huit jours, j'ai cru que je voyais le bout du tunnel. Comment elle a dit déjà ? Ah oui. « Fondée à obtenir une pension » que j'étais. Voilà, la victime reconnue dans ce dé-mariage, c'est moi, Juliette. Même que c'est la justice française qui le dit et l'écrit. Mille deux cents euros. Plus que je n'espérais. Elle a pas mégoté la vi..., enfin notre juge je veux dire.

Tiens, un fleuriste. Je m'arrête. Lui montrer qui je suis. Le mec idéal, créateur d'entreprise, discutant avec les pontes de la com mais aussi galant, attentionné, un peu à l'ancienne finalement. Elles adorent ça, jouer sur tous les tableaux. Romantique, super-tendre — lui parler d'elle, de sa beauté, de son intelligence, du grain de sa peau —, bon baiseur, un minimum. Et capable à terme — plus ou moins court, selon ce qu'elle aura décidé — d'être un super-gestionnaire de famille rénovée. Mais ça jamais. Même pas en rêve ! Faut aussi avoir les atouts du macho : la belle bagnole (ça, j'ai une Porsche, ça impressionne encore), la faire rougir, payer le resto en billets violets si possible... les fleurs... Elles ne veulent plus rien lâcher. Il leur faut tout. Tout de suite. Celle-là elle a l'air moins exigeante. Une chance. Des roses s'il vous plaît. Blanches ? Oui, pourquoi pas ? Dans un... Hein ? Ah, vous avez l'habitude ? Oh très bien, excusez-moi.

Et là-dessus, l'autre folle qui me tombe dessus. Il y en a au moins pour mille euros d'après le garage. Ah, il s'est trouvé une vraie plaie. Et lui ? Disparu de la circulation le courageux ex-mari. Vous croyez qu'il m'aurait passé un coup de fil, juste pour dire qu'il était désolé, qu'il n'aurait pas imaginé... Même pas.

Quelle heure est-il ? 20 h 10, zut, je vais être en retard. Surtout, ne pas atteindre la demi-heure qui énerve. Prévenir le restaurant. Je le ferai de chez elle, ça fera plus vrai. Bon, rappel de la grande question du jour : est-elle prête ? C'est drôle, apparemment elle n'a plus de mec depuis un moment mais ça n'a pas l'air de lui manquer. Est-ce qu'elle... ? Sans doute, et après tout je m'en fous. Ce qui serait con c'est que je sois tombé sur une allumeuse-qui-n'y-touche-pas.

Côté positif, il est mignon, enfin pas mal, ni trop grand ni trop petit, mince, il a l'air sympa, pas de problèmes d'argent à l'entendre (mais faudra vérifier), disponible, célibataire et pas de nana avouée dans le circuit (faudra aussi chercher et sérieusement ! J'ai deux enfants limite sortis du bas âge à élever, alors attention au Sida). Une cible intéressante. Côté négatif, il a l'air assez content de lui, entreprenant, pas assez crapaud à mon goût, donc sollicité *a priori*. Jamais marié, pas d'enfants répertoriés à trente-six ans, faut se méfier. N'aime pas les engagements, fuit les responsabilités. Parfait égoïste. Voire égocentrique. Mais c'est vrai que s'il était divorcé avec enfants, je lui parlerais même pas !

Au fond, je crois que je vais y aller en douceur. J'ai pas envie de me faire jeter. Je déteste ça. Et puis le départ du budget La Prévoyante, ça tombe vraiment mal : 25 % du chiffre d'affaires de l'agence qui fout le camp, j'avais vraiment pas besoin de ça. Cela dit, elle n'était pas farouche le jour où je l'ai branchée. C'est après que c'est devenu plus compliqué. Oh, pour la joindre, c'est pas un problème. Connectée au monde, Juliette l'est, vingt-quatre heures sur vingt-quatre. Ça promet un moment animé si on couche ensemble. Par contre, toujours quelque chose à faire. Si elle est du genre à emmerdes, j'abandonne. Rien de pire que ces gonzesses qui se figurent qu'elles sont entrées dans votre vie sous prétexte qu'elles ont passé une heure sous la couette !

Est-ce qu'il est capable de renoncer un soir par semaine, pas plus, à sa vie d'homme seul ? Dans la pub, il ne doit pas manquer de minettes prêtes à tout pour se faire bien voir. Alors, se rendre disponible quand j'en ai le loisir, je le sens pas trop.

Rue Cambronne. Se garer maintenant. C'est à deux pas. C'est idiot, mais j'ai toujours la même petite boule dans l'estomac à ce moment-là. Je sais qu'on va parler pour ne rien dire. Juste pour faire connaissance en attendant. Genre : où tu es parti l'été dernier ? La Sicile ? Il paraît qu'il faut voir Syracuse. Et Taormina est magnifique. Et tu fais quoi exactement comme boulot ? Ah, ça a l'air intéressant.

Tiens, j'allais l'oublier, celui-là. Le string de l'avocat, enfin de l'avenue Montaigne, acheté un jour en revenant de chez lui. D'ailleurs, celui-là, il faut que je l'appelle d'urgence lundi. Il doit m'expliquer ce qui va se passer maintenant. Et il n'est pas au courant pour ma voiture et la Nadine, je vais tout lui raconter.

Voilà la rue. Numéro 24. C'est l'immeuble en face. Pas mal. J'aurais préféré le 22. Plus chic. Qu'est-ce que je pourrais lui dire en lui donnant mon bouquet ? Il a de l'allure, elle m'a bien conseillé la fleuriste. Juliette va peut-être me demander pourquoi j'en ai pris trente et une. Lui dire que c'est l'âge que je lui donne ? Un truc à se planter grave. Non, faut trouver autre chose. Je ne peux quand même pas avouer que ça tombait juste avec les euros que j'avais sur moi !

Heureusement qu'ils sont chez leur père ce week-end. Ça me fait du bien. J'espère qu'il ne va pas les laisser sortir sans leur manteau sinon ils attraperont froid. Surtout Arthur, à son âge il chope tout ce qui passe.

Pas de détails sur ma vie sentimentale. Elles veulent toujours tout savoir avant de se lancer. Eh bien, je n'ai pas envie d'en parler voilà. Surtout que ces dernières années il n'y a pas de quoi pavoiser. La quantité, oui. Mais la durée, c'est pas ça. Non, ce qu'il faut, c'est comprendre dès le début ce qu'elle cherche. Même si l'investissement ne vaut que pour la soirée. L'article parlait aussi d'un autre « truc à filles » qui, paraît-il, marche fort ; mais je ne sais pas si j'en aurai besoin avec elle. C'est le discours : « Je suis un salaud, il ne faut pas t'attacher à moi, car je risque de te faire beaucoup de mal. » Les filles n'aiment pas les tendres. Elles préfèrent souffrir. Mais avec Juliette, je crois pas que ce soit bien choisi. Plus tard, si on se revoit une deuxième fois. Aujourd'hui, 99 % de probabilités qu'elle me claque la porte au nez si je me lançais dans cette voie. Pas la peine de prendre un tel risque. Mieux vaut assurer.

8 h 40. Déjà dix minutes. Je déteste les hommes en retard. C'est un style qu'ils se donnent. Se faire désirer. Ouvrir encore un peu mon décolleté. Là, comme ça, trois boutons. Élise n'est pas là pour me sermonner. Maman ! Parfait.

C'est horrible. Pourquoi je pense à ça deux minutes avant d'entrer ! On était sous une couverture genre équipement de survie pour voyage au pôle Nord. C'était l'appartement de ses grands-parents. Elle s'était déshabillée dans le noir et s'était glissée dans le grand lit juste à côté de moi, glacée comme une morte, pétrifiée. Et moi qui avais aussi peur qu'elle. Ah, je ne suis pas près d'oublier ce fiasco. Quand je pense à ce qu'on vous en dit de la « première fois » !

Bon, je crois que je suis prête. Je lui laisse encore cinq minutes pour arriver. Sinon, ça va vite m'énerver.

Dans mon souvenir, elle ne manque pas de formes excitantes. Mais de toute façon, promis-juré, ce soir je suis sage comme une image.

La sonnerie. C'est lui. Un dernier coup d'œil sur la tenue de combat ? OK, on peut y aller.

La voilà. Hou là là, on tourne un film intimiste chez elle ou quoi ? Alors là, je m'attendais pas à ça. Mais qu'est-ce qu'elle fait ? Lumière tamisée rouge. Bougie odorante. Mais pourquoi elle me glisse les bras autour du cou ? Oh, cette façon d'embrasser, on dirait que... non mais pourquoi elle enlève... Où on va maintenant ? Ce n'est quand même pas... Mais elle est déchaînée, ma parole... Et mon pantalon maintenant ! Je crois bien que j'ai la tête qui tourne...

13

EMBROUILLES

Enfants : Arthur recommence avec son chien qu'il a pas. Élise, un amour.

Sommeil : c'est reparti les angoisses. Réveil à 5 h 45.

Boulot : j'ose même pas y penser.

Sport : j'en aurais bien besoin. Mais pas le punch nécessaire.

Maman. Manquait plus qu'elle. Elle m'a appelée il y a deux heures. Prête à venir m'aider. C'est trop gentil. Elle s'occupe pas assez de moi, paraît-il. Faut dire que c'est le moyen qu'elle a trouvé pour pouvoir venir se plaindre toute une journée. Je ne prends jamais de ses nouvelles (faux). Je ne l'écoute pas (vrai). Je ne m'intéresse pas à ce qu'elle fait (en partie faux). Donc, elle a débarqué. Deux jours entiers pour ranger « mon appartement ». C'est trop. Un seul suffirait, maman.

Le temps d'enfiler un jean et elle était là, chez moi, dans l'entrée, pour de vrai. Après la parenthèse — plaisir des sens avec Marco — retour au réel. Tiens, je ne l'ai même pas rappelé après sa prestation de l'autre soir. Pourtant, il s'est passé quelque chose. Je sais pas quoi. Un truc fort. Plutôt sexuel. Lui aussi, ça ne lui a pas échappé. Je le sens. Enfin, je l'ai senti, je crois ! Mais pas habitué à être négligé, le garçon. Il a consciencieusement laissé quatre jours s'écouler, puis est revenu à la charge. Ça a dû lui coûter. Alors ? Alors quoi ? Ben, tu ne me rappelles pas ? Te rappeler ? Mais pourquoi ? Y a quelque chose de nouveau ? Non ? Bon, alors quoi d'autre ?

Il devait être déçu. Transformée en glaçon, Juliette. Il s'attendait que je le supplie dès le lendemain pour qu'on se revoie vite, vite. Tellement c'était bien. Tellement j'étais accro. Tellement j'étais... amoureuse ! Et là, monsieur m'aurait snobée. Genre inaccessible. Eh bien non. Je l'ai jouée plus fine. Exactement ! Style : « Je le laisse se rendre compte à quel point je lui manque. » Après avoir eu ce qu'ils veulent, les hommes, en général, marquent une pause. Ils nous mettent en attente, sûrs qu'on craquera. Eh bien non, mon coco, je peux me passer de toi. Pas envie de t'envahir, de te parler trois fois par jour. Pas envie de me recaser. Pendant que je pensais à lui et à notre petite séance de baise pas mal du tout — une histoire de peau ? — le moulin à paroles tournait à plein régime dans la cuisine.

— Juliette, viens un peu faire la conversation avec moi. On ne se voit jamais. Alors, ma chérie, où en es-tu de ton divorce ?

— Maman, je n'aime pas parler de ça et en plus, si tu avais un peu suivi mes affaires, tu saurais que depuis bientôt trois semaines je suis divorcée. Alors, c'est fini. Toute cette histoire est derrière moi.

— Mais comment ? Je n'arrive jamais à te joindre au téléphone, et les enfants non plus. C'est pas drôle.

— Je te dis que tout cela est du passé. OK ?

— Bon, comme tu veux. Tu as du vinaigre blanc ? Je ne le vois pas...

En général, nos monologues croisés ne durent pas longtemps car elle finit par se lasser au bout d'un moment. De même que je la laisse ranger l'appartement à sa façon : elle met tout sens dessus dessous pendant une journée entière. Quand elle a terminé, je passe, à mon tour, deux bonnes heures à remettre les objets, les papiers ou les meubles à leur place. Et elle, de son côté, rentre chez elle satisfaite. Elle a remis de l'ordre chez moi. Dans ma vie, quoi. Hier, avant son coup de fil annonçant son arrivée, elle m'a soûlée avec ma non-disponibilité :

— Tu sais, maintenant, en Angleterre, ils ont créé un nouveau service pour les accros du portable, comme toi. Devine ? Une baby-sitter pour portable. C'est une employée qui gère tes appels vingt-quatre heures sur vingt-quatre, prend tes messages et ne te dérange qu'en urgence. Je me suis dit, ça c'est un truc pour Juliette.

— Répète un peu ?

Elle a répété, et pendant ce temps je me suis dit : quelle serait l'urgence pour moi ? Filtrer les messages des emmerdeurs, me répercuter immédiatement ceux de l'avocat, Élisabeth, Élise, Arthur, Chloé, Éric, Marco et tous les nouveaux entrants inconnus à ce jour ? Finalement, tout le monde. Donc, pas besoin de ce service. Je fais barrage moi-même.

Ensuite, elle a continué sa petite musique : je ne viens jamais la voir et les enfants non plus. Et leurs amis ? Sont-ils sérieux ? Donc, elle s'ennuie de nous. Elle a pourtant une vie trépidante de retraitée en goguette qui parcourt la planète avec ses copines plus ou moins veuves en essayant de se trouver un nouveau compagnon. Y a pas d'âge !

Après, j'ai cessé d'écouter. Tout en ayant l'air attentive. J'ai consulté ma messagerie vocale : rien. Pas un seul message. Le monde m'a oubliée. L'horreur. Marco ? Normal. Il boude. Je ne suis pas à ses pieds, il se la joue « bel indifférent ». Quoi, il s'est passé quelque chose entre nous ? Mais quoi ? Un désir fou ? De l'amour ? Restons calmes. Éric ? Pas de nouvelles depuis une semaine. Je ne sais même pas où il est. Depuis mon grand déballage, l'autre nuit, il m'a bien rappelée cinquante fois, pour un oui, pour un non. Et là, il disparaît sans prévenir. C'est pas son genre. Il s'est peut-être lassé ? Ou alors il a trouvé une petite jeune à qui il a sorti le grand jeu. Avec de meilleurs résultats qu'avec moi. Chloé, elle, au moins, m'a prévenue de son départ. Heureusement, car un truc pareil ça ne s'invente pas : elle est partie en Thaïlande en « repérage de voyage de noces ». Seule. Alain-Serge est resté à Paris avec son associé. Il déteste les pays tropicaux, les pays chauds, l'Asie, l'Afrique, paraît-il. Il ne jure que par les grandes villes, les capitales. Et il se sépare rarement de son associé ! Ils vont finir par passer la nuit de noces à trois !

Avant de s'envoler et de partir à l'aventure, elle m'a confié qu'elle était allée consulter une voyante extra. Pas loin de Paris. Elle m'a avoué que ce n'était pas la première fois. C'est elle qui lui a dit qu'elle allait bientôt se marier avec un type très viril. Bien vu !

Je ne suis pas voyante ni médium, mais moi, je ne le sens pas ce mariage. Alain-Serge non plus, je ne le sens pas particulièrement. C'est mon amie, je ne lui dirai rien. J'ai peut-être tort. Mais je crois qu'elle ne le supporterait pas. J'ai tout de même noté le numéro de la voyante. On ne sait jamais. Un jour de déprime. Ne rien négliger. Tiens, c'est Élisabeth que je n'ai pas persécutée depuis un moment.

Pas question de l'enquiquiner encore avec mes histoires. Je lui raconterai Marco une autre fois.

Pourtant, je sens bien que j'ai besoin de parler à quelqu'un en ce moment. Pour échapper au bruit de fond matériel, mais aussi pour faire le point.

Mon psy, lui, aurait pu quelque chose pour moi. Mais voilà, il est fâché. L'autre jour, quand j'ai découvert ma pauvre voiture, j'ai éprouvé le besoin de l'appeler. Après nos deux ans de travail ensemble, il m'avait dit, de façon insistante : « Juliette, si vous avez besoin à un moment donné où vous vous sentez un peu perdue, en dehors du travail de longue haleine que nous venons d'achever, pour l'instant, je suis prêt à vous recevoir. Vous avez compris ? Et ce sera gratuit. »

Je l'ai remercié. Et je lui ai dit que, oui, bien sûr, mais que, compte tenu de ce qu'il m'avait apporté, rien ne pourrait plus m'abattre maintenant. Mais que j'avais noté. Et que, bien sûr, j'espérais que ça arriverait le moins possible ! Et surtout que j'appréciais. Son attitude m'a surprise. C'est pas dans leur ligne, côté déontologie. Pas de relations personnelles avec l'analysé. Même pas un café. J'ai hésité. Un doute : peut-être a-t-il un peu fantasmé sur moi. Pas clair. C'est impossible de devenir amis. En fait, il était en embuscade. Il attendait son heure le vilain. Mais bon, j'ai préféré mettre de côté cet aspect des choses et, la semaine dernière, j'ai composé son numéro. Je l'ai eu tout de suite. Il m'a proposé un rendez-vous « exceptionnel ». Mais j'ai dû annuler *in extremis*, ce pour cause de voiture rayée à faire expertiser par l'assurance. Une autre urgence. Et là, un dingue. Déferlement de reproches. Qu'on n'annule pas une séance au dernier moment. Qu'il avait envie qu'on se revoie. Qu'il en avait besoin. S'il m'avait proposé qu'on se voie de temps à autre, c'était pour garder un lien. Que je n'avais rien compris. Que si j'étais avec quelqu'un comme lui, eh bien, je n'aurais plus besoin d'un psy parce que lui, au moins, c'était un homme qui savait prendre des responsabilités ! Et il a raccroché, fou de rage.

J'ai cru que j'hallucinais.

Un soutien de moins. Ou alors, une source d'embrouilles en moins !

Tout bien réfléchi, heureusement, j'ai ma mère. Faut être positif dans la vie, comme dit Éric. Je l'entends s'agiter comme une folle dans la bibliothèque pour classer les livres par ordre alphabétique. Mais qu'est-ce que j'ai fait pour avoir une mère maniaque comme ça ? Ça doit être une drôle d'expérience de l'avoir à temps plein dans les pattes. Tout à coup, la voilà qui déboule, le visage rougi par l'effort.

— Juliette, téléphone. Un certain... Robert... je sais pas quoi. C'est une de tes conquêtes ma chérie ? Ah non ? Ne quittez pas, monsieur, je vous la passe.

Hurle plus fort, maman. T'as bien fait de décrocher mon portable. Je suis censée être au bureau, cet après-midi, comme tous les jours d'ailleurs. Et pas ici à la maison avec l'objectif fou d'essayer de limiter les dégâts de ton entreprise de rangement. Du coup, mon boss il était pas à prendre avec des pincettes. La mission qu'il m'a confiée, il y a plus de deux mois ? Eh bien oui, je suis dessus mais il me manque encore des infos. Oui, c'est bien le contrôle de l'état des fauteuils dans toutes les résidences présidentielles. Mais ça n'a pas avancé aussi vite que je l'espérais, c'est vrai. Quand est-ce que je compte m'y mettre ? Dès que j'aurai la tête à ça ! Et quand je compte rendre le rapport d'inspection ? Je ne sais pas. Non, je plaisante monsieur le directeur, euh, Robert. Mon boss, quoi. Je pensais le mois prochain. C'est beaucoup trop tard ? Ah bon. Bien sûr que je comprends, d'ailleurs c'est ce que je me disais aussi. Faut pas que je prenne de risques avec l'abri de jardin. J'en ai besoin.

Robert s'est calmé. Je passe le voir demain matin et il arrangera le calendrier. Deux semaines de gagnées.

Mais ma mère, elle, est toujours là :

— Juliette, c'est un autre monsieur au téléphone. Le fixe cette fois. Il dit qu'il est avocat. Que c'est urgent. Mais je croyais que t'en avais plus besoin, puisque c'est fini ?

Je lui ai arraché l'appareil des mains. Et je lui ai demandé de ne plus toucher à rien et de se taire. Surtout, se taire.

L'avocat, lui, m'a achevée : Paul va en appel. Le combat continue.

Là, j'ai craqué. Non, faut pas ? « Ne vous inquiétez

pas, Juliette, tout va bien, je suis là. Nous allons nous battre. Demain 17 heures à mon cabinet, je vous explique tout. Prenez soin de vous. » Merci, maître.

Je ne sais pas bien ce que ça représente « aller en appel », mais j'en ai marre.

Je vais mal.

14

EXÉCUTION

Banque : seule solution maintenant, la fuite. Les courriers ? Poubelle direct. De la lecture en moins.

Noël : l'échéance approche. Tout n'est pas encore décidé. En réalité, rien ne l'est.

Enfants : irréprochables. Sentent que ça chauffe. Silencieux sur les cadeaux. Très bien.

D'abord, il y a la procédure. Le début du divorce, quoi. C'était il y a presque un an.

Après d'interminables tractations — on a mis deux mois — il y a la demande conjointe adressée à la grande et belle justice française par les deux champions qui portent nos couleurs (je parle de nos deux avocats). C'est le milieu du divorce. Fini ? Oh non, pas encore.

Attente. Longue. Six mois au moins. La suite ? Il a fallu quand même prendre quelques précautions (stocker les attestations de Chloé, d'Élisabeth, de notre ex-femme de ménage, de la prof de français d'Élise et de quelques autres). Au cas où. Divorce à l'amiable, ça s'appelle.

Après, vient la petite comédie de la non-conciliation. Oui, madame la juge, je suis décidée. Et lui aussi. Oui, on a bien réfléchi, on est des adultes conscients et tout et tout. Merci, madame la juge, et à bientôt, enfin, je veux dire... merci quoi. Là, on se croirait à la fin du divorce : la convention devient définitive.

Enfin, le jugement du tribunal arrive. On dit : le jugement « homologatif ». Paraît qu'il faut pas chercher à comprendre. Le 30 novembre dernier. Ouf ! Happy end ? Pas tout à fait. Je viens de recevoir les « minutes » comme ils écrivent. Ils sont gonflés. Feraient mieux de parler en heures. Ou en jours. Ou en milliards d'heures !

Ce qu'il y a dedans ? Des « attendus », des belles phrases bien incompréhensibles, et blablabla, et enfin, l'essentiel : l'autorité parentale conjointe avec résidence chez la mère. Chez moi Juliette. Et le sieur Tcherkodriou procède au paiement d'une pension convenable pour s'alimenter tout court et en CD Virgin, strings, bijoux fantaisie, et en plus un petit sac dernier cri plusieurs fois par an, na !

C'est le TGI qui l'a dit. Tribunal de Grande Instance, Affaires familiales. Et tout ça au nom du peuple français. C'était écrit noir sur blanc. Avec, en plus, ajouté en gros sur un beau papier bleu ciel : expédition exécutoire dans l'affaire Beaumont-Tcherkodriou. Traduction : Paul, va falloir ouvrir ta cassette, fissa. Et à nouveau, la République française qui mande et ordonne aux huissiers, aux procureurs généraux (exactement), à tous les commandants et officiers de la force publique de me prêter main-forte en cas de problèmes.

Là-dessus, voilà Paul qui se débine. Même pas de palabres, chèques en bois direct, du vrai bois de mauvais payeur. Mais le meilleur était à venir.

Ça s'est passé ce matin. Je me suis réveillée plutôt de bonne humeur. Les deux terreurs se préparaient spontanément. Juste une inquiétude en prenant le courrier. Mais pas de recommandé pour une fois. En allant au bureau, après avoir réussi à convaincre ma mère de rentrer chez elle, j'écoute mon portable. Et je retombe sur le message de la veille de mon avocat. Je l'écoute distraitement. Je tends l'oreille. L'imbécile (moi, pas lui). Je réécoute deux fois et là, je me dis qu'hier j'ai loupé deux ou trois choses. Chose numéro un : Merlin l'Enchanteur n'est toujours pas décidé à payer ce qu'il doit et son avocat lui trouve des excuses. Chose numéro deux : il faudrait envoyer une provision pour honoraires pour la suite qui prend tournure. Traduction : mon avocat s'impatiente et voudrait un geste. Pourquoi ? Chose numéro trois (la meilleure) : Merlin l'Arnaqueur fait appel. Une phrase inscrite en tout petit, en bas de page, m'est revenue en mémoire : « Cette décision peut être frappée d'appel dans un délai de quinze jours. » Pas loupé : me voilà frappée d'appel. Et bien encore. Sonnée même. Élisabeth s'était étonnée que je n'entende plus parler de lui. Pas de nouvelles, bonnes nouvelles je pensais. À ce niveau de naïveté, ça fait peur.

Donc, Merlin veut payer moins. On pouvait s'y attendre. Mais la vraie surprise était ailleurs. Dernier message tardif de l'avocat, le Paul voulait faire un référé pour avoir la garde des enfants. Hier, je n'avais pas compris. Pas de doute possible. Il frappe dur, le petit père. Il mettrait en cause mon « comportement ». J'y crois pas ! Agressive, instable, angoissée, déstabilisante pour deux petits z'enfants tout fragiles : voilà ce que j'étais à ses yeux. Une excitée. Une presque dingue quoi ! À quand les experts et les psys ? Et lui alors ? Escorté de sa magnifique nouvelle future épouse, si formidable, il pouvait offrir, paraît-il, un bon foyer à Arthur et Élise. Je sentais la rage monter. Il allait essayer de m'enlever mes bébés ? Sans un mot. Par référé, comme ils disent, un truc en urgence qu'est pourtant pas le genre de la justice. Et toujours au nom de la République, du peuple français et tout le tralala ? J'allais devenir folle. Comment avait-il osé ne serait-ce qu'avoir cette idée ? Lui qui ne s'est jamais occupé de rien pendant toutes ces années, lui qui n'a jamais jeté un œil ni sur leurs devoirs, ni sur leurs carnets de notes, lui qui ne sait même pas ce qu'ils mangent. C'était ce type-là qui prétendait vouloir les élever ? Avec la pouffiasse en coulisses ? Réveillez-moi !

Je me suis repassé le message. J'avais failli l'effacer en tremblant tellement j'étais verte. J'ai écouté la fin. Ce foutu référé n'était que virtuel. Mon avocat avait réussi à dissuader le monstre et son conseil.

Donc, Merlin a renoncé à s'améliorer en « référé », il ne souhaitait que se perfectionner en « appel » ! Apprendre à mieux présenter ses salades, à jouer au père exemplaire, au vrai homme conscient de ses responsabilités. Prêt à me voler mes trésors, à foutre ma vie en l'air. Prêt à me détruire. Ils peuvent gober ça, à la justice française ? Les greffiers, les commandants, les procureurs ? Je ne pouvais même plus compter sur notre juge. En appel, c'est des nouveaux. Qui connaissent rien à rien. À qui il va falloir tout réexpliquer. On repart de zéro. Et s'ils ne comprennent pas ? S'ils pensent que, finalement, oui, le mari est en grande difficulté ? Mais il a pas l'air si mal. On pourrait lui confier les enfants à temps plein pour le consoler de sa pauvreté ! Elle, en revanche, elle a besoin de rien. Bien sûr, c'est normal qu'elle soit un peu excitée quand on lui dit tout ça, mais quand même, elle a pas l'air très calme. Or, le calme c'est ce qu'il y a de mieux pour des gosses. Les nôtres, c'est comme ça qu'on les élève, nous les juges, et ça leur réussit bien. Alors oui, pourquoi ne pas les retirer à la mère. Essayer le père pour une fois ?

Une idée a alors traversé mon cerveau. Et s'est installée. Impossible de la chasser de mon esprit. Je me disais : allez, Juliette, oublie. Ça ne va en rien régler le problème. Mais elle revenait sans cesse cette idée. Et alors là, baguette magique, tout s'arrangeait. Plus de « minutes », de « conclusions », de « plaise à la cour », de faux-culs en robe noire, de « considérants », d'huissiers, de chèques, de provisions, de questions, de justifications. Plus rien. Juste la paix. La chasse, par exemple, ça peut être dangereux. C'est qu'il aimait ça, Paul ! Je l'ai toujours mis en garde croyez-moi, fais attention aux maladroits, lis la presse, il n'y a pas un week-end où un pauvre type ne se fasse pas tirer dessus par erreur comme un lapin. Ou alors la bicyclette. Il en fait. Il appelle ça vélo. Faire du vélo. Et à Paris, pareil. Avec le trafic qu'il y a, un accident est si vite arrivé ! Toutes ces voitures qui vous coupent la route, ces camionnettes qui surgissent d'on ne sait où, qui vous coincent malencontreusement contre un trottoir ou dans un immense couloir de bus. Ce serait trop triste. À son âge, la vie devant lui, et une toute neuve en plus, avec l'autre hyène en arrière-plan. C'est tentant. C'est horrible.

Et puis alors, j'ai pensé à ce qui pourrait arriver de pire après. Non, pas de me faire prendre. Mais le procès. Les assises. Et c'est reparti pour un tour. Un nouvel avocat (autant changer, c'est comme les garde-robes), des plaidoiries, des conclusions, un jugement, des jurés... Et on peut revenir, là aussi, à la case « appel » même. Peut-être. Là, je me suis dit : ma pauvre Juliette, arrête de délirer. Pas la bonne solution. J'allais pas passer d'une galère (le divorce) à une autre (le meurtre). En plus, ça coûte très cher pour se défendre, ces conneries.

Et là, à ma sortie (je finirai bien par sortir évidemment, crime passionnel, le tarif c'est dix, douze ans maximum, et avec les remises de peine pour bonne conduite, je dirais six, sept ans) ce serait la disette. Fini pour le coup les petites joies, la lingerie La Perla, les petits sacs Tods, enfin toutes les babioles qui vous permettent de tenir dans les mauvais moments. Bien sûr, il y aurait toujours l'abri de jardin. Ça, c'était un des bons côtés de l'administration. Un crime, c'est une faute détachable du service. C'est le langage officiel. Traduction : rien à voir avec votre boulot, donc pas de raison de vous radier des cadres. Par contre, l'avancement serait sans doute un peu bloqué pendant la période d'incarcération elle-même. Embêtant. Surtout que je suis déjà pas vraiment au sommet des grades possibles à mon âge. Mais il faut savoir faire des sacrifices dans la vie.

Plus j'y réfléchissais, plus il était clair que cette solution posait davantage de problèmes qu'elle n'en résolvait. Dommage. Parce que côté moral, j'arrivais pas à trouver ça moche. C'est peut-être un peu violent, mais bon, c'est là et comme disait mon psy : « Il ne faut pas garder les choses à l'intérieur. Il faut les évacuer. Ça permet d'y voir plus clair. »

Donc, je vais être obligée de me défendre. Et de réapprendre la suite du divorsocharabia. Ils sont très forts à la justice française. Tu crois que tu vois enfin le bout du tunnel après un an ? Pas du tout. Mauvaise pioche. Tu en reprends pour un tour. Et ils appellent ça : appel. Toi-même !

Les mots, les délais, les juges, tout a changé. Y a même un nouveau : l'avoué. Il paraît qu'on ne le voit jamais, il n'a pas l'air de se fouler beaucoup, mais il réclame ses provisions lui aussi. Indispensable il est, paraît-il. Pour quoi ? Pour « les écritures versées au débat ». Mais voui.

C'est mon avocat qui m'a expliqué. Parce que après son message, je l'ai appelé. J'étais perdue. Tellement qu'il a accepté de me recevoir tout de suite. Comme d'habitude, il avait l'air d'un gros matou. Rassurant ? Au début oui. Maintenant moins. Il a décortiqué les événements. Cette fois-ci, comme Paul est à l'offensive, il n'est plus un sieur mais l'appelant. Et moi, comme je joue en défense, en contre, je deviens l'intimée. Plaise à la cour, ça c'est comme avant. Ça reste.

Pour que je comprenne mieux, il m'a passé le laïus de l'adversaire (Merlin et son effroyable avocat). Alors là, pas triste. Notre juge, la gentille de la première instance, qui avait tout compris ? Nulle, d'après eux. Elle a commis une « erreur manifeste entachée ». Et ses « calculs sont erronés et source d'une grande iniquité ». Genre franchement grave, limite atteinte aux droits de l'homme. J'espère que ceux de l'appel ne prendront pas de sanctions contre notre juge, quand même ! Les deux escrocs veulent aussi que « la cour » — c'est son nouveau petit nom — fasse droit à la « demande incidente » de Merlin l'Arnaqueur. Après tout ça, un jour peut-être, je ferai l'avocat moi aussi, alors il faut que je comprenne tout bien.

Pour terminer, encore une petite gâterie : on exige ma condamnation « aux entiers dépens » dont « distraction » au profit de l'avoué de l'« appelant ». Le tout conformément aux dispositions de l'article 699 du nouveau code de procédure civile — bon, je préférais l'ancien finalement. Autrement dit, l'arnaque complète. On me baisse la pension — au fond, on pourrait même la supprimer complètement tant qu'on y est —, on me menace de me voler mes gosses — même pas le courage d'aller jusqu'au bout — et on me fait raquer les provisions et autres honoraires de l'avoué ennemi et puis aussi, faudrait pas être mesquine, de son diabolique conseil. Et quoi d'autre ? Ses frais de plomberie ? Son déménagement ? Non ? Trop aimable la justice du XXIe siècle... Je rêve.

Comme je commençais à chialer, mon protecteur a abrégé le supplice. Il a résumé les histoires de factures (j'ai pas compris lesquelles) et de frais « irrépétibles ». Me demandez pas ce que c'est. C'est le langage tout simple des gens de justice qui se mettent à notre portée. Il a juste fait allusion aux conclusions « responsives » et « incidentes » à préparer (les siennes, enfin les nôtres) et aux pièces à rassembler (des anciennes mais aussi quelques nouvelles pour s'amuser un peu). Un divorce, c'est sympa. C'est un petit boulot qui vous occupe à mi-temps si vous êtes consciencieuse.

Après, j'étais bien. Un peu comateuse, dans une

espèce de nuage tout blanc. Plus rien ne pouvait m'atteindre. Je m'étais levée du fauteuil pour partir mais je sentais le sol se dérober. Comme si on tirait un tapis sous mes pieds. Et puis des lumières dans ma tête. Une sorte de vertige, l'impression de tomber au fond d'un gouffre. Je me rappelle avoir pensé à ce que je lui devais. Des morceaux de phrases me revenaient où il était question d'une note d'honoraires de 1 700 euros et de tout moyen à ma convenance. J'aimais bien cette expression. Mais je ne sais plus où elle était ma convenance, maître. Je l'apercevais comme à travers un voile, qui me fixait, l'air effaré. À cause de ce qu'il avait peur de jamais récupérer ? Je me disais : mais il ne faut pas qu'il s'affole, ça fait combien en strings 1 700 euros ? Un paquet. Mais justement, j'en ai beaucoup dans mon tiroir « spécial ». Un gentil monsieur me les a offerts autrefois.

Quand je me suis réveillée, la première chose que j'ai vue, c'était Arthur et Élise. Ils étaient là mes bébés. On me les avait pas enlevés ! Lui, il avait l'air prêt à pleurer. Elle semblait moins mal en point mais pas flambante. Ils m'ont couverte de baisers quand j'ai émergé. Ils avaient eu si peur. Ils m'ont tout raconté. Comment je m'étais évanouie dans le cabinet de l'avocat, l'ambulance, l'hôpital, les six heures en observation. Et le retour à la maison. Notre chez-nous à tous les trois. La nuit tombait dehors. J'ai repensé à tout ce qui s'était passé, l'appel, la procédure, les frais, la bagarre qui continuait. Au nom du peuple français. Foutez-moi la paix, je coulerai pas, j'ai dit alors !

15

TROP, C'EST TROP

Banque : négocié un découvert supplémentaire pour trois mois.

Enfants : allusions aux cadeaux de Noël. Pas la tête à ça.

Sport : essayé un club de gym. Fatigant. Et aucun mec potable à regarder.

Sommeil : ça existe plus.

Une rupture, ce serait supportable, au fond, s'il y avait pas les autres. La Nadine par exemple. Au départ c'était une séquence, une péripétie. Ça devient un feuilleton. Un roman noir. Après m'avoir esquinté ma Twingo, elle a appelé plusieurs fois à la maison, en général à des heures sympa : jamais avant minuit. En essayant de masquer sa voix, elle me traite de dingue, me dit que j'ai toujours été « cocue-cocue » — on connaît sa délicatesse —, que je n'ai jamais été le genre de Paul. Après avoir écouté une première fois le numéro dans son entier, je lui ai dit d'arrêter, qu'elle se faisait du mal. Mais quand même, je commence à en avoir vraiment marre. C'est dur le harcèlement d'une toquée qui s'acharne à vous détruire alors qu'elle a déjà votre ex-mari. Elle est jalouse de mon passé !

La dernière fois, c'était vendredi, le soir, tard. J'ai pas

pu me rendormir et le lendemain, on allait au parc Astérix tous les trois, les enfants et moi. Du coup, j'étais quasi comateuse. Arthur était ravi mais Élise s'était évidemment fait prier. Une montagne de devoirs s'était abattue sur elle pendant la nuit. « Tu sais, maman, je crois que je pourrai pas venir », m'avait-elle dit en se glissant dans mon lit au petit matin de sa voix doucereuse et hypocrite qui n'annonçait jamais rien de bon. « Tu comprends, j'ai vraiment trop de travail en retard. Notamment en maths. Le prof nous a annoncé un contrôle pour lundi et je ne suis pas prête. »

Cette envie pressante d'études dissimulait en général des intentions moins pures, je le savais par expérience. Je lui ai répondu que c'était prévu depuis longtemps, que son frère — et moi aussi — se réjouissait à l'avance, que ça lui ferait du bien de prendre l'air, qu'elle adorerait le parc, enfin tout ce qu'une mère raconte pour s'en tenir à ses plans sans exploser. Je crois que c'est la première fois que j'ai réalisé à quel point elle m'énervait depuis des mois. Parce qu'elle ne voulait évidemment rien entendre. J'ai eu droit à la « totale ».

Elle était brusquement fatiguée la pauvre chérie. Et puis, son ami Baptiste tu sais, celui-qui-est-fort-en-tout, devait « passer à la maison ». Pour réviser ensemble, of course. Elle me prend vraiment pour une imbécile. Moi aussi, j'ai été jeune. Peu à peu, il est apparu qu'elle avait concocté une journée bien remplie avec le petit copain en question où les sorties tenaient plus de place que la mémorisation des équations du second degré appliquées aux ensembles vides (ou le contraire). Elle est parfaite parce qu'elle sait que les maths c'est mon point faible. Je l'ai toujours poussée pour qu'elle soit meilleure que moi à l'école (je me contentais du minimum pour éviter trop de fatigue). Mais de grâce, qu'elle arrête de provoquer les professeurs. Ce que je veux, c'est qu'elle puisse faire les études qui lui plaisent. Grandes ou pas. Pas contrariante comme mère. Je suis prête à financer dès lors qu'elle a trouvé sa voie et qu'elle se donne un peu de mal. Mais si c'est pour se moquer de moi, alors là je ne joue plus.

À un moment Arthur a essayé de s'interposer. Ça partait d'un bon sentiment. Mais ça a dégénéré. Quand il a compris de quoi il s'agissait, il s'est empressé de balancer sa sœur. « Mais tu devais pas aller au ciné ? » il a glissé sur un ton mielleux. La réplique a été cinglante : « Occupe-toi de tes affaires. » Ça lui a pas plu, parce qu'il a une légère tendance à être susceptible, mon bébé. Et ça a continué. Lui : « Je te parle pas, pauvre conne. » Elle : « Pourquoi tu viens nous coller, grosse tache ? Espèce d'abruti. » Lui, de plus en plus énervé : « Pétasse », « Je t'emmerde », « Fous-nous la paix », « Dégage ». Elle, partie dans la surenchère : « C'est toi qui vas te casser, le nain ! — Quand on est aussi nulle à l'école, on s'écrase. » Il a fallu faire la police de proximité. C'est usant les gosses. Des vraies nuisances quand ils se font la guerre. Déjà si on est deux, c'est pas une mince affaire, même si on se relaye. Mais quand on est seule, il y a des moments où on a envie de tout plaquer. De leur dire, vous voulez que je me barre, c'est ça ? Eh bien, bingo. Vous avez gagné. Je me casse, et démerdez-vous !

À la fin, j'ai quand même eu gain de cause. Pour se venger, elle nous a fait attendre dans l'entrée et dans l'ascenseur plus d'un quart d'heure. Elle avait toujours oublié quelque chose d'indispensable, parfum, écharpe, blouson, mouchoir, gloss, tout y est passé. Juste avant de partir, j'ai pris le courrier de la veille en passant. Stress assuré. C'est rare qu'il n'y en ait pas un pour me gâcher la journée. J'ouvre, j'ouvre pas ? Avant, après Astérix ? Drôle d'enveloppe. Pas normal. Autant ouvrir car, de toute manière, je vais flipper toute la journée.

Des nouvelles, indirectes, de mon propriétaire : la richissime compagnie d'assurances XA. Eh bien, ils l'ont fait. Pas d'hésitation. La situation familiale ne plaide en rien pour un peu d'indulgence : ils ont été « dans l'obligation de lancer une procédure à mon encontre » pour deux petits mois de loyer de retard, et quelques défaillances « régulières » paraît-il dans mes règlements.

Alors là maintenant : commandement, clause résolutoire, à la demande de XA, agissant en vertu de, libellé des sommes dues, débit, total à payer avec coût du présent acte, décompte des sommes dues, service contentieux. La totale, et bien enrobée encore.

Signé : huissiers de justice associés. Tiens, je les connais pas, ceux-là. Ils s'y mettent à plusieurs contre une femme seule, c'est pas terrible ça.

Pas besoin de l'avocat là pour traduire. C'est toujours la justice. Mais celle-là, elle est plus simple à comprendre. La compagnie risque de sauter. Pensez : deux mois de retard ! Hé, bananes : le miracle, c'est que j'arrive encore à payer. Et puis, le bonus : ça s'appelle pénalités au titre des indemnités de retard. Merci, Paul. La matinée est bien engagée.

Je suis restée immobile dans le hall à réfléchir. Au bout d'un moment, j'ai entendu une petite voix. « Ça va pas, maman ? » C'était Arthur. Élise, elle, me regardait d'un air maussade. Le pauvre chou, il se fait du souci. Surtout depuis mon petit séjour à l'hôpital. C'est idiot, mais ça m'a fait éclater en sanglots. Élise n'a pas bougé. Ce qu'elle est pas sympa, celle-là, quand on ose la contrarier. Je me suis baissée et il a passé ses bras autour de mon cou. « T'inquiète pas, mamouchka, je suis là. » D'entendre ce petit garçon de dix ans me rassurer comme il pouvait, ça me remuait de plus en plus. Une vraie fontaine. Pendant que Paul se désintéressait de notre sort, mon fils, lui, se sentait investi de la mission de nous protéger, sa sœur et moi. Et puis il a ajouté : « Tu sais, si tu veux je demanderai à papa et... » Je l'ai coupé. Plus question de s'apitoyer sur mon sort. « Il n'en est pas question, mon chéri, je lui ai dit, on s'en sortira tout seuls. » Tout à coup, j'ai eu envie de me battre. La justice m'avait donné raison. Et il allait me narguer impunément ? On allait me faire lanterner jusqu'à ce que Son Excellence l'ex-mari daigne ouvrir son carnet de chèques ? Avec l'humiliation d'avoir des huissiers à mes trousses ?

Mes neurones carburaient à toute allure, mes synapses aussi et tout ce monde-là arrivait à la même conclusion : tu te crois toujours au-dessus de la loi, l'ex ? Tu penses que tes astuces minables vont te sauver ? Que tu passeras à travers, une fois de plus ? Que je vais m'écraser comme tu me l'as conseillé la dernière fois que tu m'as adressé la parole au téléphone ? Les hostilités sont ouvertes ? Parfait. Tu vas souffrir, crois-moi ! La Nadine, pour commencer, elle va déguster. Et toi, je vais le trouver ton fric et tes comptes seront mis à rude épreuve. Je ferai un scandale dans ta boîte s'il le faut. Tu penses que tu vas me pourrir la vie à petit feu ? Non, c'est moi qui vais m'occuper de la tienne ! Tu regretteras d'être là, je te le promets.

« Bon, maman, on y va ? Sinon, je remonte travailler moi. » Élise, décontenancée, mais pour ne pas perdre la face toujours aussi aimable. Oui, on y va. Juste le temps de s'engouffrer dans la voiture, de démarrer, de mettre à fond « Star Academy III » et de manquer de peu de se faire emboutir par un chauffard trop pressé.

Voyage paisible. Personne sur l'autoroute. Élise, branchée grâce à sa troisième oreille sur les copines, s'est déridée : « Finalement, je suis contente d'y aller, maman. » J'en ai profité pour écouter les messages sur mon portable : rien à signaler. On verra lundi : peut-être que le petit ensemble très sexy La Perla que je viens de prendre — après plusieurs jours de mise de côté, la vendeuse finissait par s'impatienter, alors... — passera inaperçu auprès de ma banque. Quelle immixtion dans la vie privée des clientes, ces gens-là ! In-dé-cent, à force.

Le cas Marco, traité hier soir : cette semaine, j'ai eu droit à deux coups de fil, doublés de deux messages sur le portable. Un mail éploré avant le week-end pour me rappeler que ça faisait longtemps qu'on ne s'était pas revus, qu'il se sentait maltraité et qu'il avait envie de moi, qu'il savait que moi aussi — j'avais envie de lui — et pourquoi pas dimanche soir. « Un bon soir pour se voir, le plus agréable. À toi de voir ! »

Filou ! Pas faux. Mais pour moi, c'est pas le plus approprié. Il faut remettre la maisonnée au pas, repartir pour une nouvelle semaine.

Et puis, pas possible tout simplement. Envie d'être au calme avec les enfants. Même Éric n'intervient pas dans mes affaires en ce moment. Il doit être occupé.

Eh, mon baiseur fou, t'as pas compris ? Tu n'as été qu'un quatre heures pour moi, pas un fiancé ni un amoureux ! Pour l'instant.

Pour toi, il est évident que je suis libre ce dimanche, que je t'attends ce soir. Mais quel aplomb ! Bon, d'accord, ça a un petit côté excitant de se faire prier. C'est ce que tu veux ? Une miniscène conjugale en perspective ? Je passe mon tour. J'ai eu mon compte.

« Marco, sache-le, tu te défends pas mal au lit. Alors, dès que j'ai besoin d'un petit câlin, je te fais signe. » C'est le message que je lui ai laissé. Calculé pour être encourageant — juste ce qu'il faut — mais aussi dissuasif. On ne me colle pas.

C'est bien de passer une journée détendue avec ses enfants. Et on apprend des trucs. Incroyables. Mais vrais.

Au détour d'une grande roue à triple bascule dans tous les sens qui vous tue le dos, Élise, incidemment, m'a demandé — on s'était réconciliées — si elle pouvait donner l'adresse du prof qui vient à la maison deux fois par semaine pour elle et son frère et qui les aide à faire leurs devoirs. La baby-sitter qui les a élevés a dû partir à la fin de l'année scolaire précédente. Trop cher. Ils sont plus grands et responsables maintenant. Tout ça dans le contexte de la réduction du train de vie du trio.

— Bien sûr, ma chérie, tu peux la donner mais pas à n'importe qui car c'est votre prof à vous et faut pas qu'il ait trop d'élèves non plus.

— C'est juste pour Jennifer. C'est sa mère qui me l'a demandée.

Là, je m'étrangle. Filer les précieuses coordonnées d'une partie de ma PME à la fille du camp ennemi ? La Nadine, encore elle ?

Et Élise de poursuivre : elle veut aussi s'inscrire au même cours de dessin que moi. Ce serait plus facile.

Plus facile, pour qui ? Pour l'autre folle ? Mais qu'est-ce qu'elle cherche ? Elle va bientôt me lâcher ? Ma voiture bousillée, les coups de fil insultants la nuit et là, maintenant, sa fille, la Jennifer, qui va jouer les parasites ? Elle a dû changer de tactique. Ou alors, elle copine avec Élise (voilà pour le chaud) et reste salope avec moi (merci pour le froid).

Elle veut pas aussi qu'on vive tous ensemble, non ? Dans un grand loft ? Qu'on crée une communauté ? Paul, ses deux femmes et nos trois enfants. Ça serait une sacrée famille recomposée !

Ah, chez les Tcherkodriou, regardez comme on s'entend bien. Un modèle : même école pour tous les enfants, même prof le soir après les cours, mêmes activités le mercredi, même coiffeur pour ces dames. Le rêve. Même homme à la maison. Même compte en banque ?

Il croit quoi, Paul, qu'il va refaire le coup de Merlin l'Enchanteur avec les juges d'appel ? Qu'il le tente ! Qu'est-ce qu'il va bien pouvoir inventer pour justifier sa prétendue baisse de revenus ?

J'attends avec impatience l'audience. Je n'oublie pas nuit et jour que je suis « frappée d'appel ». À chaque achat, je suis obligée de remplir des listes de pièces jointes. Pour les futures sommations à communiquer.

Arthur lui aussi m'a fait ses confidences à la fin de la journée. Dimanche, après une journée de plaisir : « Maman, faut que je te dise. Tu dois signer. Tu es convoquée à l'école demain matin par la directrice. J'te jure que j'ai rien fait. Je sais même pas pourquoi. Je suis trop sage à l'école. Alors ? » Je comprends mieux le petit faux-cul si prévenant ce matin, et toute la journée il a joué au petit homme galant. Sale gosse, va !

De retour à la maison, éreintée. Message sur le répondeur. La voix de Paul. Intuition : mauvaise nouvelle. Il n'appelle jamais. Il devait prendre les enfants le week-end précédant les vacances de Noël. Cette année, c'est moi qui passe Noël avec eux. C'est la première fois qu'on se les partage officiellement. Lui il les a pour le 31 décembre. Il passe une semaine avec eux, sans l'autre et sa smala, j'espère — destination surprise. Déjà, c'est pratique pour les bagages : doudounes et moufles ou maillots et draps de bain ? Mais on va s'adapter.

Donc, week-end avant Noël chez papa dans sa famille à Grasse. La mamie, elle doit en crever de pas passer Noël avec ses petits-enfants, possessive comme elle est. Avant le divorce, ma mère — pas trop pénible pour ces histoires de fêtes — n'exigeait rien, ça l'a toujours « gavée », comme dit Arthur. Mais l'autre sangsue ne concevait pas de fêter Noël un autre soir que le 24 décembre. Traditions de la Côte d'Azur obligent ?

Alors, cette année, la voilà condamnée à fêter Noël avec son fils adoré et sa progéniture (mais sans l'ignoble pièce rapportée à paillettes : moi), le 19 décembre. Le drame ! Donc, embrouille de Paul. Et la surprise est pour moi. Il est vindicatif depuis que le divorce est prononcé. Pas content du résultat le fils-à-sa-maman-en-appel.

« J'ai un empêchement pour ce week-end. Je suis absent de Paris car je suis en voyage pour le groupe. Je ne pourrai donc pas prendre les enfants après la classe vendredi en fin d'après-midi. Les seuls vols pour Nice que Nadine a trouvés — elle a fait ce qu'elle a pu — sont samedi à 6 h 50 départ d'Orly. Je compte sur toi pour ne pas faire d'histoires. Les enfants sont impatients de voir leurs grands-parents. Donc, rendez-vous à Orly une demi-heure avant l'embarquement. À plus tard. »

L'art de gâcher le retour de week-end des autres : 6 heures du matin. Et à Orly ! Gonflé. Il paie pas la pension et il exige les enfants. Et à l'aube : j'y crois pas. J'ai le droit pour moi pourtant, oui ou non ? Une décision de justice, ça s'exécute. Donc, action dès demain matin. Je sais exactement ce qu'il faut faire. Mine de rien, en douce, je me suis renseignée. J'ai trouvé l'huissier qu'il fallait. Tout est prêt chez lui. Je n'ai plus qu'à décrocher le téléphone pour déclencher les hostilités. Enfin, une bonne semaine qui commence !

Juste avant de me blottir sous la couette, je vais dans l'entrée pour fermer la porte à clé : une enveloppe blanche EV glissée sous la porte. J'ouvre mi-confiante, mi-intriguée. Un chèque en euros, avec plein de zéros. « Pour vos cadeaux de Noël. Éric. » Quelle discrétion ! Quel savoir-vivre ! Le geste qui sauve. C'est mon banquier qui va enfin retrouver le sommeil !

16

UN CASQUE BLEU EN MISSION

Bureau : mon boss s'impatiente. Je suis menacée.

Enfants : font l'aller et retour entre les deux domiciles. Et oublient la moitié de leurs affaires dans l'un et l'autre.

Le reste : pas vu, pas pris.

Je ne suis plus la petite Juliette conciliante du début qui croit à la bonne foi de son ex-mari. J'ai donc bien fait de lui envoyer un messager en début de semaine, à l'ex.

Ma patience a des limites. Et l'avocat m'a approuvée. J'ai une décision de justice. Le père ne paie pas. Je la fais exécuter. « Pas d'états d'âme, Juliette. » Un divorce, même après l'audience, c'est comme un combat.

C'est pas le tout d'aller chez le juge, de se séparer à l'amiable, de se partager les enfants, de jouer les « couples parentaux » de façade. Derrière, il y a du concret, et des vrais gens, avec un cœur, un cerveau, du temps et du fric, c'est comme ça. Faut répartir tous ces ingrédients équitablement, chacun son rôle. La mère, c'est simple : beaucoup pour les enfants qui n'y sont pour rien, un peu — encore — pour le père pour pas qu'il perde contact avec eux s'il est moyennement volontaire, et très peu pour soi. Pour le père, c'est encore plus simple : tout pour lui. Et vite, une nouvelle servante, euh, pardon, compagne : nettoyage, lessivage, repassage, courses et pieds sous la table. Et pour ce seigneur, je l'oubliais, baise sur demande.

Nous, les mères, on peut s'en passer, ne serait-ce que quelques années. C'est bien connu.

Et les juges le savent.

Ça a beau être la mode de la garde alternée et de la réhabilitation du rôle de père, il y a encore beaucoup à faire. Paul, lui, a tranché : le maximum pour lui (et la Nadine), un minimum pour Élise et Arthur, et spécial Juliette : rien. La négation totale de son existence : mon ex-femme ? Connais pas. La mère de mes enfants ? Non, non, ils sont sortis tout seuls, on ne sait pas d'où. Ils sont là, pour la photo de la nouvelle famille recomposée. Socialement c'est parfait. Donc : plus un mot, plus un message, plus de nouvelles. A pas existé. Quatorze ans ensemble. Mariage. Les enfants là derrière vous, monsieur le directeur régional ? « Ils sont beaux. » Et surtout, surtout, pas d'interférence avec la nouvelle vie. Mon psy, à l'époque où il était normal, m'avait expliqué : « Certains hommes qui ont été amenés à quitter leur première épouse, pour se rassurer sur l'amour qu'ils portent à leur nouvelle femme, et donc sur le fait qu'elle les aime en retour, doivent la parer de toutes les vertus. Et ne plus se tourner que vers elle. Plus ils rejettent leur passé, plus ils se projettent dans leur nouvelle vie. Pour l'aimer, ils doivent haïr la première. Sachez cela, Juliette. Mais ce n'est pas toujours le cas. »

Dans le mille, le psy !

Tous les besoins sont du même côté. Celui du gentil petit couple formé par Paul et sa « poustiface », comme l'appelle Arthur. Il préfère ce petit nom à « pouffiasse ». Il n'aime pas quand je parle mal. Je ne l'ai qu'entraperçue une fois au Salon du mariage, elle. Mais étant donné la description détaillée qu'Hélène et Henri, notre charmant couple d'ex-amis, m'en ont faite, la seule fois où j'ai eu la faveur d'être invitée à prendre un thé (pas un dîner, un thé) chez eux, depuis le divorce, ça lui va bien, « poustiface ». C'est mieux que « face de pouffe ». C'est un mot qu'on prononce entre nous, le bloc d'amour. Bon d'accord, Élise n'aime pas qu'on dise du mal de l'autre. D'ailleurs, la Nadine essaie de l'acheter ma fille. À coups de rouge à lèvres, de petits tops moulants et de Nike hyper chères. Il paraît qu'en plus, elle s'habille comme une p..., la poustiface ! J'ose même pas le dire. Si, je peux, parce que Arthur, quelquefois, quand il revient de là-bas, il le dit : « Ras la touffe sa jupe. » Je cite dans le texte. Et je ne fais pas le geste. Arthur, c'est un petit mec. Lui, il le fait. Même à dix ans, ça le choque.

Des besoins, j'en ai pourtant. Bientôt Noël. Et ses cadeaux en perspective. Faudrait aussi que je sonde Marco sur ses bonnes intentions éventuelles. Éric, lui, avec le geste d'il y a deux jours, s'il ne complète pas par une petite bricole, je ne lui en voudrai pas. Il est vraiment généreux. Tout ça pour la gloire. Mais pourquoi je les associe tous les deux dans ma tête ? En réalité, ils n'ont rien à voir.

Compartimente, Juliette. Cloisonne, tu verras ça aide dans la vie. Et surtout, se taire. Encore un bon conseil d'Élisabeth. Avant qu'elle ne boude.

Oui, parce que en ce moment c'est tendu entre nous. Ça arrive entre copines. Mais là, c'est du sérieux. Elle m'a littéralement engueulée. J'étais tellement surprise par sa réaction que je ne sais même plus ce qu'elle m'a balancé. Je me souviens seulement d'une phrase. « Je sais que ton ex-mari t'en fait baver. Mais t'aurais dû tenter quelque chose. Négocier avec lui. Même si c'est un mur. Le voir. Même si c'est humiliant pour toi. T'aurais même pu essayer de le séduire. Un dîner avec un grand décolleté, c'est faisable. Et vite passé. Au lieu de lui envoyer un huissier. »

Là, elle y est allée un peu fort. J'ai fondu en larmes.

Ma meilleure amie et moi en pleine brouille à cause de Merlin l'Enfoiré. Alors, elle s'est un peu radoucie : « Tu ne sais pas, ma pauvre, dans quoi tu t'es embarquée. C'est un pervers, doublé d'un type intelligent. Il a les reins plus solides que toi. Et du fric, à ne plus savoir où le mettre. Il fait ça pour gagner, pour prouver sa virilité. Te dominer. Et je ne suis pas la seule ni la première à te l'avoir dit. »

Ce n'est plus le même homme. De mon temps, il n'était pas comme ça. J'ai vécu quatorze ans de ma vie avec un monstre. Un étranger. Sans m'en apercevoir.

Ce n'est pas le plus facile à digérer.

Le seul qui m'avait un peu mise en garde, c'était mon psy. Mon psy « d'avant » qui me faisait pas des scènes de jalousie ! Je ne sais pas ce qu'ils ont tous eu après le divorce. Mais j'ai vraiment le sentiment qu'il y avait un avant et un après. Dans mes relations avec les hommes. Et avec les amis, enfin les amis en couple plus exactement. Moi, j'avais surtout besoin qu'on m'aide à comprendre ce qui s'était passé entre Paul et moi. Parce que j'ai fini par mettre un mot sur son comportement depuis des années : pervers. Il mentait. Il ne faisait que parler par sous-entendus ; il maniait à mon égard le sarcasme, la dérision, le mépris. Une manière bien à lui d'imposer son pouvoir. De la violence insidieuse. J'aurais dû comprendre qu'il essaierait un jour de me voler les enfants. Ou ferait semblant.

C'est ça le double discours typique du pervers. Il m'avait dit au moment de la séparation : « Ils sont plus à toi qu'à moi. » Pour endormir ma méfiance. Gonflé, Merlin le Tordu. Mais pervers de quelle famille ? Pervers maniaque ? Oui. Mégalo ? Pas trop. Irresponsable ? De plus en plus. Parano ? Je n'y avais jamais pensé. Et moi, pendant des heures à 60 euros, allongée sur un divan chez un psy en qui j'avais confiance — à l'époque. À prendre conscience. « Et vous, Juliette, à votre avis, quel type de victime avez-vous accepté d'être ? » Objet ? N'exagérez pas ! Maso ? Ai-je accepté mon sort en pestant ? Non. Scrupuleuse ? Ayant une propension à me culpabiliser ? Ça m'est arrivé. Portée au pardon ? Pas exactement mon style, faut être honnête. La sonnerie du téléphone me sort de l'introspection.

Devinette : qui a appelé ? Même au jeu des 500 000 euros, j'aurais perdu. L'ex-beau-père, le retour ! Il veut monter à Paris me voir, paraît-il. Pour « parler des enfants ». Demain en fin de matinée. Sérieux.

J'ai dit oui. Je n'ai rien à me reprocher. Rien à cacher. En plus, ça va faire plaisir à Élisabeth. Elle aime les envoyés spéciaux de l'ONU qui essaient de jouer les coupe-feu sur la planète. Là, c'est la planète de l'ex-couple idéal qui a explosé.

Dans la nuit, j'ai gambergé. Qu'est-ce qu'il lui prend à mon ex-beau-père, presque un an après la séparation, de vouloir me voir ? Lui qui ne s'est jamais mêlé de rien ? Pas un mot qui puisse froisser le fils préféré de sa femme. Ah, celle-là. Avec une mère comme ça, on est prédestiné au fiasco conjugal. Pour ses belles-filles et beaux-fils, elle n'avait qu'un mot à la bouche : pièce rapportée. On ne fait pas plus accueillant. C'est elle qui doit être à l'initiative de cette rencontre au sommet. Elle a dû lui dire à son toutou de colonel qui lui obéit au doigt et à l'œil : « Vas-y. Ça ne peut plus durer. Elle va le tuer, Paul. » Chez les militaires de carrière, on a le sens de la discipline. On fait pas de peine à la hiérarchie. Et la hiérarchie, chez eux, c'est elle !

Ah, j'y suis : son « fils éternel » a dû donner des nouvelles du front. Et il a appelé. Maman, au secours. La vilaine Juliette, elle arrête pas de m'embêter.

Sûr qu'en ce moment, je le lâche pas. J'ai reçu copie de la lettre que l'huissier a envoyée, après mon feu vert, à son employeur. « À la demande de Mme Juliette Beaumont, certaines échéances étant demeurées impayées, par les présentes en application des lois et décrets susvisés, je vous informe que vous êtes tenu de payer chaque mois à la date du 2, directement et par préférence à tous autres créanciers, la somme de mille deux cents euros, majorée de cent quatre-vingt-trois euros, pour les arriérés. »

Ils ont dû être vexés les bons apôtres de la paix conjugale. Jusque-là, silence radio.

Mais quand il y a risque que ça se sache que le fils de M. et Mme Tcherkodriou, le petit qui a réussi à Paris, est un mauvais sujet, alors on sort le grand jeu. Alors, on envoie le Casque bleu rencontrer l'adversaire. Et sur quel thème ? Celui des enfants ? Mais je croyais qu'il fallait les protéger ?

Je m'y attendais, mais c'est venu vite. Encore plus que je ne pensais ! Il s'est déplacé de sa villa de Grasse, a pris l'avion à Nice, pour venir m'expliquer qu'il ne comprenait pas notre bagarre, alors que Paul, si gentil garçon, si conciliant et bref... que tout ça était indigne de moi. C'est tout ? Oui. Une proposition concrète ? Non. Faut nous écouter. La famille Tcherkodriou, elle, elle sait. Surtout la mère. Sans blague ? On a bu le café de la discorde. Tu peux repartir chez toi bredouille et tout raconter au dragon de la Côte. Ratée la mission impossible. Cela dit, cette rencontre amicale m'a permis de m'instruire. Quand je t'ai piégé, en t'interrogeant sur l'avenir de Paul et de Poustiface, tu n'as pas pu esquiver, même si tu es resté évasif : « Oui, un mariage express pour des raisons administratives... enfin, d'après ce que j'ai cru comprendre. »

Excédée, j'étais. Tu parles.

J'ai testé les enfants le soir même à la maison sans rien dire pour voir s'ils étaient au courant. Élise a à peine levé le nez de ses devoirs pour me dire qu'elle savait, que ça ne l'intéressait pas et qu'elle ne comptait pas y aller. Pas un week-end à perdre. Surtout loin de Paris et des copains. Arthur, même attitude, les jeux vidéo passent « avant ». Comme sa sœur, ça ne l'intéresse pas un truc « administratif ». Y a même pas de fête après. Et il a ajouté que, de toute manière, ils n'étaient pas invités. Ben alors, elle est passée où la famille recomposée à Merlin ?

Alors comme ça, Paul replonge dans le mariage. Sans même m'avertir bien sûr. Pas très correct. Mais on s'en fout de son ex-femme, hein ? Mérite pas un coup de fil. Trop occupé le cadre du bâtiment. Dommage, si j'étais venue j'aurais fait un petit cadeau. Remarquez, il est peut-être pas encore trop tard. Comment je pourrais leur donner un témoignage de mon affection aux deux tourtereaux ? 23 h 30. Qu'est-ce qu'on pourrait leur offrir à cette heure-là ?

Machinalement, j'ai ouvert un tiroir dans la cuisine et je suis tombée sur ce qu'il me fallait. Devinez quoi ? La brochure du meilleur traiteur asiatique de Paris. Le plus cher aussi. Un avant-goût de voyage de noces. Je sais que tout ce qui touche à l'Asie, ils détestent. J'ai appelé et j'ai commandé un beau repas. Des shushis ? On aime. Des sushimis ? Encore mieux. Des crevettes très pimentées ? On adore. Pour combien de personnes ? Oh, au moins une dizaine. Oui, quelques amis surprise se sont invités. Et des desserts aussi bien sûr. Et n'oubliez pas les boissons. De la bière japonaise. Impeccable. À livrer quand ? Mais tout de suite. Il sera au moins minuit et demi ? Ça ne nous gêne pas du tout, au contraire. Mon nom ? Tcherkodriou. L'adresse c'est dans le VIe arrondissement. Mes références bancaires : 00330284359. C'est Arthur qui me l'a donné. Il connaît par cœur le numéro de la carte de crédit de son père. Quelle mémoire, mon fils !

17

TOTALE DÉPRIME

Abri de jardin : du boulot par-dessus la tête malgré le week-end prolongé de Noël. On m'en veut.
Amours : le grand vide. Pas envie, limite dégoût.
Et tout le reste : invitée à dîner partout mais suis dans ma phase ermite. Motivée par rien.
Enfants : loin. Vont bien finir par me manquer.

Pendant le réveillon, à table, ça m'a prise d'un seul coup. Je me suis souvenue de ce que mon psy me disait : en cas de coup de blues, seule solution : une colonne **+**, une colonne **–**. J'étais habillée en guignol des pieds à la tête, jupe à froufrous, chaussures noires à bouts pointus, impossibles à porter plus de dix minutes d'affilée. J'avais tout organisé chez moi. Ça m'avait demandé deux jours de préparation. On en était à l'arrivée de la dinde — farcie aux marrons —, ma mère adore. J'avais l'air normal, enfin surtout pour les invités qu'on voit rarement et qui ne regardent que ce qu'il y a dans leur assiette. Brusquement, je me suis levée. « Je reviens », j'ai dit l'air ailleurs. Au bout de cinq minutes, je suis revenue en pyjama en pilou rayé bleu-blanc. Chaussettes blanches tire-bouchonnées aux pieds. Cheveux relevés en bataille. Démaquillée. Donc, livide. Un stylo et un bloc-notes à la main, j'ai fait une déclaration à l'assistance, stupéfaite : « Les amis, je tiens à vous donner le bilan de l'année d'une femme divorcée parmi d'autres, solennellement, en ce soir de Noël. D'abord les points négatifs. Tout le monde est concerné, famille, amis, prétendants, amants, ennemis et en prime la grande et belle justice française. »

Là, ils me regardaient tous d'un air inquiet.

« Écoutez bien, car je ne le dirai pas deux fois. J'ai porté les enfants à bout de bras pour leur éviter de trop souffrir et qu'ils ne s'effondrent à l'école. Sans un mot sur leur père. J'ai protégé ma mère qui voulait m'aider tout en me compliquant en fait la vie. J'ai revu l'ex-beau-père, manipulé par une rapiat hostile qui jouait au chef de clan. J'ai encaissé la lâcheté d'Hélène et Henri, inversement proportionnelle à mon moral. Après m'avoir répété pendant deux ans “ Quand ça va mal, il faut en finir ”, ils m'ont lâchée du jour au lendemain.

« Côté procédure : j'en suis à la radiation administrative de la tentative d'appel. Mais, vous allez me dire : et les points positifs ? Alors, allons-y.

« On reprend les mêmes et on recommence. Mais c'est beaucoup plus bref : famille, elle existe. Ex-belle-famille ? La pièce rapportée s'est enfin détachée du puzzle et pour toujours. Élisabeth, ma meilleure amie, me fait parfois la morale, mais elle m'aide à y voir clair. Chloé, mon autre complice, j'apprécie son silence sur le sujet. Quant à l'ex-couple d'amis, j'ai essayé de leur expliquer que le divorce n'est pas contagieux. Sans succès.

« Côté formation juridique : j'ai progressé. Je vais pouvoir, sans problème, me présenter à l'École de la magistrature.

« Voilà ! C'est tout.

« Alors, je vous dis bonsoir. Pas la peine d'insister. Bon réveillon. Embrassez les enfants de ma part. Ils jouent avec les cadeaux dans leur chambre. Je ne veux pas gâcher leur fête. »

Là, ça allait encore bien. Je tenais debout, je marchais, je parlais, je m'agitais, je cogitais. C'était Noël.

Le lendemain, j'ai réussi à reconnaître ma voiture — repeinte — et à rouler jusqu'à Roissy. J'ai déposé Élise et Arthur, en partance avec leur père, Poustiface et sa progéniture pour Saint-Martin. J'ai fini par l'apprendre avant de boucler les valises pleines de moufles et de chaussettes de ski.

Et je suis rentrée chez moi. Seule. Huit jours, dont le réveillon du 31 (mon premier comme divorcée) et le début de la nouvelle et merveilleuse année en perspective.

Là, j'ai réalisé. Tout le monde m'a abandonnée.

Zéro soutien, zéro amour, c'est ça la vie des divorcées ? Qu'est-ce que j'ai fait pour mériter ça ? Pourquoi est-ce que rien ne marche avec les autres ? À cause de moi ?

En plus, j'ai eu zéro cadeau de Noël. Enfin, je ne les ai même pas regardés les petits, minuscules, que j'ai eus. Pourtant, ils ont été mignons mes bébés. Ils m'ont offert un flacon de parfum. De chez Hermès. Mon préféré. C'est méchant de me plaindre parce que c'est pas un cadeau minuscule pour eux. Mais bon, c'est comme ça.

J'ai envie de pleurer. Les larmes coulent. Je suis fatiguée, dispersée.

C'était mieux avant, du temps de Paul ?

C'est ce qu'on n'arrête pas de me dire maintenant. Un divorce, c'est dur. C'est une rupture. C'est un malheur. Tu n'aurais pas dû. Facile à dire.

Mais qu'est-ce que vous en savez de ce qui est bon pour moi ? Même moi, j'en sais rien, alors !

Là, je le sens, je vais entrer dans ma période haineuse. Tous les hommes sont des salauds. Ça va de soi. Mais aussi tous les amis, tous ces petits couples qui disparaissent à la première difficulté, toutes les mères, toutes les copines et même, même les enfants.

Je vous hais.

Tous, sortez de ma vie ! Dehors ! « Frôleriez-vous la dépression, Juliette ? » dirait le psy. Frôler, je sais pas, mais je surfe dessus, ça c'est sûr. Et j'ai bien l'intention de m'enfoncer dedans. Une bonne petite semaine de dépression, rien que pour moi. Voilà ce dont je rêve.

Ne rien foutre.

Voir personne.

Entendre personne.

Me gaver. Bouffer, boire. Jusqu'à pas d'heure. Ne rien ranger. Tout laisser en vrac. Pas de ménage, pas de repassage. Vivre dans un capharnaüm intégral et m'y complaire.

Ne rien chercher à contrôler.

Chute libre. Je vais tout arrêter ? Vous croyez que j'en suis pas capable ? Juliette ? Non, jamais. Impossible. Trop forte. Eh bien, maintenant, je suis faible. Moi, mal. Moi tomber dans le gouffre. Moi vouloir ça. Je sens que je régresse mais c'est plus fort que moi. Soucis matériels, soucis d'organisation, soucis qui valsent dans ma tête et dans mon ventre aussi. J'ai mal. Je souffre. Au secours ? Non, ça jamais.

C'est peut-être bête, mais je suis culpabilisée de ne plus pouvoir offrir tout ce qu'ils désirent à Élise et Arthur. Pas de Saint-Martin à leur offrir à Noël, moi. Et quelle mère je suis ? Et puis je m'angoisse pour l'avenir. Et le présent ! Et le passé ! J'essaie d'être la meilleure des mamans. Mais je ne suis jamais disponible, je suis toujours de mauvaise humeur, et je suis fatiguée, fatiguée.

Fatiguée de vivre, na !

Qu'est-ce qui s'est passé depuis un an ? J'ai perdu mon rêve. Voilà ce qu'il m'a fait, Merlin. Il a cassé mon projet de vie. À moi. Que je lui avais confié, à lui. Pensant le partager. En faire le nôtre. C'est de ça que je crève. Et je lui en veux. À mort.

Je me suis trompée. J'ai épousé un sale mec qui ne voulait pas de moi et je ne m'en suis même pas aperçue. Mon tort ? Avoir voulu plaquer une histoire d'amour sur quelqu'un qui ne pouvait pas la porter. Et y avoir consacré toute mon énergie.

Maintenant, je la consacre au projet « divorce et ses suites » mon énergie. Il regrettera un jour. En attendant, j'en ai marre de tout. Je tombe de sommeil. Pas idéal pour aller bosser à l'abri de jardin. Qu'est-ce qui me reste ?

Je suis moche. Je ne plais à personne et personne ne me plaît non plus. Ça tombe bien. Et en plus, j'ai dégringolé les marches de la société. Et l'autre, il continue à les grimper avec sa Nadine.

C'est mesquin, mais ça m'énerve. Et quand on est malheureuse, on n'est pas généreuse. Surtout avec ces deux-là !

Tourner la page. Penser à autre chose, c'est ça qu'il faudrait faire, je le sais bien. Je n'ai pas le droit de me laisser aller. Ne pas offrir à Élise et Arthur une maman-béquille, eux qui sont déjà unijambistes. Mais c'est si difficile de trouver l'équilibre.

En plus, le problème, c'est que mon corps me lâche. Diagnostic de SOS-Médecins convoqué entre Noël et le jour de l'an : « C'est une déprime passagère liée au stress familial. »

Il a bien dit déprime, pas dépression. C'est con mais ça m'a soulagée. Il était d'ailleurs mignon ce petit médecin de garde.

La solitude étant la porte ouverte à la dépression, je voudrais donc refaire ma vie avec vous, docteur, vous êtes d'accord ? Bon, faudrait que je me repose, moi.

Et si j'allais voir une voyante ? Celle de Chloé ! La fameuse qui voit tout. Sauf qu'Alain-Serge est au moins bisexuel, j'en suis presque sûre maintenant, et qu'il ne se mariera jamais avec ma copine. Ça, la voyante elle l'a pas capté. Ou pas dit. Mais bon, je pourrais peut-être l'essayer quand même ? Allez, un petit coup de vodka-cerise bien frappée pour me faire repartir. Demain, un coup de femme de ménage. Et le Marco, sa bite commence à me manquer.

Y a quoi d'autre comme remède express ? Ah oui, j'ai lu un nouveau truc qui vient des États-Unis, écrit par deux Américains divorcés. Ça s'appelle *30 jours pour l'oublier*. J'aurais dû demander à Élise de me le rapporter : Saint-Martin, c'est pas loin de New York, non ? Au fait, il aime les voyages, le petit couple recomposé ? Parfait.

Tiens, j'ai une idée. J'ai trouvé ! *The* remède ! Un truc sympa qui n'est pas dans les bouquins mais qui va quand même bien m'aider. Le téléphone. Vite. Le rebrancher (après deux jours de neutralisation). Trouver le numéro, voilà dans mon vieil agenda.

— Allô, madame ? J'ai un petit problème, voyez-vous en cette période de fête, on a un peu la tête en l'air. Alors, je suis sur l'île de Saint-Martin, à l'hôtel, et voilà que... j'ai oublié nos billets de retour. À Paris. Oui. Je suis dans un état, vous n'imaginez pas. Je ne peux pas rentrer. Et j'ai deux enfants qui ont classe dès lundi prochain. Ah, là, vous voyez, c'est horrible. Horrible.

J'entends une voix compatissante qui me demande mon nom et l'heure du vol.

— Tcherkodriou. Avec un nom comme ça, vous ne pouvez pas confondre. Y en a pas beaucoup en France. Le retour, je crois, était prévu pour être à Paris dimanche vers 18 heures.

— ...

— Voilà, exactement. C'est ça. Parfait. Oui. Nous sommes quatre. Que dois-je faire pour récupérer de nouveaux billets ? Même jour. Même heure. Même vol.

— ...

— Impossible ? Comment ça, impossible ? Y a plus de place ? Mais j'ai réservé. J'ai juste perdu les billets. Sur ce type de vol on ne peut pas émettre de nouveaux billets ? Mais c'est incroyable ! Et pour les quatre, c'est pareil ?

Ensuite, palabres et tractations. Mais après un quart d'heure avec cette charmante hôtesse d'une grande compagnie aérienne, j'ai obtenu ce que je voulais.

Le 5 janvier au matin, jour de la rentrée scolaire, Élise et Arthur seront absents. Ils ne pourront pas aller à l'école ce jour-là. Ni peut-être le suivant. C'est dommage.

Et le « pôvre » Paul qui ne pourra pas aller à son boulot. Le directeur régional ne sera pas rentré de vacances. Deux jours de prolongation. Et la Nadine ? Elle non plus ne sera pas derrière son guichet en ce lundi matin. Sa banque pourra toujours l'attendre. Y a pas de passage à l'euro cette année, mais tout de même. Ça ne fera pas très sérieux. Désolée. Mais il n'y avait plus de vols de retour directs. Alors, j'ai pris un retour avec deux escales. Une sur le sol américain : Chicago (c'est bien pour des escrocs). L'autre sur le sol finlandais (c'est bon pour le cœur après huit jours à 45° à l'ombre, quelques heures par – 40°).

Là, ça leur fera des souvenirs, non ?

Merci qui ?

18

MOI D'ABORD

Sommeil : j'y ai cru, après ma semaine d'hibernation. Raté.
Enfants : de retour. En pleine forme !
Banque : mon interlocuteur habituel remplacé — pour les vacances seulement.

En janvier, ne te laisse pas aller. C'est comme ça que j'attaque l'année.

J'ai un mental de vainqueur, oui. Je suis la meilleure. Je vais me concentrer pour travailler mon dossier et atteindre mes objectifs. C'est quoi mon dossier ? Eh bien, c'est moi, Juliette ! C'est ma personne, elle-même.

J'ai compris récemment — c'est Chloé qui m'a bourré le crâne avec ça depuis des années — qu'être en forme n'est pas un luxe. C'est une obligation morale et un business comme un autre. Aujourd'hui, surtout après cette semaine d'épouvante sans mes bébés — ça y est, ils sont revenus de leur périple à Saint-Martin et déjà débronzés, ce qui désole Élise —, je sais ce qu'il me faut : un coach, ça s'appelle. On peut dire aussi « gourou du bien-être pour Juliette ». Parfaitement.

Donc, je vais me consacrer à la gestion de mon corps et de mon esprit — les deux ensemble, c'est mieux, ça se fait, paraît-il. Sans complaisance envers lui (mon corps, pas le gourou !). Un travail de pro.

Sur le papier, il faut une activité physique — enfin, je vais en avoir une régulièrement —, un régime — pas de problème urgent du côté poids, mais il paraît que c'est quand même important pour l'équilibre — et un programme à appliquer étape par étape, pour sortir du cercle vicieux, celui du divorce pourri par l'ex, Merlin, en l'occurrence. Du tonus. De la vitalité. Équilibrer les énergies. C'est ça la théorie. Idéale.

Mais, dans la réalité-qu'il-faut-faire-avec, je n'ai pas de coach, pour l'instant. Chloé devrait m'en trouver un, mais en attendant c'est elle qui déprime. Hé oui, son affaire de mariage avec Alain-Serge semble quelque peu « retardée ». C'est le mot à employer, comme pour les rendez-vous annulés on dit « reportés » pour faire poli, mais ça veut clairement dire : « J'ai autre chose à faire qu'à vous recevoir. Rappelez plus tard. Si j'ai le temps à ce moment-là, on verra. » Eh bien, le futur mariage du siècle, de Chloé, c'est ça qu'il est : reporté. Menacé grave. Et elle l'a enfin compris, après avoir mis la tête dans le sable pendant six mois. Pas si grave, elle a prospecté tous les salons. Tout n'est pas perdu pour la prochaine fois.

Faute de vrai coach, je fais donc appel à ma PME habituelle. Élisabeth se moque de moi : « Le défilé des praticiens », elle les appelle. Jalouse ! Élise, elle, me les envie. Faut avouer qu'ils sont drôlement utiles !

Cette semaine, attention, je travaille, mais j'ai quand même réussi à caser : le kiné, le nouveau masseur — ses mains, ses huiles, un délice — et l'ostéopathe.

Fini la dispersion et le bénévolat auprès des autres.

J'ai dit : je m'occupe de moi, d'abord. Une fois passée entre toutes ces mains expertes — ah, j'oubliais l'esthéticienne —, si je n'ai pas le corps et l'esprit régénérés, alors... mystère. Un corps parfait. Ce sera bien pour mes strings, je vais pouvoir réattaquer sur ce front !

Même si j'ai entendu que le string, version mini-mini ou seconde peau ou invisible et tout et tout, a perdu de sa magie. J'ai même lu : dépassé. Et en plus, les hommes finiraient aussi par saturer. Ça, j'y crois pas. Je vais tester. Sinon, qu'est-ce que je vais en faire de toute ma collection si je ne peux même pas l'exposer. La vendre chez Drouot ?

Positive, la nouvelle Juliette. Ne fait que ce qui lui plaît. La vraie liberté, au fond, c'est la vie en solo. À moi les tablettes de chocolat que je dévore, vautrée devant la télé, dans un T-shirt informe et usé si ça me chante. Bien entendu, tout ça c'est avant d'avoir trouvé le coach. J'en profite. Après, ce sera différent : application du programme à la lettre. Pour le moment, je me fais plaisir à chaque instant. Notamment côté mecs. Du coup, ils me poursuivent. Exactement ! Le seul problème, c'est que, quand on s'accroche autant à moi, ça affaiblit mes défenses. Besoin compulsif d'être aimée ? me laissait m'interroger mon psy. Ce qui est amusant, c'est que j'ai l'air de vraiment lui manquer à celui-là. Après sa crise, il y a un mois, il m'a rappelée. Tout minable. Qu'il ne savait pas ce qui lui avait pris. Que le dingue, c'était lui, qu'il était très attaché à moi. C'est son expression : très attaché. Bon. Mais j'ai refusé de le revoir, le coach fera l'affaire. Il a peur de rien, le disciple de Sigmund ! C'est drôle : en théorie, c'est moi qui devrais être en manque, mais non, c'est lui. Tant mieux. Je maîtrise tout en ce moment. La preuve !

En plus, je suis invitée partout. Et maintenant, je sors. J'y vais. Trois trucs nouveaux par soir. Incroyable. Je ne sais plus où donner de la tête. D'accord, c'est la période des vœux, mais quand même. Rien à dire : je suis très demandée.

Arthur et Élise la jouent profil bas. Ils ont compris les règles. Leur nouvelle maman a sa vie. Point final. Tout juste si Arthur ose un petit : « Tu sors encore ce soir, maman ? » d'un ton de vague reproche. Élise, elle est formidable. Elle a pigé. La complicité féminine. Elle n'arrête pas : « Vas-y, maman, mets plutôt ta petite robe à boutons, devant là, c'est plus sexy. » Depuis ses vacances chez les autres et son petit trip de quelques heures imposé aux États-Unis, elle est rentrée pleine de bonnes dispositions. Elle m'aime, c'est tout. Elle s'est aperçue de la différence. Surtout, ne pas revenir en arrière, j'ai dit. Quant aux deux malfaisants, les organisateurs de voyage dans les îles, je les ai zappés. De tout : de ma vie, de mon portable, de mon agenda. Tranquille, je revis. Élise, en plus, s'est mise à veiller sur Arthur : « Ne t'en fais pas, maman, profite de ta soirée, je m'occupe de tout ce soir. » Le rêve.

J'espère juste qu'ils ne font pas la carmagnole en invitant Baptiste, Lola et les autres dès que j'ai le dos tourné ! En tout cas, quand je rentre, pas de traces. Les apparences sont sauves. Mais je reste vigilante, mine de rien.

J'en étais là de mes réflexions sur la situation actuelle, quand j'ai trouvé une place. À deux pas de l'endroit où on s'était donné rendez-vous avec Marco pour boire un verre. Parce qu'il est en manque en ce moment, lui ! J'avais choisi le lieu pour cette première partie de soirée — hôtel discret de la rive gauche — ambiance feutrée, cocktails, soft, tout ce que j'aime.

Non, pas un rendez-vous galant, juste pour se voir et parler au bar. En fait, mon intention, c'était de l'opérer une fois pour toutes. Terminée, notre histoire. Certes, on n'en était qu'aux préliminaires. Mais bon. Il ne m'apporte pas grand-chose. Je le lui ai dit. Il s'est débattu. Il m'a fait un numéro de grand indigné, d'amant bafoué. Il parlait, parlait. Et que je ne pouvais pas le jeter comme ça, qu'il commençait à s'attacher à moi, que physiquement, avec moi, il vivait un « véritable dérèglement des sens » (ce sont ses paroles), qu'il n'avait jamais connu ça avant, que ça voulait bien dire quelque chose, non ? Que c'était rare à ce point-là entre deux personnes, que je ne joue pas à celle qui ne ressent rien. Qu'il savait pertinemment que moi aussi je vivais la même chose. Et là, il s'est approché de moi. « Justement, j'ai répliqué, cette histoire démarre sur un registre trop " cul " à mes yeux. C'est bien le problème. »

Il me caressait la main, puis le bras, il remontait doucement le salaud. Sa peau, c'est insoutenable. Il va encore m'avoir.

Perturbée, j'ai avancé : « La seule fois où je t'ai appelé pour te voir, parce que j'avais envie, Marco, t'étais où ? Ah oui, à ton bureau. Un client important pour l'agence : 3 heures de l'après-midi, tu comprends, j'aimerais bien mais je ne peux pas. Et quand j'ai dit que, moi aussi, j'étais importante, tu m'as sorti quoi ? " Alors, tu couches avec moi, ensuite tu disparais, et puis tu me convoques et il faut que je rapplique sans poser de questions, genre bite sympa ? Désolé, ça n'est pas ma conception d'une relation à deux, même au début. "

Le monde à l'envers, oui. Madame exige, quand elle veut, où elle veut. Et monsieur s'exécute, disponible, soumis même. Je propose (et je dispose). « Bien sûr que moi aussi j'en ai envie. Mais là, maintenant, je ne peux pas », tu as fini par lâcher. Et là, désinvolture, ton limite agressif, tu m'as raccroché au nez : « Non, Juliette, pas comme ça. »

Quand je veux ? Oui, c'est exactement ça. Parce que maintenant, je m'occupe de moi d'abord. Pendant des années, je me suis occupée des courses, de tenir la maison, de ranger la cuisine, des chemises de Paul et de ses plis de pantalon à repasser, des papiers de la maison et du reste, quoi. Maintenant, je passe avant le reste. Autocentrée, je suis. Concentrée sur moi, mon plaisir, ma vie et si ça ne te plaît pas, tant pis ! Évidemment, c'est un peu dur pour les nouveaux venus, je le reconnais. Mais tu le savais, je ne t'ai pas pris par surprise, je te l'ai dit. Et tu l'avais compris, fais pas le mec qui débarque.

Il était 19 h 30, j'avais pas vu l'heure tourner. Et mon avant-dîner en grande pompe chez la copine de Chloé (une nouvelle qu'elle m'a présentée, qui a l'air pas triste, question fiesta) avait commencé. « Y aura plein de mecs top, tous pour toi, Juliette, si tu le désires. Tu auras l'embarras du choix, tu verras ! » Je la connais à peine. Je l'ai rencontrée il y a trois jours, mais on a eu le feeling. Genre qui fait la teuf à longueur d'année (la fête quoi. Eh ! faut s'adapter !).

Je t'ai regardé, Marco. J'étais venue pour rompre. Mais tu l'as jouée fine. Tu t'es approché de moi, tout près, tout près. Tes mains bien insinuantes sur mes hanches. J'ai senti comme une décharge électrique. Dans tout mon corps. Et j'ai eu chaud. Et envie. Envie de toi. De te sentir, de te toucher. De t'avoir en moi. Tout de suite. On n'a plus parlé. Je n'en pouvais plus. On ne tenait plus en place. N'importe où. On en est capables. C'est physique. C'est plus fort que nous. On s'est jetés l'un sur l'autre. On s'est levés. Tu as pris la clé à la réception (calculateur, tu avais préparé ton coup !), et on a presque couru vers l'ascenseur.

Après, j'étais déchaînée. Je ne sais pas pourquoi, mais depuis ma petite déprime, j'ai tout le temps envie. De toi ? Oui, bien sûr. Mais d'autres peut-être aussi. J'ai dû interrompre nos ébats : « Les enfants m'attendent », j'ai menti. Alors, je t'ai planté dans la chambre, tout ébouriffé. Mais on s'était bien retrouvés. Tu as raison, y a un truc spécial entre nous. À étudier de près. Mais là, 20 heures je file. À plus. Tes yeux brillaient encore. Pourtant tu avais quand même l'air un peu sonné par cette sortie brutale.

Vite, en deuxième partie de soirée, l'avant-dîner chez des inconnus. Super. Et j'ai encore un truc possible, après. Un happening à partir de 24 heures. Soirée open ! Tout peut arriver. À partir de maintenant, je suis en chasse partout, tout le temps. Tant pis pour Marco. Chacun fait ce qu'il veut de son côté. Du moment que je ne le sais pas. Aucun engagement. Pas de chaînes, ni conjugales ni sentimentales. La liberté !

Même ma mère, depuis le coup du réveillon, a compris. Elle me fiche la paix. Elle ne me harcèle plus avec ses histoires de téléphone. À la place elle voyage. Grand bien lui fasse.

En arrivant dans l'hôtel particulier, grand escalier chic bordé de bougies aux extrémités de chaque marche, guidée par le bruit, grande réception en perspective, j'étais comme une lionne. Pétillante, sexy, et... comment dire, ça se sent quand on vient juste de baiser. Les hommes le reconnaissent. Juliette, à toi les suivants !

Au premier coup d'œil, alors que je m'approchais d'un buffet bien garni, un regard d'un vert perçant m'a attirée. J'ai senti qu'il savait d'où je venais. Je ne m'en suis pas cachée. Au contraire, je me suis redressée, ce qui a fait jaillir mes seins. Une miniature. Tout ce que j'aime. Yeux vert clair — cheveux de jais. Teint à croquer. La miniature persane type comme on n'ose pas la rêver. Iranien, il ne parlait pas très bien le français. « English, only. » Je suis légèrement plus grande que lui. Ça n'a pas l'air de le gêner. Moi non plus.

On s'est tout de suite embrassés directement devant tout le monde. Un long baiser. Une telle galanterie, c'est rare de nos jours. Juliette, je ne te reconnais pas. Que fais-tu de tes nuits ?

Ici, je suis totale incognito. Alors ? Toujours prendre ce que la vie nous offre sur un plateau. Marco ? Le hors-d'œuvre de la soirée. J'ai regardé la miniature aux yeux verts. Comment c'est fait un Persan de nos jours ? Je l'ignore ! Plus pour longtemps. Je lui ai proposé d'aller ailleurs (mon anglais, pas révisé — c'est pas comme le sabir judiciaire —, a été largement suffisant. Je suis trilingue maintenant !) et il ne s'est pas fait prier. Il m'a suivie et m'a rejointe dans la rue. J'aurais du mal à parler de l'hospitalité de sa grande copine à Chloé ! Je l'ai même pas saluée, la maîtresse de maison. Quelle impolie je suis devenue !

Donc, on a filé chez lui en taxi. J'ai abandonné ma voiture (je suis totalement réconciliée avec elle !) devant le palais des mille et une rencontres. Je la récupérerai plus tard. Je ne m'embarrasse plus des choses matérielles. Élise n'en croirait pas ses yeux. Heureusement, elle ne saura rien de la nuit orientale de sa mère.

Avec le Persan, rien à redire. Du travail d'artisan ciselé, raffiné. Une nuit entière. Résistante, la miniature. Ses yeux verts ne m'ont pas lâchée. « Jououliette, répétait-il inlassablement, I want you again. » J'ai dû partir avant le lever du jour. Il m'a raccompagnée jusque dans la rue. J'ai mis un doigt sur sa bouche pour lui éviter de dire des banalités. Retour devant le domicile de la copine de Chloé en taxi.

Je suis partie sans me retourner.

Back to the Twingo. J'étais en pleine forme. Je me sentais une vraie tombeuse. Devant l'immeuble de la copine de Chloé, il y avait encore une sorte de garde du corps en bas. Sale gueule, le type. J'aimerais pas le rencontrer au coin du bois, lui. La fête ne doit pas être tout à fait terminée. 5 h 30. J'ai hésité. Une troisième partie de soirée en vue ? Non, Juliette, la maison direct, le bloc d'amour t'attend.

En route, j'ai eu une sorte d'illumination. Pourquoi ? Je ne le saurai jamais. Utiliser le mec à la sale gueule pour corriger l'autre garce ? Une énorme poussée d'adrénaline rien que pour elle. Ça lui apprendrait à être plus polie. Et comme message spécial à Paul, ça pourrait faire avertissement. Pas l'amocher à vie, encore qu'elle le mériterait. Mais un petit tabassage maison, bien fait, genre qui laisse pas de traces. Ah oui, la violence aujourd'hui, quelle horreur ! C'est comme le vandalisme sur les voitures ! Et ça peut tomber sur n'importe qui. Comment pourrait-on remonter jusqu'à moi ? Un truc de mec, ça, les « contrats ». Jamais une mère de famille respectable ne pourrait être soupçonnée. Vous n'y pensez pas, monsieur le procureur. Elle a deux enfants, elle s'en sort difficilement, je ne vois pas où elle aurait recruté un type pour faire ça. On tomberait sur le voyou ? Et alors ? Connaît pas. La miniature ? Connaît pas non plus. Enfin, il y a la copine de ma copine Chloé. Ils pourraient faire le lien.

Bon, faudra encore un peu creuser la question pour pas faire n'importe quoi. Je m'étais pourtant promis de les oublier ces deux-là. Mais c'est pas facile de passer de l'omniprésence obsessionnelle à l'indifférence la plus légère.

Restent deux petites heures pour récupérer. Dormir. Avant de me faire réveiller en fanfare par les deux zigotos, qui ont dû, eux, s'écrouler à 9 heures hier soir, pour faire chauffeur jusqu'à l'École bretonne. Faire l'amour est bien le meilleur antidote à la déprime. Je l'ai su et ça se confirme.

Le divorce, finalement, n'a pas que des inconvénients.

Quelle nuit ! Demain, promis, je recommence. Yes !

19

BOULE DE CRISTAL

Sommeil : nuit de plomb (enfin). Réveil comateux.
Enfants : à calmer. Que des exigences toute la journée. Heureusement, la nuit, ils dorment !
Banque : prime en vue au Mobilier. Prévenir d'urgence mon responsable de clientèle.
Coach : recrutement toujours en cours.

Elle m'a eue, Chloé. D'abord, elle m'a mis l'idée dans la tête alors qu'au départ ça ne me réjouissait pas. Après, elle est revenue à la charge. « Alors, tu l'as vue ? Non ? Mais fais-le, bon sang ! Appelle, écoute-moi pour une fois. » Ce qui ne me rassurait pas trop, c'est qu'elle y croyait dur comme fer — à l'entendre — à son mariage avec Alain-Serge. Faudrait encore arriver à mettre la main dessus vu qu'il est à nouveau en voyage d'affaires. Et avec qui ? Voilà : avec son associé, comme d'habitude. Elle est pas encore devant le maire, ma copine !

Enfin, depuis hier, j'ai meilleur moral. Marco, la miniature, tout ça m'a requinquée. Mon énergie est revenue. Alors, j'y ai repensé : aller ou pas la consulter ? Où je l'ai noté son numéro ? Agenda ? Post-it cuisine ? Table de chevet ? Non, le portable ? Activer — clavier actif — Rechercher — Select — V, comme voyante, ou M, comme médium ? Voyante, es-tu là ? Si je ne trouve pas, ce sera un signe. Ah, voilà je l'ai retrouvée : Patricia, elle s'appelle. Donc à P. Au téléphone, après deux essais — toujours occupé — pas très aimable. Elle me parle de trois semaines d'attente. Impossible, je ne tiendrai pas jusque-là. Elle a dû le sentir, car elle m'a brusquement déniché un créneau pour aujourd'hui 11 heures. Justement, une annulation de dernière minute. Pas de hasard. Je prends. Encore un signe. Et si la chance tournait ?

Je dois partir tôt de chez moi ce matin : 8 heures. Les corvées habituelles à expédier : passer au pressing, à la poste — un recommandé, j'aime pas ça. Ah ! un coli-éco. C'est signé. Danger écarté ! On a encore offert à l'ex-belle-mère des bricoles dont elle veut se débarrasser. Simple : elle les envoie direct à ses petits-enfants de Paris. Pingre et mal élevée. « Trop pas », comme dirait Élise. Ah oui. J'allais oublier : passer quelques coups de fil à l'abri de jardin pour calmer les jalouses et on y va. Direction la banlieue parisienne où se cachait Patricia. Le bouche à oreille fonctionne pour l'adresse, mais faut trouver. S'y prendre au moins deux heures à l'avance. J'ai repensé à ce moment-là à Chloé. Qu'est-ce qu'elle a à s'occuper de moi en ce moment ! Bizarre. Elle a décidé de me trouver un mec et ne jure plus que par un truc venu des États-Unis. Encore un : le speed dating. Ça commence à marcher en France. L'idée de base ? Des micro-contacts, c'est le vocabulaire. Des gens se retrouvent dans un bar, un restaurant, et ils ont sept minutes pour se parler, s'écouter (on peut toujours rêver !), s'évaluer, se plaire ou se déplaire (ça, facile. Normalement, au bout de trente secondes, c'est tout vu !). Et après au suivant ! *Les Temps modernes* appliqués à l'amour. Ne manque plus que Chaplin. Enfin, tu repars au moins avec un numéro de téléphone. Et « tournez manège » !

Du coup, ça l'a fait délirer ma copine. « Dès que je serai mariée, j'organiserai des soirées thématiques genre “ la soirée des filles à gros seins ”. — Génial », je lui ai rétorqué d’un ton sarcastique. Elle m’a dit : « Tu préfères que je t’invite à la soirée “ rats de bibliothèque ” ? » J’ai répliqué : « Non, je préférerais être conviée à la soirée “ milliardaires en quête de femmes-divorcées-en-appel-avec-deux-enfants ”. » On a ri. Avec Chloé, la quête de l’âme sœur tourne vite à la séance shopping !

En partant (8 h 10), j’étais donc plutôt de bonne humeur, quand j’ai ouvert ma boîte aux lettres. Malheureusement, il n’y a pas de grève en ce moment et je reçois mon courrier. Des courriers. Que je finis toujours par ouvrir. C’est plus fort que moi. Ils ont des idées à La Poste. Par exemple, ils distillent les ennuis dans la vie des usagers. Dans mon cas, le bestiaire s’enrichit chaque jour un peu plus. Aujourd’hui, j’ai droit à l’huissier, à l’avocat et aussi à l’avoué. Le tiercé qui coûte dans l’ordre, comme dans le désordre. Que des mauvaises nouvelles de toute façon. La vie quotidienne gâchée garantie.

Ça commence fort. L’huissier me dit en substance qu’il a « l’honneur de m’informer que la demande de paiement direct de pension alimentaire notifiée en l’application des lois du tant... », à ma requête du 19 décembre, à « l’encontre de Paul Tcherkodriou, est devenue... inopérante ». En effet, selon les renseignements qui viennent de lui être communiqués, Merlin n’a plus de domicile connu. Disparu l’ex. Envolé. Peut pas être retrouvé. On continue à se foutre de moi et ça m’énerve.

L’avoué, lui, attaque sec : facture de provisions n° 200 401 00, la première de l’année. Trop gentil. Je ne sais même pas comment on le joint celui-là. Ça n’a pas d’importance. On ne fait que s’écrire. Enfin, moi, je lui écris des chèques avec plein de zéros. Et lui écrit des « conclusions » à partir des bases fournies par les « conclusions » de mon propre avocat. Ne me demandez pas à quoi il sert, j'en sais rien. Moi, je lui sers juste à payer son caviar pour lui et ses invités du réveillon d'il y a quinze jours. Non, ne me remerciez pas : c'est Juliette Beaumont, une cliente à qui je suis très cher, qui régale !

Après, j'ai déchiffré le reste de son courrier allant avec la demande de provisions. Même que c'était très calé vu qu'il écrit comme au Moyen Âge. Ça donne : « Lui déclarant que faute par lui de satisfaire à la présente sommation — aux abris ! — il sera pris tels avantages que de droit. Sous toutes réserves. À ce qu'il n'en ignore. » Un dingue : heureusement que je ne le verrai jamais ! De toute façon, j'aurais refusé. Je crains la contagion. Et il signe : « Avoué au Palais, parlant à un clerc, par huissier-audiencier. » Il est du genre à parler de lui à la troisième personne. Moi je dis, ce mec est grave. Même Éric, pour me faire rire, ne lui arrive pas à la cheville.

Bon, maintenant, j'ouvre la troisième lettre. C'est l'avocat qui enchaîne en m'informant que « l'appelant de l'adversaire m'a adressé ses conclusions et notre propre avoué m'a indiqué que cette affaire — Paul et Juliette — était au stade de la mise en état devant la 24e chambre. Par ailleurs, je reviens sur une note d'honoraires — ça m'aurait étonnée — que je vous avais adressée pour la future préparation des conclusions en réponse — c'est clair. Même plus besoin de traduction. Je comprends la VO sans sous-titrage. — Je ne pourrai malheureusement pas assurer la défense de vos intérêts en appel si... » Stop. Et si les euros, je les jetais directement par les fenêtres ? Après la radiation administrative provisoire, voici la mise en état. C'est reparti pour des mois de procédure. Affaire Tcherkodriou c/Beaumont, facture n° 05 053 2003 12. Qui remplit les caisses de Me Corneille ? C'est Juliette Beaumont. Qui part en vacances aux Seychelles avec sa femme et ses filles chéries ? Toujours Me Corneille. Et l'année prochaine, je paie quoi ? Le Sénégal ? L'île Maurice ? Suffit de demander. « En votre aimable règlement et dans l'attente de vous lire. » Tiens, il pense déjà à ses vacances de février. Dès qu'il aura reçu tout ce que je lui dois, il pourra confirmer sa prochaine destination : Courchevel ? Va pour Courchevel, la Beaumont est en appel. C'est bon. Merci, chéri. Sa femme l'adore. Elle ne le quittera jamais. On ne divorce pas chez les avocats.

Malgré toutes ces charmantes petites lettres matinales, j'ai décidé d'être cool. Même si parfois, comme aujourd'hui, je ne sais plus quoi faire. J'aurai tout essayé : la médecine traditionnelle — échec depuis longtemps —, le psy — à éviter à la longue —, les médecines parallèles — bof, bof —, les conseils des copines — on se lasse —, l'appel à mon ange gardien — il tarde à se déclarer celui-là !

Il me reste quoi ? Je suis prête à ne négliger aucune piste pour m'en sortir. Surtout plus de déprime : je l'ai essayée aussi y a pas longtemps, ça ne marche pas non plus. Les problèmes sont toujours là et paraissent même encore plus énormes. Alors ?

Eh bien, me voilà en route. Sans carte routière, comme d'habitude. Pour oublier le trio des fêlés, j'ai roulé vite. Je me suis envoyé deux beaux couloirs de bus et un petit feu rouge pour arriver à l'heure, enfin, à dix minutes près. Et me voilà au bout du monde. Un labyrinthe, une adresse champêtre : allée du chemin de la Bergerie. Tout près de Paris. Je m'attendais plus ou moins à une femme très brune, un peu sorcière sur les bords. Ou alors, le type gitane, avec une tignasse orange ébouriffée et un regard inquiétant avec plein de khôl partout. Bon, j'exagère un peu. Rien à voir : Madame Tout-le-monde. Jeune. Habillée décontracté, en jean des pieds à la tête. Pas le look Madame Irma. Mais quand même, une impression étrange.

Alors, j'entre ou je repars ? Elle se tenait dans sa maison, avenante : Entrez, entrez. Je passe sur l'ambiance :

encens, bougies allumées, collection de crucifix, images pieuses. Une atmosphère un peu confinée. Je me suis dit que j'allais vite étouffer, sauf si ses propos étaient vraiment envoûtants. Faut y croire !

Chloé m'avait simplement dit : « C'est un monde à part. À toi de le découvrir. » Un seul détail m'a paradoxalement rassurée : la petite pointe de vulgarité dans sa voix me confirmait qu'elle n'était pas si ordinaire que ça. Sinon, elle tenait un paquet de cartes à la main qu'elle tripotait.

Une table recouverte d'une nappe en broderie blanche — ça m'a rappelé l'atelier de dentelle du Puy ! — et des cartes à foison de toutes les couleurs et de toutes les tailles. « Oh ! vous êtes réceptive vous. Et ça va se développer. Vous devriez vous fier à votre intuition. Ça marcherait tout seul pour vous. » Préambule de bon augure ! « Alors, votre prénom : Juliette ? Huit lettres. Vous choisissez huit cartes là, dans l'éventail. De la main gauche. Ne les retournez pas vous-même. » Elle me parle du déroulement de la séance : d'abord elle fait un tour général de la situation. Après, on abordera le reste, question par question. Elle ? Impassible. Moi ? Inquiète et pas très à l'aise. J'ai l'impression qu'elle va me mettre à nu. Je voudrais qu'elle m'annonce des choses agréables, la résolution immédiate de mes problèmes, des rencontres miraculeuses. Bon, je sais que ça n'est pas comme ça que ça fonctionne. J'ai lu pas mal d'articles là-dessus. Mais je n'avais jamais franchi le pas.

Faut du cran, en réalité, pour faire cette démarche. Ou alors, avoir touché le fond et vouloir savoir quand ça va s'arrêter.

Elle pourrait très bien me balancer à la figure que ça va continuer. Je suis prête mais je crois que non, car les voyants sont très psychologues. Souvent, si on va les voir, c'est qu'on est vulnérable. Alors, elle sait qu'elle marche sur des œufs. Elle commence.

— Une petite précision, Juliette, vous permettez ?

— Bien sûr.

— Je ne sais pas si vous savez, mais, en voyance, le temps ne compte pas. C'est trop vaste. Donc, on se trompe régulièrement. Les données intemporelles ne sont pas fiables. Je peux très bien vous dire, ça se passera en avril. Mais quel avril ? Je peux me tromper d'un an ou deux. Une petite précision : pour bien vous situer, pour vérifier si vous êtes bien la personne que je capte, je vais parfois vous parler de votre passé ou vous poser des questions. Vous répondez, avant que je creuse. Il arrive qu'on ne parle pas de la bonne personne parfois.

Voilà une drôle d'entrée en matière : si elle m'annonce que tout le procès se termine en mai, ça peut être dans deux ans ! Je meurs sur-le-champ. Et en plus ça peut être le divorce d'une autre. C'est quoi ce truc ? Elle fonctionne donc au flash et elle entend aussi des voix. Mais, quand elle ne connaît pas bien la personne, elle préfère s'aider avec les cartes, c'est un support.

Bon, c'est pas le moment de discuter, de toute façon.

— Des questions sur la voyance en elle-même ?

— Non, merci, Patricia. Nous pouvons y aller. Je suis prête.

— Dans l'ensemble, je vous sens préoccupée. Je vous vois fatiguée, au bout du rouleau. Vous portez trop de choses sur vos épaules. Trop de responsabilités. On me dit que vous vous sentez seule. Trop seule. Vous avez plusieurs personnes à charge qui dépendent et comptent sur vous. Est-ce bien vous ?

Un simple hochement de tête suffit.

— Je continue. Recouvrez d'une carte chaque figure. Des sacrés problèmes financiers, c'est ce qui ressort. Et qui vous soucient beaucoup. Vous vous demandez chaque jour comment vous allez y arriver. On me dit, là, qu'une personne, un homme qui a beaucoup compté pour vous — on me dit — oh là là. Il est méchant cet homme-là. Il vous a fait souffrir et ce n'est pas fini.

Vous voyez de qui je parle ? Donnez-moi son prénom. Paul ? Quatre lettres. Tirez toujours quatre cartes de la main gauche. Surtout ne les retournez pas. Oui, c'est bien ce que je pensais. Je vois la justice sur vous. Recouvrez-la. Oui, des hommes de loi. Des échanges de courrier. Des retards. Un tribunal. On me dit que ce n'est pas fini. Il y a déjà eu un procès. Non ? Avec une issue favorable pour vous. Ah, mais cet homme, il vous barre la route. Il est avec une autre femme, non ? On me dit qu'elle n'est pas bonne elle non plus. Je vois des enfants, là. Vous avez des enfants, Juliette ?

— Oui.

— On me dit qu'ils sont un peu turbulents mais qu'ils vous adorent. La fille, vous avez une fille. Quel âge ? Treize. C'est un peu dur avec elle en ce moment. Elle comprend la situation, mais elle se protège. Ça va aller mieux avec elle. L'autre, rajoutez trois cartes, là. Un garçon ? Plus jeune. Plus facile pour l'instant. On me dit qu'il est de votre côté. Il y a eu une séparation, Juliette. Récemment. Ça ne se passe pas bien. Mais... encore une carte. Ah, là oui, voilà. L'impératrice. Voilà. Ça s'améliore. Encore huit cartes. Là. On va regarder ce qui se passe du côté de cette justice qui vous cause des ennuis.

Et là, j'ai appris que j'avais passé le pire. C'est bête, mais je me suis sentie très soulagée.

Après, on a affiné la vision de Patricia. Sur le plan professionnel : calme plat. Pas de promotion à l'horizon. Après, ça décollera. Mais plus tard. Encore être patiente. Marre !

Côté enfants ensuite : lâcher un peu Élise et lui faire confiance. Elle ne me décevra pas. Elle est mon double ! Pas la peine de faire le forcing. Elle a tout compris de la vie. Elle réussira. Arthur aura besoin de son père. Pour l'instant, surveiller son travail scolaire. Irrégulier. Mais il me surprendra.

Et puis, bien sûr, l'ex-mari : un homme condamné à

demeurer dans la position du « fils éternel ». Dominé intérieurement par un complexe maternel doublé d'un complexe paternel négatif. Il agit mal car il n'est pas structuré.

Avec moi, quand on était mariés, il a eu peur d'être dévoré. Mangé tout cru. Il était paralysé. Ce qui l'empêchait d'entrer en érection. Pas intéressant cet homme. Vous avez bien fait de le quitter.

Meilleure que le meilleur des psys la voyante. Elle m'a épatée : bravo. Encore.

— Je vois une femme sans intérêt mais qui aime faire le mal autour d'elle. Dangereuse. Pas la peine de la nommer. Ni de creuser. Intéressée par l'argent, les honneurs. Elle boite ? Ou va boiter. On dirait qu'elle se casse quelque chose, une jambe, une cheville. Mais ça dure. On dirait qu'elle marche bizarrement, toujours sur la pointe des pieds. Elle a toujours marché comme ça car elle est petite. Même sans chaussures. Surtout, méfiez-vous d'elle, Juliette.

Ne pas l'épargner si je peux. Peut-être que l'occasion se présentera bientôt.

Reste l'amour. En dernier, car c'est ce qui m'intéresse le moins. Enfin, c'est ce que je fais semblant de croire. D'après ce qu'« on » lui dit à la voyante, pas grand-chose pour l'instant. Des ébauches. Des hommes bienveillants autour de moi. Un homme jeune avec qui une histoire forte serait possible. Mais encore très floue pour l'instant.

Je suis aussi entourée de femmes sur qui je peux compter. Mais attention aux jalousies. Plus ça va aller, plus je vais savoir faire le tri moi-même.

Une dernière question autorisée ? Je sais que les voyantes se fatiguent vite, en tout cas c'est ce qu'elles disent.

— Juste une.

— Comment est-ce que je vais m'en sortir, comment

agir avec l'ex-mari, puisque ça va s'arranger ? Mais je ne vois pas encore comment.

Avoir confiance en moi. Je vais trouver à l'intérieur les ressources nécessaires. D'un seul coup, tout va se débloquer. Suivre mes intuitions. Je vais trouver une solution. Et tout va s'enchaîner : la fin du procès, l'argent va rentrer, l'ex va disparaître de ma vie, la réussite professionnelle va venir petit à petit et le grand amour, l'homme de ma vie, à ce moment-là, croisera mon chemin.

Pas mal à la fin. Ça va crescendo : « On me dit » que je vais vivre un conte de fées. Et « on » me demande d'y croire.

Eh bien, c'est fait, désormais, j'y crois !

20

WWW.DRAGUESURLENET.ORG

Urgent : lire dans le journal chaque matin mon horoscope. Un devoir.

Sport : beaucoup mais en chambre.

Enfants : en sourdine. Ont enfin compris qu'il fallait être mignons avec leur maman chérie.

Banque : négocié un nouveau découvert miraculeux. Deux mois de répit.

Là, je crois que ma déprime est vraiment derrière moi. J'ai envie de séduire tous les hommes que je croise sur mon chemin. À force de sortir tous les soirs, je suis en pleine forme. Je déborde d'énergie. Les collègues à l'abri de jardin n'en reviennent pas. Des dossiers sous le bureau, sur le bureau. J'envahis même l'espace de mes voisins. Ils râlent un peu, mais juste pour la forme. Je classe, je range, je jette. Je brasse du vent. Et ça me plaît.

Tout cela n'est que pure agitation mais je me sens renaître de mes cendres. Clairvoyante, la voyante ! Je ne reste pas en place une seconde, je monte dix fois par jour à l'étage de la direction. Et j'en redescends bruyamment. Simplement, comme je me sens mal partout dès que je m'installe (à la maison, en inspection, assise à ma chaise, au Mobilier national, en voiture, en réunion), je bouge. Je surveille même Marco du coin de l'œil. Faudrait pas qu'il fasse des bêtises !

Fini l'immobilisme. Avant — avant le divorce quoi ! — j'étais agitée car j'avais plein de choses à faire. J'agissais. J'avançais. Enfin, je croyais. Maintenant, je m'active mais pour fuir ce qui me pèse. Tout. Mes collègues : je ne peux plus les voir, avec leurs têtes de faux-culs. Et les chefs, transparents, du Mobilier. La maison : ça m'ennuie de me retrouver tous les jours dans les mêmes meubles, avec les mêmes objets. J'ai beau les changer de place, ça suffit pas ! Rien de nouveau à leur dire !

Je me demande bien le plaisir que peuvent avoir les gens qui se précipitent chez eux le soir. Pour quoi faire, d'abord ? D'accord, les enfants sont là. Mais en ce moment, je les ressens comme des meubles eux aussi. Ils font partie du décor. Point. Pas envie de leur parler. Pourtant, ils y mettent du leur. Avec Éric, au téléphone, ils sont presque charmants. Sinon, pas un cri, pas un mot plus haut que l'autre, pas un reproche. De vraies petites momies. Cela dit, ils ne peuvent pas se plaindre. Il ne manque plus rien à la maison. Le pain, il est là tous les soirs. Les corn-flakes ? Les paquets se renouvellent tout seuls. Le lait : frais. Personne ne râle.

Pourtant, je ne fais plus les courses. Terminé ça ! Le téléphone, j'ai ma liste prête, j'attends la livraison et basta. Je vis ma (nouvelle) vie et ça me plaît. Je sors. Et depuis la visite chez la voyante, ça s'est accentué. Elle n'y est pour rien. J'ai juste constaté que l'allergie à tout ce que j'aimais chez moi, avant, s'est aggravée.

Élisabeth, je n'ai plus besoin de l'appeler. En plus, la pauvre, elle était tellement fatiguée qu'elle est partie quelques jours au ski avec sa petite famille dans un minuscule chalet dont son mari a hérité. Il ne reste qu'à le retaper. Bon courage ! Ça tombe bien parce que celle dont je suis le plus proche en ce moment, c'est Chloé. Elle a un peu, je dis bien, un peu, mis de côté la planification et le marketing de son mariage. Donc, deux solutions : soit tout est prêt et il reste la date à confirmer avec les douze mille invités répartis sur la planète ; soit y a de l'eau dans le gaz, et comme elle est discrète, elle ne laisse rien transparaître. Moi, je ne pose pas de questions.

On dirait deux ados toutes les deux. Deux « oufs », selon les enfants. On mâchonne du chewing-gum aphrodisiaque — rapporté d'un voyage d'affaires en Indonésie par Alain-Serge — toute la journée, on se fait plein de trucs à son institut. Elle ne reçoit pas de clientes. On leur raccroche au nez ! Et moi, le boulot, ils m'ont fatiguée à me dire que j'en faisais trop d'un coup. Manière de chercher désespérément une promotion, paraît-il. Abrutis ! Alors, depuis hier, pédale douce au boulot. Je suis ma-la-de. C'est simple. En plus, ça va me permettre de donner un coup de main au commando anti-Merlin que je suis en train de rassembler. Depuis que j'ai eu au téléphone le type de la perception — M. Papet il s'appelle, ça ne s'invente pas ça ! Un amour. Plié en quatre pour m'aider. « C'est inadmissible ça, madame, de nos jours. Ne pas payer sa pension. Mais il y a des lois dans ce pays. Il ne faut pas céder. Il faut vous battre jusqu'au bout, madame. » Justement, j'ai quelques projets. Je vais aller sur Infogreffe, c'est un truc qui dépend du tribunal de commerce et où sont enregistrées toutes les sociétés. Peut-être que je vais tomber sur la société fantôme qui le paie dans mon dos. Et là, sa pension, il va devoir me la verser. Et avec les intérêts encore ! Mais le Net, ça ne sert pas qu'à ça d'après Chloé.

En ce moment, outre sa présence quasi quotidienne, j'ai droit régulièrement à sa philosophie de la vie : « Tous les matins, je me lève en disant bonjour la vie. C'est aujourd'hui que je vais rencontrer le prince charmant — enfin, ça c'était avant — en gros quoi, tu vois (je vois !). Maintenant, j'ai rencontré Alain-Serge, *the* mari. Une vie enfin stabilisée dans un univers protégé s'offre à moi. »

Je l'écoute, sourire béat aux lèvres. Et je pense à la valse des miens de princes charmants, dans la mienne de vie en ce moment. Quant au mariage et son univers douillet, protecteur, je pense gentiment : c'est ça, ma cocotte. Là, on diverge. Mais c'est pas grave. Je fais semblant. Les carrosses redeviennent tous des citrouilles, un jour ou l'autre ! Elle en fera l'expérience et je la consolerai autant que je le pourrai. Le moment venu.

Le principal aujourd'hui : on s'amuse. Là justement, on était chez elle. Et on s'est mises à faire des blagues au téléphone. Âge mental : quinze ans maxi. À ses clientes les plus chiantes d'abord. Et à mes collègues. Nos deux cibles préférées ! On change nos voix. Elle fait moi, et moi, elle. J'appelle ses clientes et je fais semblant de vouloir leur livrer de la part du Mobilier national une tapisserie des Gobelins pour le bureau de leur mari. Elles deviennent dingues ! Puis elles s'affolent. Ah, les scènes de ménage, ce soir. On en rit ensemble.

Quant à Chloé, elle appelle mes affreuses collègues et elle leur dit qu'elles sont poilues — c'est une professionnelle qui leur parle —, que quoi qu'elles fassent, ça repoussera de plus en plus dru, que leur peau est pleine de petites veinules horribles, que maintenant, en février, ça va, mais que l'été prochain... elles vont déguster. Bien fait. Bref, tout ce qui nous passe par la tête. On n'épargne personne. Tiens, justement... le charmant petit couple ? Ça fait longtemps que je m'en suis pas occupée. Idée. Exécution immédiate. C'est le nouveau schéma. Faut pas que ça traîne.

Puisqu'on joue avec le téléphone, on peut faire mieux. Un truc qui m'a effleurée hier soir. C'est le moment. Je vais d'abord me faire le Paul. Sous l'œil enchanté de Chloé. Prends-en de la graine, ma grande, quand tu seras mariée, ça pourra t'être utile. Faut juste connaître le code PIN de son portable. Pas sorcier, ils sont tellement bateau : date de naissance ou alors pour les plus mégalos — ce qui est son cas — 007. Il se prend pour James Bond depuis qu'il est avec la Nadine. Heureusement, j'ai mon petit espion. Jeune, mais très opérationnel. Formé à bonne école.

Avec le code, on peut consulter les messages. Et là... on trie. Message de la Nadine — quelle gnangnan celle-là, décidément. « N'oublie pas mes chaussures chez le cordonnier pour la sortie ce soir. Merci. Je t'embrasse. » Comme s'il n'avait que ça à faire. Enfin, ça les regarde. Message effacé. Pas de chaussures pour Cendrillon. Une petite scène en perspective. Ça pimente la vie de couple, non ? Autre message. Le boss de Merlin : présentation powerpoint pour le conseil de demain à compléter. Passer immédiatement le voir. Ça risque de barder un peu. On laisse. Message d'Arthur : Papa, je t'aime — ah ! le petit cachottier. Agent double ! Avec moi maman chérie, t'es la seule qui compte et dans mon dos, on pactise avec l'ennemi. Effacé. Ça ne le regarde pas, Paul, ce que son fils pense de lui. Pas de zizanie entre les parents d'enfants de divorcés. De l'équilibre ! Ça peut les perturber. Message d'un client : un dossier important. Une grosse affaire en vue. Zappé. Suivant : *idem*. Il va se sentir tout seul et malaimé « pôvre Paul ». Aujourd'hui, personne ne pense à lui. Personne ne lui laisse de message. Oh ! c'est trop triste.

Allez, à Marco maintenant. Zut, je ne connais pas son code. Tant pis, au lieu d'enlever les messages, je vais lui envoyer quelques SMS. D'abord, un érotique. Ils adorent ça, ces idiots. Ça les excite. Je vais l'avoir sur le dos d'ici peu. Mais après tout, je ne sais pas ce qu'il devient, alors ! Puis un autre texto de réclamations : ça fait longtemps qu'il ne m'a pas fait livrer un bouquet. « Alors, monsieur Pivoine, ça vient ? J'en veux quinze et bien roses ! » Mon numéro est masqué. Alors. On va voir combien de temps il met à m'identifier et à me rappeler ! Il va appeler toutes les dernières petites minettes de son carnet d'adresses. Deux heures, je dis. Deux heures comme un malade à écumer les numéros de son portable les uns après les autres, c'est sûr.

Après, Chloé et moi on a arrêté avec le téléphone. On s'est lassées. À nos âges, on se lasse plus vite. Élise, quand je la chope avec ses copines en train de faire ça, je hurle à l'idée de la facture. Mais moi, c'est pas pareil... Je suis une adulte, si, si ! Et je gagne ma vie durement, alors, j'ai le droit de gaspiller mon argent comme je l'entends. Quand Élisabeth est là, je suis plus sérieuse, je me tiens à carreau avec Chloé. Je crois qu'elles sont un peu jalouses l'une de l'autre et qu'elles préfèrent m'avoir pour elles toutes seules. Ça tombe bien. Chacune leur tour.

Après, vautrées dans le canapé de Chloé, on a fait les désœuvrées : feuilletage de magazines. Là, comme de temps en temps ça la reprend, sa fixation sur le mariage, elle a voulu me faire le test : « Pour vous, c'est quoi le mari idéal ? » Elle a insisté en me disant que ça y est, tu es guérie maintenant. Tu peux. Je te sens prête. J'ai catégoriquement refusé. Argument massue : même Patricia, la voyante, affirme que non, pas encore. Je ne peux pas tout gérer en même temps. D'abord, le ménage dans mon passé. Et ensuite... on verra pour l'avenir. Bon, alors, on passe au test : « Le sexe et vous ».

Signes particuliers.
La première fois.
Le désir.
Le plaisir.
Les pratiques.
Costume de scène (ça veut dire quoi, ça ?).
Quand.
Fantasme.

— C'est d'un banal tout ça, Chloé.

C'est le seul argument que j'ai trouvé car j'avais pas envie de répondre. J'ai horreur des tests. C'était juste pour lui faire plaisir. Et passer le temps.

— J'ai une autre idée, a-t-elle ajouté tout à coup.

Jamais à court de manigances, celle-là. Toujours une connerie à sortir de son chapeau.

— Et cette idée est... ?

— La cyberdrague, tu connais ?

— Non, je connais juste le concept théorique. Draguer les cœurs à distance. C'est un business comme un autre.

— Mais ça marche, ça marche, Juliette. Je fréquente des gens qui se sont rencontrés sur le Net. Quels que soient ton âge, ta situation familiale. Tiens, toi par exemple, même divorcée, même avec deux enfants, tu peux rencontrer l'être aimé. Oui !

— Mais je ne cherche pas l'âme sœur, Chloé, moi. Je veux juste m'amuser. Et éventuellement rencontrer des mecs sympas sans embrouilles qui me baisent bien. Point.

— Allez, viens, viens, on va jouer à « Cherche grand amour sur Internet ». Autant mettre toutes les chances de ton côté. Des types qui t'attendent, il n'y a que ça, tu n'auras qu'à choisir, crois-moi ! Toi, tu pourrais être « Blonde piquante, intelligente, deux enfants, cherche avocat pour défendre sa cause en toutes circonstances ». Et ajouter quand même : Riche. Intelligent, beau et beaucoup d'humour. Et ton pseudo serait : « Daisy Kutter », ça te va bien, non ?

Tout en tapant sur son clavier, Mme Chloé-du-boxon-du-nouveau-millénaire était en ligne.

Va pour Netclub.fr. C'est parti. Bienvenue sur Netclub, le premier site français de rencontres. Et là, trois pages d'accueil expliquant le principe, les accès privilèges, la taxation, l'abonnement, les conditions d'utilisation du service, l'exactitude des informations, les annonces certifiées, l'engagement moral. On se croirait chez l'avocat à préparer une audience de non-conciliation.

Déjà, ça refroidit. Merci de nous alerter en cas de non-respect des engagements visés ci-dessus. Parce que en plus il faut jouer les délateurs sur la toile ! Sympa.

Sur l'écran, choix entre trois rubriques : informations générales — vous avez une question ? Témoignages. À ce moment-là, je me suis dit qu'il fallait se faire une idée du site. Je me suis tournée vers Chloé, avant d'aller plus loin, je préfère cliquer d'abord sur « témoignages ». Ça peut être instructif. Et là, un bandeau jaune et orange vif, avec une tête de zébulon, a surgi : « Ça vous dirait, une pizza chez moi ce soir ? » Cliquez ici !

C'est ça le Net ! On cherche un mec avec qui chatter et on vous propose une pizza ! Plein écran sur les témoignages. Deux pages. Gratinées les confidences. Beaucoup de nunucheries. J'hésite à continuer. Quand on sait que, statistiquement, plus on vieillit, plus la cyberdrague apparaît comme une perspective prometteuse, il y a de quoi se faire du souci. Évidemment, ce sont ceux qui ont le temps de glandouiller devant leur écran toute la journée. Cela dit, je repère quand même quelques mères de famille quarante-cinq, cinquante ans, avec enfants et prêtes, que dis-je, pressées de s'envoyer en l'air. Euh ! pardon, pressées de rencontrer l'âme sœur sur la toile, les coquines.

On a continué à faire défiler les pages et on a eu peur. Pas facile de ne pas se faire piéger par des fêlés.

La perle du jour ? Citons ce magnifique extrait :

« Une âme s'est jointe à la mienne, le destin nous a poussés l'un vers l'autre. Internet a servi de véhicule à nos premiers échanges. »

Ou encore, venant d'une femme épanouie :

« Je voulais juste vous féliciter pour l'ergonomie et la convivialité de votre outil ! » De quoi parle-t-on là ?

À cet instant, très à propos — c'est vrai qu'ils sont forts sur ce site, là je m'incline —, nouveau bandeau. Après le livreur de pizzas, ça se corse : « Sextoyland » : un endroit entièrement dévolu aux femmes et à leur plaisir. Venez choisir et acheter vos sextoys, il y en a de toutes les couleurs et pour toutes les formes. »

Un sex-shop féministe en ligne avec accessoires à volonté. Pas de quoi faire vibrer ma libido.

On a pouffé en se poussant du coude. Chloé ne disait rien, ne laissait rien paraître. Je ne saurai jamais si c'est un jeu pour elle ou si elle pratique régulièrement ce type de divertissement. En plus, ça ne me regarde pas.

Finalement, j'ai pas eu envie de continuer à aller plus loin pour chercher l'homme de ma soirée. Manque de courage, car après la rédaction de l'annonce, il y a une tonne de rubriques à remplir : cheveux, yeux, études, taille, poids, fumeur, sports, enfants, loisirs. Et tout le monde doit tricher à qui mieux mieux ! Pas de temps à perdre à rencontrer des mecs toc, des rustres, que des mauvaises rencontres en perspective. Voire des tonnes d'ennuis. Moi, j'ai déjà Paul pour ça. Côté fun, j'ai Marco. Et côté rassurant — petit déjeuner au lit et pantoufles si je veux, Éric !

Alors, on a éteint l'ordinateur. On s'est levées et on est allées au resto en bas de chez elle manger une pizza. Juste toutes les deux.

21

PASSAGE À L'ACTE

Abri de jardin : un malheur est arrivé (encore une tapisserie prêtée à la ville de Blois égarée).
Horoscope : à consulter sur le Net dès arrivée au bureau, après le café.
Enfants : plein de bonnes notes à l'école. Les efforts (surtout les miens) paient.
Sommeil : enfin là. C'est bon de se réveiller en forme.

J'étais arrivée au bureau remplie de bonnes dispositions. Un : traiter le cas du ministère de l'Éducation. Quelques tableaux emportés par les « collaborateurs » du ministre. Sûrement par erreur. Deux : classer les notes reçues ces derniers mois pour retrouver celle que Robert, le boss, me réclame à l'improviste, quand ça lui chante.

Et puis téléphoner à mon avocat. Je lui ai laissé un message avant le week-end. De moins en moins pressé de rappeler celui-là. Je lui demande des nouvelles de la pension, des précisions sur l'appel. Bref, où on en est ? Et comment faire pour récupérer tout ce qu'on me doit ? Plus le temps passe, plus ça augmente. Bientôt quatre mois, maintenant. Il bafouille, il bredouille et je finis par comprendre : on en est nulle part. Et il ne sait plus quoi inventer en dehors de la saisie directe. Il paraît qu'il a trop de travail. Pas le temps de surveiller l'huissier chargé de faire payer l'ex-mari. Donc, rien de nouveau. Et les coordonnées bancaires du mauvais payeur ? Il sait pas non plus. Il va me rappeler parce que là, justement, il a plein d'audiences qui l'attendent. Pas de chance pour moi. Je sens qu'il ne va pas tarder à me lâcher lui aussi.

Retour dans le monde réel et bienvenue sur terre. Nos aventures façon cyberdrague avec Chloé m'avaient plongée dans le virtuel. Plus de soucis — no souçaï — et les échéances oubliées. J'aurais dû m'en occuper depuis plusieurs semaines de ces histoires de comptes en banque de l'ex-mari trop pauvre pour payer ce à quoi il est condamné.

Donc, tout à coup, ça m'a prise. Retour de week-end. Lundi matin : offensive. Genre bombardement surprise. Ne jamais relâcher la pression. Et la saisie qui devait avoir eu lieu il y a huit jours, vous croyez, vous, que les gentils hommes de loi que j'entretiens à grands frais m'auraient donné de leurs nouvelles ? Pas fous : ils se planquent. Ne pas bouger. Ne jamais donner signe de vie. Juste encaisser, voilà leur philosophie. Téléphone. Le fixe, on entendra mieux mes cris. Sonnerie. Facile de dénicher un huissier acceptant les saisies qui servent à payer les pensions alimentaires ? De plus en plus rare paraît-il. C'est épuisant et ça ne rapporte pas assez. Même si c'est aux frais du fautif. Ils dorment ou quoi dans l'étude ? Enfin, une voix presque aimable. C'est pour quoi ? Pour l'affaire Merlin-Tcherkodriou, madame ! Où en est-on ? Attendez une minute. Musique (enfin si l'on peut dire. Bach revu par l'océan Indien). Et une voix grave. Le patron de l'étude. Voix douce mais gênée. Chère madame... Aïe, aïe, ça commence mal. Après une séquence bouillie de baratin de faux-cul incompréhensible — il a du temps à perdre, là, pour ce genre d'exercice — je décrypte la situation : désastre en vue. Saisie bancaire ratée. Et de deux.

Eh oui, Paul a toujours le compte bancaire que je connaissais mais, scoop : a-pu-d'argent-dessus. Le vide. Nada. Que s'est-il passé ? L'huissier explique bien. Il me parle lentement et s'adresse à moi comme si j'étais une malade au stade terminal. « Ce qui se passe, c'est que votre ex-époux a dû organiser si je puis dire son, son... comment dire, une sorte d'insolvabilité. Oui bien sûr vous avez un jugement exécutoire, vous avez le droit de faire saisir ses comptes, mais s'ils sont vides pour l'instant, on ne peut donc rien saisir. Vous pourriez voir ça avec votre avocat pour intenter une action en justice et prouver sa mauvaise foi. Mais ça peut être long. Et parfois... »

Ben voyons, au point où j'en suis !

Vous n'avez rien d'autre à me proposer ? Faudrait trouver où il a planqué ses réserves. Sans doute dans une autre banque. Et l'homme de l'art a le mot de la fin : « Vous savez peut-être que ce n'est plus son entreprise qui le paie comme autrefois. » Surtout, ne pas avoir l'air étonnée. Et il a continué. J'ai fait la neuneu totale. « Il suffit qu'une filiale, dans son entreprise, ait pris le relais et dans les grands groupes comme le sien, ils en ont des centaines. Qu'il soit payé dans un autre pays, via une autre banque. Et là, vous êtes... enfin il vous échappe quoi. Ni vu ni connu. C'est de la prestidigitation moderne. Que se passe-t-il ? Il a certes une dette envers vous et vos enfants, mais il ne l'honore pas. Ça arrive souvent, vous savez. » Eh bien non, moi, pauvre pomme, je ne savais pas. Je découvre les joies de l'après-divorce. Et ça occupe.

J'ai pris congé de l'huissier sans arriver à être aussi aimable qu'au début de la conversation.

Là, j'ai réfléchi. Paul devenu un escroc notoire maintenant. J'y crois pas ! Elle l'a transformé, la Nadine. C'est ainsi : avoir de mauvaises fréquentations, ça donne un petit délinquant financier. Et c'est rapide. Pauvres gosses. Je ne vais pas leur dire à Élise et Arthur que leur père, maintenant, risque la prison. Pas à cause de moi, ni d'eux, de nous quoi, mais à cause de cette fêlée ! Reste plus qu'à retrouver la trace de ses sous ! Mais comment ? Sa boîte ? Le plus évident. Mais pas le plus facile. Qui appeler ? Ses collègues ? Aucun ne me parlerait. Quelqu'un à la comptabilité, directement. C'est alors que j'ai repensé à une dame d'un certain âge à qui j'avais parlé il y a quelques années. Comment s'appelait-elle déjà ? Mme Duboit ? Dufait ? Ah non : Dubuffet, c'est ça. Tiens, j'allais oublier, avant : consulter l'horoscope du jour. « Vos démarches sont sur le point d'aboutir. » Pour qui ? Les Scorpions. C'est moi !

La consultation du thème astral sur Internet c'est super. Car au bureau, du moment qu'on est devant son ordinateur, l'œil rivé sur l'écran, c'est qu'on bosse. Et que c'est du sérieux. Ça veut dire : « Ne pas déranger ». Lisons donc à travers les astres : « Vous avez en vous une face cachée qui vous fait aimer les luttes, les causes difficiles, voire extrémistes. Parfois, vous montrez un esprit caustique et dans le pire des cas, destructeur. Mais vos capacités de résistance s'avèrent précieuses lorsque la situation se complique. Point fort de votre signe en ce moment : donner sa pleine mesure en temps de crise. »

Voilà qui me remet du baume au cœur. Qu'est-ce que je disais ce matin ? Je la sentais, la matinée « déluge de feu ». Ah, il a voulu prendre la fuite, l'ex ? Pas de saisie sur le compte possible, ni de saisie sur salaire, donc pas de pension ? La justice ? Jamais son problème. La loi ? La quoi ? Place maintenant à la tigresse qui est en moi ! Il va comprendre sa douleur, Merlin. Sortez vos gilets pare-balles, dans le VIe.

Mon psy m'avait bien dit : « Face à un pervers, quelqu'un comme vous, Juliette, ne gagne jamais. Il faut un intermédiaire entre vous deux. Et le mieux reste encore la loi. »

Tu parles. J'ai tout essayé de ce côté-là depuis des mois, ça ne marche-pas.

Alors, maintenant, je vais suivre les conseils d'Élisabeth : on va flinguer le macho en carton-pâte du BTP. Le toutou à la Nadine. « On ne change pas un homme. On fait avec. Utilise les mêmes armes que ton adversaire. Atteins-le là où ça le blesse », me serine-t-elle.

Et où ça le chatouille le plus, le Paul ? L'argent, bien sûr. Alors, c'est parti. Jamais je n'ai autant demandé à mes synapses. Je mobilise frénétiquement tous les neurones qui passent. Je compose le numéro. J'écris le nom de la comptable sur un papier pour ne pas bafouiller.

— Bonjour. Mme Dubuffet, s'il vous plaît.

— Ne quittez pas, susurre la standardiste.

Une éternité que je n'ai pas appelé dans l'entreprise où l'ex travaille. Ça me fait tout drôle. Pourvu que ça marche.

Au bout de quelques secondes, j'ai enfin la comptable. Cette fois, je fonce.

— Bonjour. Mme Tcherkodriou à l'appareil.

Silence. Manifestement, elle a oublié notre conversation au cocktail de fin d'année. D'accord, c'était il y a au moins deux ans... Mais quand même, c'est un peu grossier vis-à-vis de moi. Je plaisante !

— Oui ?

— Je vous appelle, enfin, c'est un peu délicat, mais...

Impression : un vrai mur en face. Mais je suis bien obligée d'aller au bout maintenant.

— ... Je dois faire une opération à ma banque et... mon mari, Paul, vous voyez qui c'est ?

— Parfaitement.

Là, j'ai ramé, mais à sa voix, j'ai compris que ça n'était pas gagné d'avance. J'ai quand même lâché mon histoire de virement fantôme à faire, de compte égaré, l'urgence, bref est-ce que vous pourriez me donner le numéro, d'ailleurs, vous savez, c'est un compte joint, il n'y a pas de difficulté. Et puis, le silence à nouveau. Ce coup de fil était capital. Il fallait que je sache qui le payait et sur quel compte. Où passait son salaire chaque mois ? Ou alors il avait quitté l'entreprise ? Ou été viré ? Ne rien laisser paraître, surtout au téléphone. Faire la fille qui s'étonne de rien.

— Excusez-moi, madame Tcherkodriou, mais vous êtes bien en instance de divorce, je ne me trompe pas ?

La catastrophe. Il a prévenu tout le monde, ce vicieux. Il ne me restait qu'à prendre congé. Manœuvre ratée. Je rappelai Élisabeth, effondrée. En écoutant mon récit, elle m'interrompit tout à coup. Lumière.

— Tu sais, je crois de plus en plus qu'il est en train de te faire un enfant dans le dos.

— Manquerait plus que ça !

— Non, sérieusement. À mon avis, si une employée de base de la compta est au courant, c'est que sa boîte a accepté de couvrir une manip...

— De quel genre ?

— Je ne sais pas moi... peut-être qu'ils le paient autrement, tu vois.

Le souvenir de bribes de conversations saisies au téléphone du temps où on vivait ensemble me revint. Il parlait souvent de cette cascade de filiales impossible à décrypter pour le non-initié. « Ça leur permet de sortir les résultats dont ils ont besoin et tout le reste », m'avait-il même confié un jour où il était plus loquace que d'habitude sur le sujet. Quel reste ? De quoi parlait-il ? De ses fréquentes missions en Afrique ? D'autre chose ?

Élisabeth est tellement intuitive.

— On brûle, ma grande, il est payé par une autre société du groupe, à sa demande. Ça doit être une magouille de ce genre...

J'ai rappelé le groupe et j'ai fait l'idiote pour essayer d'identifier les différentes sociétés. On m'a passé quatre personnes à la suite. Baladée dix minutes de service en service avant d'identifier une employée qui pourrait me renseigner. Chaque fois, j'ai épelé : T-C-H-E-R-K-O-D-R-I-O-U, comme ça se prononce, quatre fois.

Encore du Bach. Rester calme malgré la tension qui m'envahit. Si je rate mon coup, que me restera-t-il ?

L'idée de Chloé de le faire filocher par « Duluc Détective », pour savoir où se nichent sa filiale, sa banque et tout et tout, je ne le sens pas. Elle a beau m'appeler trois fois par jour pour me dire que ça y est, elle a trouvé le spécialiste de la chasse aux truqueurs, j'y crois pas.

Chloé, elle, elle y croit. C'est comme son mariage. Elle fait des recherches tous azimuts sur Internet, les pages jaunes, ses relations... Elle aime ça. Parce que ça l'occupe peut-être. Ou alors, elle s'entraîne pour faire suivre Alain-Serge ?

Enfin, en dernier recours, on ne sait jamais. Je peux aussi essayer le pendule ! Une fois toutes les solutions rationnelles épuisées. Mais bon. Respirez-soufflez ! Pas de pensées négatives.

Après vingt minutes, j'ai renoncé. Personne ne voulait me lâcher quoi que ce soit. J'ai raccroché. Mon neurone était crevé. Qui appeler ? Ah, pourtant, quelqu'un doit bien pouvoir pister cet argent. À moins qu'il ne fraude... Le fisc ! Une idée ? Tu parles ! Trouver un complice parmi les cent quatre-vingt mille fonctionnaires de Bercy ?

Notre ancien centre des impôts. Sonnerie dans le vide. Jusque-là, tout va bien. Standard. Ne quittez pas. Ils ont du travail. Les gens les dérangent pour n'importe quoi. Basculement de la ligne. Et là, miracle. Une voix d'homme.

— Allô ? Bonjour. Qu'est-ce que je peux faire pour vous ?

Bonne voix, genre serviable. Lueur d'espoir. Le ministère des Finances est là qui me tend les bras, plein d'amour, prêt à me sauver de la noyade. Je ne peux plus me permettre un nouvel échec.

— Écoutez, il s'agit d'un problème un peu particulier...

En quelques minutes, je lui raconte tout. Enfin presque. Il se racle la gorge.

— C'est délicat. Je ne suis pas autorisé à vous donner ce renseignement.

Ça, merci, je savais. C'est justement pourquoi je vous appelle. Vous. Bon enfin, ça je l'ai pensé mais je lui ai pas dit.

J'avais concocté, avec Élisabeth d'un côté et Chloé de l'autre, une petite histoire qui doit en théorie émouvoir la personne la plus insensible qui soit. En gros, l'idée, c'est que mon mari divorce (vrai). Qu'il m'a quittée lâchement (vrai). Qu'il me maltraitait (faux). Même si moralement (vrai). Qu'il a fait sa déclaration fiscale l'année précédente sans me tenir au courant (à moitié vrai). Qu'il a fermé tous nos comptes (vrai). Surtout le sien. Qu'il ne paie pas depuis des mois la pension à laquelle il a été condamné (archivrai). Qu'il s'est organisé pour frauder (vrai peut-être, après tout). Que je risque de me retrouver à la rue d'ici peu (possible, hélas !). Bref, que si personne ne m'aide, une honnête mère de famille en France, au début du XXIe siècle, va couler. Avec ses enfants.

Je sens que mon interlocuteur commence à mordre à l'hameçon. Il me pose quelques questions pour s'assurer de mon identité. Il me demande si le divorce a été prononcé à ses torts. Sans mollir, je dis que oui (pas tout à fait vrai). C'est tellement bon d'improviser par moments.

— Et... en fait, vous voulez savoir quoi ?

— Oh, une chose très simple...

— Laissez-moi en juger, si ça ne vous ennuie pas.

Ce qu'il y a de chouette avec le divorce, c'est que ça apprend bien l'humilité. Un coup sur le museau ? Merci, monsieur. Et pour l'autre côté ? Merci, madame.

— Oui, excusez-moi. Ce dont j'ai besoin pour m'en sortir, enfin pour la pension...

— J'ai compris.

Plus tellement amical l'agent du service public maintenant. Le ministère reprendrait-il son vrai visage ?

— ... c'est de savoir le nom de la société qui le paie et qui apparaît sur sa déclaration, puisqu'on en fait une chacun de notre côté cette année.

Silence à l'autre bout du fil. Il doit essayer de se rappeler le tarif au cas où cette affaire tournerait mal.

— Vous avez des enfants ?

— Oui, deux. Une jeune fille et un petit garçon.

— Vous êtes propriétaire ?

Il veut me situer. Petite princesse capricieuse ou famille monoparentale menacée de sombrer ?

— J'aimerais bien.

Comme capital, à part quelques dettes, j'ai des sacs Prada, un Gucci, un vieux Tods — le tout d'occase maintenant, bien sûr —, des strings top, un stock de foulard Hermès — cadeaux d'entreprise du temps de Paul. Ils ont les moyens, dans le BTP. Et puis ma voiture, et des bricoles.

Pas de quoi cacher ma fortune au fisc.

— Vous habitez où ?

Docilement, je lui donne mon adresse.

— Et vous vivez seule ?

Il devient bien curieux, celui-là. De quoi je me mêle ? Est-ce que ça regarde Bercy, ma vie privée ? Je ne devrais pas lui répondre. Mais bon, il doit avoir ses raisons.

— Bien sûr. Pourquoi me demandez-vous ça ?

— Pour savoir... Enfin pour mieux comprendre votre dossier. Si vous formiez un autre foyer fiscal avec d'autres sources de revenus, ça ne serait pas la même chose.

— Eh bien non. Bon alors, est-ce que vous croyez que vous pouvez m'aider ?

— Ce n'est pas si facile, vous savez...

Il était redevenu plus aimable. Le sort du bloc d'amour semblait l'émouvoir. Il m'expliquait maintenant à quel point sa situation était délicate. Pas la moindre ambiguïté dans les textes. Interdit de communiquer des données personnelles à une personne extérieure au service. Le cas des ex-conjoints était même, paraît-il, mentionné dans une circulaire spécialement consacrée à cet épineux sujet. Apparemment, je n'avais rien inventé. Comment faire pour le convaincre ? Merci les copines. Maintenant, je suis dans une impasse. Sympas toutes les deux avec leur : « Fonce, baratine-le jusqu'à ce qu'il cède. » Mais l'inspiration me manquait brusquement. C'est à ce moment-là qu'il a repris la parole.

— Écoutez, moi je ne demande qu'à vous aider. Mais comme vous voyez, c'est compliqué...

— J'imagine.

— Au fond, le plus simple ce serait d'en parler ensemble de vive voix. Mais pas au bureau. Qu'est-ce que vous en pensez ?

Celle-là, je ne l'avais pas vue venir. Bravo.

— Ce que je vous propose... vous êtes libre, un soir à votre convenance, pour prendre un verre ?

Bon, au moins ça avait le mérite de la clarté.

Je rassemblais ce qui me restait d'énergie et je m'entendis lui répondre, dans un état semi-comateux :

— Après tout, pourquoi pas ?

22

LES MONSTRES DÉSERTENT

Horoscope : en berne.
Boulot : à mi-temps. Vacances obligent.
Coach : essayé. Trop prise de tête. Idée abandonnée. Je me coacherai moi-même.
Sommeil : apparemment régulé.
Banque : vilaine petite lettre. Découvert prétendument dépassé. Et alors ?

Ce soir-là, on était au tout début des vacances de février, je leur ai dit : « Venez, mes chéris, il faut que je vous parle. » Élise et Arthur se sont assis sagement à côté de moi sur le canapé du salon.

J'ai sorti le fax que je venais de recevoir et j'ai attaqué direct : vous vous souvenez de *L'Avare*, la pièce ? Oui ? Eh bien, votre père nous — enfin, vous — fait le remake. Harpagon — c'est lui —, remarié avec la Picsou — Poustiface dans le rôle. Ça donne quoi ? Annulation des vacances à LA ? En clair, Los Angeles c'est fini. Pour moi, c'est la routine. Pour vous c'est nouveau, mais faudra vous y faire. Donc, le petit séjour de rêve aux USA, seuls avec papa, est remplacé par une pleine semaine, une longue semaine, où ? Vous trouvez pas ? À Grasse, chez papy et mamie ! Et avec qui ? Toute la famille Gripsou réunie, c'est pas formidable ?

Ça, c'était il y a quatre jours.

Je devais avoir l'air tellement réjouie qu'au début ils ne m'ont pas crue. Ils ont même plaisanté. « C'est ça, très drôle, qu'est-ce qu'on rigole avec toi, maman. Tu vas trop nous manquer quand on sera à Hollywood. »

J'ai dû insister pour les convaincre et sortir le fax si aimable où leur père m'annonçait son changement de programme. Aujourd'hui, c'est comme ça les enfants. Surtout ceux de divorcés qui ont un choix élargi. Avant, nous, on vivait chez nos parents — simple. Au début des premiers divorces, les enfants allaient chez leur père le week-end et vivaient chez leur mère la semaine. Clair. Maintenant le phénomène est devenu massif et les enfants sont chez eux partout. Et ils vont là où il y a le plus à prendre. C'est à nous, les adultes, de le vivre le moins mal possible et de nous adapter.

Maman, elle nous propose des vacances au Maroc ? On note. Et papa, il nous suggère quoi ? Un tour à Miami ? Ah, c'est mieux. C'est plus loin. Mais il y a le décalage horaire. La Floride, on connaît déjà en plus. Dis, papa, tu préfères pas New York ? Ce serait nouveau pour nous, au moins. Tu comprends ? Miami, la Floride, Disneyland, la plage, bof ! T'es d'accord ? C'est cool.

Donc, maman, désolés, mais finalement on n'a pas le temps de venir avec toi au Maroc. Parce que papa nous emmène à New York. Génial, non ? Dommage pour toi. Et en plus, le Maroc, on y est allés il y a deux ans seulement. Bon, évidemment, si tu nous disais Hawaii, alors là, peut-être que... on trouverait huit à dix jours. Facile. On pourrait se libérer, quoi, tu vois ?

Ça s'appelle, en termes techniques : du benchmarking. Élise et Arthur n'y échappent pas. Ils font constamment des ajustements, des calculs. Ils vivent dans une étude permanente de benchmark parental. Le culte du marché, de la concurrence. La loi du plus offrant.

Heureusement que la pub comparative n'a pas encore pénétré la famille !

Là, leur choix découlait directement des conclusions observées sur le marché des vacances d'hiver. Donc, ils ont fait une tête ! Grasse, ça devenait le bagne de Cayenne. Limite maltraitance d'enfants. J'ai eu droit à tout. Et d'une, ils n'avaient que deux semaines de vacances et elles étaient gâchées. Que déjà ils venaient de passer trois jours entiers à la maison avec moi, supportant d'être seuls à Paris, car tous leurs copains et copines s'étaient barrés à l'autre bout du monde, qui en Thaïlande, à Phuket, à Maurice. Ou alors dans les stations de ski, les vraies, genre Megève et Val-d'Isère. Et eux, ils étaient sacrifiés. Rien que des misères. Des victimes. La Côte d'Azur en famille, en plein hiver ! Du sadisme. Moche d'avoir des parents comme nous.

Et de deux. Qu'en plus, en tant que mère, j'étais en dessous de tout, car je ne me rendais compte de rien. La niaise, quoi ! D'ailleurs, pendant l'année, ils étaient bien gentils de rester avec moi, même si on bougeait beaucoup moins qu'avant. Bien sûr, ils comprenaient pourquoi, le divorce et tout et tout. Mais quand même. Fallait pas abuser. Alors là, je me suis lâchée moi aussi. Je leur ai dit leurs quatre vérités. Marre d'Arthur affalé en permanence devant sa télé et ses jeux vidéo de naze. Et par-dessus la tête d'Élise, obsédée par ses marques, ses squats improvisés chez je ne sais qui, alors qu'elle a pas quatorze ans ! Avec le nez collé sur leur télé, ils deviennent aveugles. Et moi, pendant ce temps, je deviens sourde avec le vacarme de leurs DVD qui me donnent l'impression d'être projetée dans une rave-party !

— T'as entendu ce que je dis, Arthur ? Moi aussi j'existe.

Il m'a regardée d'un air affligé. Et s'est retiré en silence dans sa chambre. Mon fils ! Mais il m'énerve en ce moment.

— Et toi, Élise ? Oui, je sais, tu en as marre de m'avoir sur le dos. Mais je suis ta mère. Et tu crois que ça m'amuse tes petites virées shopping incessantes avec tes copines ? Quant à vos soirées girly à glousser à douze dans ta chambre, à vous enfermer dans ma salle de bains pour vous faire une beauté avec mes produits et mon maquillage, eh bien, c'est fini désormais. Vous ne ferez plus les folles. Et les faux ongles, les paillettes roses, pink is beautiful ? Et les strings que tu me piques en permanence et qui traînent partout dans l'appartement ? Ah, ça, ranger, c'est pas ton truc. C'est pas vrai ? J'invente ? T'hallucines, c'est ça ?

Élise m'a regardée à ce moment-là comme si elle se trouvait face à une Martienne. La porte de sa chambre a claqué et elle a disparu. Difficile la discussion en famille de nos jours.

Et là, j'ai hurlé : « Et puis, après tout, ce n'est pas mes affaires. Vous avez qu'à l'appeler, votre père adoré, pour vous plaindre. Même pas le courage de vous affronter en face. C'est pas à moi de trinquer à sa place. » Fin du dialogue.

Et moi aussi je me suis enfermée dans ma chambre.

Le lendemain, comme je suis une mère « normale », je les ai quand même accompagnés à la gare et mis dans le TGV. Ils ont un abonnement maintenant. Ça simplifie les démarches. Destination : la maison de l'ex-belle-famille pour rejoindre leur papa, la Nadine et sa fille Jennifer. Bonnes vacances, mes chéris.

Quand je suis rentrée à la maison, une chose m'a frappée. C'était beau, ce silence. Le calme. Personne pour m'embêter. Je suis allée dans la salle de bains et je me suis fait couler un bain. Et chaque soir, à la même heure, je m'offrais le même petit plaisir. Une sorte de rituel.

Trois jours d'affilée. Tranquille. À déambuler, seule, nue, dans l'appartement. À écouter mes messages. À appeler Élisabeth (on s'est vues tous les jours). À ranger un peu l'appartement, ne serait-ce que pour éviter un nouveau raid de ma mère. Elle semble s'être calmée d'ailleurs. Elle voyage. Visite l'Asie de fond en comble. Pendant ce temps, j'ai la paix. Pour le reste, farniente urbain. Ne plus penser à personne. Ne même pas donner signe de vie à Marco (il aurait rappliqué dans l'heure).

Pendant que je me prélassais le quatrième jour dans mon bain plein de mousse à la lavande (en feuilletant *Marie-Claire*), je suis tombée sur un article typiquement féminin, tel qu'on les aime. En plein dans le sujet qui me préoccupe en ce moment. « Les cinquante-cinq trucs pour avoir dix ans de moins. » Alors, alors, qu'est-ce que je dois absolument faire ou ne pas faire ?

— Ne pas focaliser sur les enfants. Ça tombe bien, ils sont chez leur père. Je poursuis : Ne pas en faire le centre de vos conversations surtout devant les hommes victimes de leur inconscient qui dit qu'une mère, on n'y touche pas. Merci, j'ai déjà donné. Maintenant, je cloisonne. Les enfants d'un côté, les mecs de l'autre.

— Choisir la juste longueur de jupe. Dix centimètres de trop : on appartient au clan des mémés. Dix de moins, à celui des bimbos éventées qui veulent rester dans le coup. L'horreur !

— Multiplier les occasions de rire. Moi, j'ai Chloé en ce moment. Pas besoin de la liste des ateliers « Rire et santé » créés à travers la France (oui, oui, ça existe !).

— Vivre en couple.

Alors là, pardon, je vois pas bien le rapport. Pourtant, l'article donne des chiffres. Sur le plan de la longévité, les couples enfoncent les célibataires, les familles monoparentales et compagnie. Stupide. C'est pas ça qui me décidera en plus.

— Zapper sur ses amertumes. Exemple : en numéro 1 (dans l'échelle du stress), un ex-mari qui ne paie pas sa pension. Oui, c'est eux qui le disent. Je me tue à le répéter depuis des mois. La vérité éclate enfin !

Après seulement, en numéro 2, il y a : le débarquement scandaleux d'une trentenaire comme chef de service. Je suis pas d'accord. La chef, on s'en fout, c'est pas elle qui va faire la loi quel que soit son âge. En tout cas pas à l'abri de jardin.

Tout à coup, la sonnette. Je n'attends personne. Qui vient me déranger chez moi en fin d'après-midi sans prévenir alors que je profite de mon bain moussant spécial Guerlain ?

Ah, peut-être des fleurs ? Roses ou pivoines ? Marco ? Éric ? La miniature persane (connaît pas mon adresse, pourtant) ? Ou encore un autre ? Un nouveau ?

La clé tourne dans la serrure. Je me suis précipitée et là, la porte s'ouvre sous mes yeux. Un fantôme ? Paul ? Un cambrioleur ? Mais qui a la clé, déjà ? La voyante ne m'a pas parlé de ça. Non, pas un fantôme mais deux. Deux revenants ! Élise et Arthur, mes deux bébés, là devant moi en chair et en os. Ils se sont jetés dans mes bras en tremblant et en pleurant. Perdus. Cosette et le Petit Poucet réunis, ayant retrouvé leur maison et fui les Thénardier.

Venez là, mes chéris, mes amours. Que s'est-il passé ? Ils m'ont tout raconté. On a fondu en larmes tous les trois. Mes enfants à moi. Qu'est-ce qu'on leur a fait subir à mes anges pour qu'ils débarquent comme ça, à l'improviste ?

Ils étaient partis au petit matin de la villa de la belle-famille en taxi — Arthur a sacrifié ses économies —, avaient attrapé le premier train pour Paris — merci les abonnements SNCF — et, chargés comme des mulets, avaient retrouvé leur maman chérie, à Paris.

Je les ai rassurés, dorlotés et surtout fait parler. C'était urgent qu'ils racontent ce qu'ils avaient sur le cœur. Mes bébés. Je les aime tant ! Parlez, mes chéris, parlez.

Là, j'ai appris toutes les misères qu'on leur avait faites pendant ces trois jours là-bas. La Nadine, toujours en grande forme. « Poustiface a joué les régentes », a commencé Arthur.

Élise était encore traumatisée. Pour une fois elle a laissé son frère parler. « Moi, j'avais le droit de rien, disait Arthur toujours sous le coup de l'indignation, même pas de parler en verlan ! Une vraie guedin, que des quetru interdits. Des ouf à donf. On était trop vener, Élise et moi. Elle peut pas nous kiffer, cette meuf. Elle nous a traités de caillera ! Tu te rends compte ? On a flippé grave. Moi encore, ça allait, mais Élise. Un sacrame, euh, massacre je veux dire. Hein, ma grande sœur chérie, qui nous a tirés de là ? Arthur, le magicien. On s'est cassés. Ça craignait trop. Et on n'y retournera pas. Pas question », il a ajouté mon Arthur en voyant ma tête inquiète.

J'ai pas tout compris, sauf que la Nadine devait être vener avec ce langage que, même moi, je ne déchiffre toujours pas très bien. Mais, de toute façon, elle a tort. Elle a eu tort de laisser mes deux chéris s'échapper comme ça dans la nature. Et Paul, il aurait pas pu me prévenir de leur disparition depuis ce matin ?

Élise, ma chérie, parle maintenant. Raconte-moi tout, ma puce. Là, elle allait mieux. Elle s'est lâchée elle aussi. En passant par l'interdiction de se faire à manger les petits cubes de pommes de terre sautées qu'elle adore ; l'interdiction d'utiliser la serviette de bain « Hermès de Nadine ». Réservée à elle et à son chien-chien de mari. La suite ? Élise lui a envoyé sa serpillière de luxe trempée en pleine figure en la traitant de « grosse conne ». Son père l'a alors laissée poursuivre ma fille jusque dans sa chambre pour la gifler. Une hystérique grave, celle-là ! Les adultes qui ne se contrôlent plus, c'est terrible.

J'arrivais plus à l'arrêter, Élise.

— D'accord, j'ai donné son rouge à lèvres préféré à manger au doberman des voisins. D'accord, comme on ne faisait rien que de regarder la télé avec leur écran géant qui brille, j'ai téléphoné à Baptiste pendant des heures, et à toutes mes copines. Je voulais savoir ce qui se passait dans la vie. Mais ce qui m'a rendue dingue, c'est quand j'ai surpris une conversation entre eux : « Ta fille est vraiment mal élevée, c'est épouvantable. Tu as vu comment elle s'est comportée cet après-midi ? Il va falloir que tu la reprennes en main, Paul. »

Après les avoir écoutés, j'ai pas eu le courage de les gronder. D'ailleurs, est-ce qu'ils le méritaient vraiment ?

Le téléphone a sonné. J'ai décroché. Aussitôt, j'ai reconnu sa voix. L'envoyé de l'ONU ! L'autre toutou de la famille. « Juliette, c'est vous ? » Oui, c'est moi, banane. T'appelles chez moi à 8 heures du soir et sur qui tu pensais tomber ? Le Premier ministre ? Là, question embêtée : ils sont chez vous les enfants ? Eh oui, papy, ils sont chez eux, où veux-tu qu'ils aillent ? À l'hôtel ? J'ai répondu sèchement qu'ils étaient là, à côté de moi, qu'on était tous très fatigués et que le temps des mondanités était passé. Et j'ai raccroché. Arthur et Élise m'ont alors tendu un papier.

— Voilà, c'est ce qu'on a écrit dans le train, maman. T'as plus qu'à le donner à un avocat. T'en connais plein, toi. Et nous, on est d'accord. On signera tous les deux. On ne veux plus les voir !

Ah, ça se complique.

J'ai lu : « Pour les juges, nous Élise et Arthur Beaumont (vacherie, ils s'appellent Tcherkodriou normalement), on dit qu'on veut plus aller chez notre père Paul, ni voir la femme avec laquelle il vit et qu'on aime pas. On veut rester avec notre maman qui s'occupe bien de nous et plus voyager sans elle. Merci d'avance. Nos respects. »

Une plainte ! Adressée, non au père Noël, mais à la Cour d'Europe des divorcés. Ah, ils en savent des choses les enfants maintenant. Et les miens, en plus, ils n'hésitent pas ! Ils tapent au sommet de la hiérarchie, pas impressionnés. C'est par la nouvelle génération qu'elle se fera l'Europe ! En attendant, pour leur remonter le moral, j'ai annoncé :

— Éric nous invite tous les trois dans son chalet, au ski, jusqu'à la fin de la semaine. Qui dit mieux ?

23

LETTRE À PAUL

Sommeil : absent. Ruminé jusqu'à l'aube.

Enfants : dorment comme des nouveau-nés. Ai veillé sur eux toute la nuit.

Le reste : pas d'importance.

Mon cher Paul ? Non, faut pas déconner. Impossible. J'arrive plus à prononcer ce prénom. Cher ex-mari. Encore trop gentil et il comprendra pas l'ironie. Monsieur, ça pourrait être drôle. Mais un peu artificiel. Mieux : cher monsieur Tcherkodriou. Agacement garanti. Quoi encore ? Dossier n° 159061005, genre Sécurité sociale ? Non. Ou une phrase de présentation. Réf. : dame Beaumont contre sieur T. Avec un début façon : « Suite à nos précédentes conneries... » Pas extraordinaire. Non, il faut pas attaquer sous l'angle de la procédurière folle, genre « salut l'appelant » ni « cher ex-époux en appel ». Je préfère l'ex, tout simplement.

Par quoi commencer ? Là où ça fait mal : l'argent ? Prématuré. Sa demi-portion ? Le moment venu. L'« équilibre des enfants » ? Oui, c'est ça. Un avertissement camouflé. Enfin à peine. Pas du tout même ! Mais ne pas oublier, comme me l'a rappelé l'avocat, qu'il peut se servir de la lettre devant les juges d'appel. Jouer le pauvre innocent persécuté par une déséquilibrée.

« Mon ex-femme me harcèle en permanence. » Je ne lui en donnerai pas l'occasion. Mais c'est dommage parce que j'en ai marre de me retenir. Donc, en introduction un paragraphe sur les enfants qui vont très très bien, malgré le « petit incident ». Une bricole : Arthur et Élise lâchés tout seuls sur les routes de France pour fuir la nouvelle famille de leur père ! Ça y est, je commence à sentir l'exercice.

Donc, attaquer sec : « J'ai découvert avec stupéfaction que tu n'en étais plus à une saloperie près. Évidemment, tu n'oses pas avouer que tu veux me voler les enfants et donc tu déclenches spécialement une procédure d'appel pour ça. Alors que tu n'as jamais daigné t'en occuper jusque-là. » Ça a de la gueule, non ? Évidemment, mon conseil avisé va protester que saloperie c'est trop fort, que ça fait hargneuse, etc., alors que je suis sereine. Bon, j'ai qu'à mettre « coups bas ». Pas sûr que ça lui suffise à l'avocat. « Manœuvre », voilà le terme qui convient. Ah, il va tiquer sur « voler les enfants ». Ce sont aussi les siens, il va dire après s'être raclé la gorge, son truc quand il a peur de mes réactions. Alors, j'ai qu'à remplacer par quoi... Non, voler, c'est le mot juste ! Bon alors quoi d'autre ?

« Maintenant, tu t'attaques aux enfants. » Pas mal. Oh, mais je pourrais en profiter pour montrer le manipulateur à l'œuvre, non ? Donc plutôt : « Maintenant, tu te sers des enfants pour t'attaquer à moi. Je trouve cette attitude méprisable, non, totalement ignoble. » Trop fort. D'accord, d'accord. Alors disons simplement « navrante, indigne ». Voilà, ça c'est bien, genre je reste calme, tout en te balançant mon mépris dans la gueule mais façon faux-cul enrubanné, dans le langage, celui que tu aimes, quoi. Celui de ta famille, celui de ton hypocrite de mère, de ton père premier prix de lâcheté après toi de la région niçoise. Il fait mieux que la moyenne des mecs celui-là ! Quand j'y repense, ce qu'il a osé m'emberlificoter il y a trois mois. Où est-ce qu'il est papy, le harcèlement ? De mon côté ou de celui de ton fils ? Et la commandante en chef, toujours en embuscade, prête à monter un plan pour me piéger ? J'aurais dû mieux la regarder celle-là avant d'épouser son « pôvre » fils.

Où j'en étais dans ma petite lettre ? Son attitude navrante, c'est ça que je vais utiliser comme formule. « Qui s'ajoute à ton comportement minable, enfin peu glorieux. » Non : irresponsable, ça c'est envoyé. D'ailleurs, l'avocat me l'a toujours expliqué, ce que veulent les juges, c'est que les gens soient res-pon-sa-bles. Parce que s'ils l'étaient, ils ne passeraient pas leur temps à se faire des procès et à pourrir la vie des magistrats, qui sont obligés, les malheureux, de lire — enfin, de faire semblant de lire — des énormes dossiers sans intérêt avec des tas et des tas de gens inconnus qui se disputent sans arrêt ! Pour empocher à la fin du mois un salaire de misère.

Maintenant, il faut que je lui dise la vérité. Que, s'il s'obstine, sa « nouvelle femme » en prendra plein la tronche et lui aussi. Bon, évidemment, si je l'écris comme ça, l'avocat aura une syncope. Ça fait menace. Mais comment faire pour qu'ils comprennent ? « Et bien sûr, cela va dégrader vos relations. » Je l'entends le dire. Mais nos relations, maître, se limitent à l'envoi d'un fax pour régler l'intendance et l'organisation des déplacements et des vacances des enfants, quatre fois par an.

C'est tout ? Il me semble. Reste le nerf de la guerre. La tune, comme disent les jeunes. Là, il faut que je sois directe, montrer que ça va chauffer s'il continue à jouer le rapiat. Il était pas comme ça avant. C'est Poustiface qui doit le bassiner toute la journée, qu'il m'en donne trop, que je n'ai pas besoin d'autant, que je le claque en fringues, que, elle, ses trois ex-maris réunis ne lui en donnent pas autant, enfin ce genre de conneries. Ce qui serait sympa, c'est que je mette quelque chose de bien vague et de bien inquiétant à la fois. Genre « quant à ton refus de respecter les décisions de justice », non, la décision du tant, prise par ma gentille juge du tribunal de Machin Chouette des familles, « je te laisse assumer la responsabilité des conséquences »... Non déjà dit. Plutôt : « Je te signale que ce non-respect répété m'oblige dès maintenant à supprimer les cours de soutien de français à Élise. » Redoutable ça comme formule. Encore une précision : « Que les cours particuliers de maths d'Arthur qui en a pourtant, comme tu le sais, le plus grand besoin, vont aussi subir le même sort. » Génial. Continuer sur la maison ? Pourquoi pas ? « Ainsi, bien sûr, je le mentionne même si je devine que cet aspect de notre vie, oui c'est bien notre vie, ne te concerne plus, non mieux, ne t'intéresse plus depuis longtemps. » Donc allusion ici à la suppression de la femme de ménage mais sans insister. Et des enfants obligés de la remplacer après les cours le soir et repassage obligatoire le week-end. Ils ont des femmes de ménage les juges, non ? Faut pas déconner, avec leurs salaires quand même !

Parler de vendre la voiture ? C'est trop. Il sait que je l'aime ma Twingo. Par contre... montrer que je sais pour le coup de la « pute ». Et les frais de remise en état, qui va casquer ? Encore moi. Faut pas que j'égare les traces de son exploit. D'ailleurs, elle a laissé une trace cette idiote avec son message. Je l'ai enregistré sur le dictaphone du bureau. Mais, abrutie, je ne sais plus où j'ai mis la cassette. Comment j'ai pu être aussi distraite. Un divorce, c'est de la vigilance vingt-quatre heures sur vingt-quatre, toujours à l'affût de ce qui pourrait faire couler l'autre, un œil sur ses revenus, surtout s'ils sont pas nets nets, un autre sur ses fréquentations, surtout si elles sont douteuses, mauvais pour les enfants, ça, surtout à cet âge-là et un troisième encore (eh oui, quand on se sépare, il faut avoir mille bras comme la déesse Vichnou) sur la rivale, la nouvelle vie de famille, les méchancetés éventuelles. Bref, le b.a. ba de la survie en milieu hostile.

Il ne reste plus qu'à lui expliquer l'essentiel. Payer. Oui. Pas d'autre choix. Arrêter avec les chèques en bois, les mensonges, les manœuvres de retardement, les promesses de son infernal avocat. Faut savoir souffrir. Sinon, eh bien, sinon... « Ton refus persistant d'honorer la pension alimentaire à laquelle tu as été condamné m'incitera à durcir ma position et mes exigences. » Reste plus qu'à trouver un truc qui ferait passer cette vacherie maintenant. Genre, j'espérais que nous aurions, non ! que tu aurais l'intelligence, et vlan, « de gérer notre séparation dans l'intérêt de tous et, au premier chef, des enfants ». Lui mettre les points sur les i : le traiter d'égoïste, ce qu'il est d'ailleurs, c'est pas une bonne idée ? Bon, trop classique d'accord. Évoquer des « pénalités » ? Faudra demander à l'homme de loi. Tarif maximal, voilà ce qui t'attend, Merlin le Falsificateur.

Encore un mot sur mes deux amours. On y va : « Je te signale enfin que tes surenchères permanentes en matière de cadeaux et de voyages — même ceux annulés au dernier moment — ne me semblent pas participer à une éducation saine. » Et quoi ? C'est mou cette phrase. Du muscle ! Plutôt : « Ces surenchères infantiles, outre qu'elles me placent dans la situation délicate d'avoir à leur refuser sans cesse ce qu'ils souhaitent, leur donnent une mentalité mercantile tournée vers l'accumulation de jouets et vêtements de marque, et l'espoir de voyages en général superflus. » Et conclure en expliquant que ça va les rendre superficiels et pourris tout simplement. Qu'il est en train de foutre en l'air les bons principes que je me tue à leur inculquer. Bon, là, j'exagère peut-être un peu. J'aime bien ça, le superflu, moi aussi. Miss String and co, c'est moi. Tiens, c'est bientôt le printemps, faudra faire un tour au Bon Marché ! Mais c'est pas pareil, je suis adulte, je gagne ma vie. Eux, ils connaissent pas encore le prix des choses.

Et si cette lettre que je suis en train de soigner apparaît dans la procédure, ça permettra une petite sortie amicale devant les juges sur le thème : voilà qui sont ces gens, mesdames les juges, non, cette fois c'est peut-être messieurs les juges. Ce couple s'acharne sur moi. Pour eux, je réclame la sanction maximale, voilà ce qu'ils méritent, saisie des comptes, aveux en public et un petit séjour en prison ! Non, mieux, exil à Dunkerque ! Avec confiscation des biens. Ainsi que ceux de l'ex-belle-famille tant qu'on y est ! Bon, je me calme. Mais, ça m'a fait du bien.

Je suis zen, non ?

Faudrait conclure maintenant. Sur quoi ? Les pressions sur les amis ? Tiens, Hélène et Henri. Il y a deux jours, elle a enfin avoué. Au téléphone, elle m'a dit . oui, c'est vrai, on ne se voit plus mais tu sais, on a dû choisir. Et toi, au fond, tu as beaucoup d'amis, tu n'as pas besoin de nous. Alors, on a choisi Paul, je suis désolée, Juliette. C'est pas croyable. Vingt ans qu'on se connaît, dix ans d'amitié en couple, à se voir toutes les semaines ou presque. Tout ça pour faire des ronds de jambe à l'ex et à son rat ! Je rêve. Mais attention, la garce. J'y pense. Elle en est capable, cette Nadine de malheur. Tout à fait son genre. On s'était mis d'accord jusque-là tacitement, avec Paul, pour éviter le sordide complet : à savoir les fausses attestations.

Brusquement, les bons amis trouveraient que, au fond, j'étais pas attentive, que je faisais la gueule, que je lui bousillais sa carrière en douce ? Ils viendraient témoigner contre moi ? L'horreur. Demain j'appelle l'avocat pour vérifier l'état du dossier. Aujourd'hui, il a insisté pour me faire dire qu'il n'était pas joignable. En train de plaider je crois. Il a toujours aussi peur que je lui parle ! Il me fuit ? Mais ça fait partie de son métier, non ? M'informer si l'attaquant peut arriver avec son paquet de faux témoignages sous le bras en appel. J'espère que la justice française permet pas ça. Sinon, il va falloir que je m'en trouve moi aussi des perles d'attestations.

La chute ? Quelque chose du style : « Quant à Hélène et Henri, nos amis de toujours, j'ai noté leur refus de continuer à me voir. Je ne doute pas que tu sois parfaitement étranger à cette décision qui me bouleverse. » Non, ne pas trop en faire. « Qui me peine », ça suffit largement. Pas lui donner ce plaisir. Faut pas déconner non plus. Henri, tellement coincé mais peut-être timide au fond, je m'en passerai. Quant à Hélène, c'est un vrai moulin à paroles, elle est soûlante, sans cesse à vous raconter ses courses chez les antiquaires pour débusquer des horreurs qu'ils exposent chez eux comme si c'était le Louvre ! Bon débarras !

Et le mot de la fin ?

J'ose ? Élisabeth me l'a assez reproché, de ne pas l'utiliser cette arme-là. Après tout, je suis toute mignonne et j'en veux à personne, moi.

Donc, « Je t'embrasse ».

Signé : Juliette.

24

CONCILIABULES

Sommeil : ma pile de livres en attente de lecture fond à vue d'œil. Mauvais signe. Lexomil en vue.
Banque : ai fait miroiter arrivée gros virement.
Enfants : entente cordiale.
Abri de jardin : m'attendra encore un peu. Patience.

Ce jour-là, un mardi, jour de mars — c'est mieux pour la provision d'énergie —, on s'est retrouvées toutes les trois dans ce salon de thé si cosy de la galerie Vivienne, dans le IIe arrondissement. Ça nous a fait tout drôle, Élisabeth, Chloé et moi. Comme avant. Avant, quand on était jeunes. Manquait plus qu'Hélène pour reformer le quatuor. Mais elle, elle a mal tourné, on est toutes d'accord là-dessus. Elles ne s'étaient entraperçues que lors des anniversaires des enfants, ou des fêtes des trente ans, trente-cinq ans de Paul ou de Philippe. Pas vieillies, les filles ? Alors, on se reconnaît ?

L'idée est venue de moi. J'en avais assez d'écouter les conseils de l'une et de l'autre. Je me suis dit : y-a-pas, y-faut. Quand on avait quinze ans, on était capables, toutes les trois, de faire plier des montagnes. Alors là, vingt ans après, en pleine urgence, question de vie ou de mort, on pourrait pas faire aussi bien ? Ensemble on sera les plus fortes. Les idées vont fuser. On fera des listes. Tout ce que j'aime ! Et on choisira les meilleures idées. Quitte à se répartir les rôles. Je suis sûre que chacune aura à cœur de prendre une ou deux missions rien que pour moi !

J'ai déployé des trésors de diplomatie pour organiser ce rendez-vous. Mais l'aspect complot a bien aidé. Au fond, elles ne demandaient que ça : fallait juste trouver le prétexte. On était à peine assises que j'ai donné l'ordre du jour. Bâtir une stratégie méthodique et établir le calendrier correspondant. Elles le connaissaient puisqu'elles avaient eu deux jours pour se préparer.

Élisabeth, en studieuse qu'elle a toujours été, a débarqué avec trois bouquins. Deux tout minces : *L'Art de la guerre*, de Sun-Tsé (un Chinois !) et *Le Prince*, de Machiavel (italien évidemment). Et *De la guerre*, de Clausewitz, un gros machin drôlement épais (autrichien, lui).

— Tu révises le bac philo ? a dit Chloé d'un air ironique. Moi, j'ai tout juste lu des magazines sur le sujet et interrogé mes pires clientes. Et ainsi, j'ai enfin compris la pyramide de Marlow. Dans le cas précis, c'est in-dis-pen-sable.

Avec Élisabeth, on s'est regardées, intriguées. C'est du Chloé tout craché. Elle nous sort toujours des trucs, au premier abord sans queue ni tête. Mais, à la réflexion, c'est quelquefois profond !

J'ai pas pu m'empêcher de leur dire qu'on faisait très Américaines en goguette toutes les trois. Notre démarche s'inscrit dans la tradition des *bridal showers* — c'est la fête où là-bas la future mariée est littéralement « douchée » de cadeaux par ses amies, sa mère, ses sœurs et les femmes de la future belle-famille. À cette occasion, outre-Atlantique, même la belle-mère la plus revêche se fend d'un vrai sourire. Rebelote, au huitième mois de grossesse, pour le bébé.

Toute fière, je leur ai dit : « Nous, en France, on n'hésite pas. On a inventé le " divorce shower " ! OK, y a pas la belle-famille qui participe. OK, c'est pas pour reconstituer le stock d'assiettes disparues, emportées par l'ex, mais quand même, sur fond de « tu ne mérites pas ça », on inaugure un nouveau concept. « Expertes en guérilla de l'après-divorce ». On pourrait ouvrir un site en ligne, genre www.lesdivorcéesquineselaissentpasfaire ! Ou lesdivorcéesquiluttent.fr ! Je crois qu'on aurait pas mal de consultations. Faudra voir dans quelques mois. Résultats à l'appui.

On est tombées d'accord, avant d'aborder la phase théorique, sur le fait qu'on écartait cris, pleurs, gémissements et autres réactions de filles. De la dignité. Rien que de la dignité.

Élisabeth, effectivement, avait bien potassé ses trois classiques. Elle a le temps : un travail quand-elle-a-envie, et un mari qui fait tout à la maison, ça vous laisse le loisir de devenir une stratège.

— Juliette, elle a commencé, d'abord, tu dois savoir que la pire chose, la plus stupide que l'on puisse faire en stratégie, c'est de jouer le jeu de l'ennemi. Pour gagner, il faut trouver un terrain sur lequel on a l'avantage. Ça, c'est Clausewitz qui le dit.

— Et le Chinois, il dit quoi, lui ? s'enquit Chloé, incrédule.

— Il s'appelle Sun-Tsé de son petit nom. Eh bien, lui pense qu'on gagne par la ruse. Il faut donner l'impression à l'adversaire — ton ex-mari en l'occurrence — qu'on est le plus faible. C'est tout l'art du piège. La stratégie consiste à le contourner et à transformer sa force en faiblesse.

— Et le fameux Machiavel ? insista Chloé.

L'auteur du *Prince*, lui, il paraît qu'il prône l'art de trouver les failles chez l'ennemi, et de n'utiliser la force qu'en dernier recours. Mieux vaut convaincre et persuader plutôt que d'utiliser la violence.

J'ai été drôlement sage pendant l'exposé d'Élisabeth. Mais j'ai pensé : on voit bien que Machiavel il a pas eu affaire à la juge des affaires familiales et qu'il est pas en appel, lui. Parce que l'utilisation de la violence est parfois, mais alors souvent et même plus, tout à fait tentante, hein ? Le prince, c'était un Médicis. Et à l'époque, il avait peut-être Machiavel comme conseiller mais il avait pas la famille Tcherko sur le dos !

Après différents palabres, on a alors laissé Chloé s'exprimer.

— Et Marlow, dans tout ça, qu'est-ce que vous en faites, hein ? C'est mignon vos théories datant de Mathusalem mais, concrètement, on en fait quoi, les filles ?

Elle a pas tort. Élisabeth et ses lectures, ça nous a pas fait beaucoup avancer. Faut reconnaître ! Où il est le plan concret ? Et le timing ? Je commençais à désespérer. Alors, j'ai dit à Chloé que, oui, on l'attendait son analyse marlowienne de la situation.

Toute contente d'étaler elle aussi sa science, elle a enchaîné :

— À la base de la pyramide, y a les besoins physiologiques, puis les besoins de sécurité, puis les besoins sociaux. Jusque-là, vous suivez ? Oui. Alors, on continue. Nous, on va pas s'abaisser à taper là-dedans. On va élever un peu le débat. Là où ça devient intéressant, c'est en haut de la pyramide, et là, tu peux y aller, ton ex, il va trinquer. Et même danser. Parce qu'il y a deux trucs en haut : 1) l'estime de soi ; 2) la réalisation de soi. C'est là, à mon avis, qu'il faut qu'on l'abatte. Là et pas ailleurs.

Élisabeth a eu l'air sceptique. Mais moi, j'ai tout de suite pigé. Pas mal sa pyramide, à la réflexion. Basique, mais bien vue.

Après, on a encore causé un moment des mérites des uns et des autres. Et on en est arrivées à se poser les vraies questions.

Faut-il frapper tous azimuts ? Réponse : oui.

Faut-il graduer les frappes ? Oui.

Les étaler dans le temps ? Oh oui, c'est meilleur.

Faut-il totalement abandonner la loi comme seul recours ? Évidemment, oui !

On la connaît l'efficacité de la jolie justice des baratineurs en robe longue.

Officiellement, on continue à faire intervenir les hommes de loi, on nourrit les procédures, on arpente le palais (je n'ai pas vraiment le choix, d'ailleurs, car l'appel suit son cours). Mais officieusement, on sort les armes blanches et les petits poignards. Eh oui !

Histoire de fêter notre bonne entente et le développement prometteur du plan, on a commandé une bouteille de dom pérignon pour nous mettre du baume au cœur. Et le cœur à l'ouvrage. Cible : le Paul. Objectif : le faire souffrir et, si on peut, aller jusqu'au naufrage !

C'est Chloé qui en avait déjà un bon coup dans le nez qui a ouvert le feu. Heureusement qu'il n'y avait qu'un couple désœuvré à part nous dans le salon de thé parce qu'elle parlait un peu trop fort. « On va lui envoyer une créature, une jolie créature bien vulgaire comme il les aime ton ex. Et là, clic-clac. Direct à la Nadine, la gentille petite photo. Juste histoire de faire vivre une minuscule épreuve à leur couple. Après, ils en sortiront plus forts ! » C'est ça, a répondu Élisabeth, et qui va jouer au photographe amateur, toi peut-être ? Bon, c'est vrai qu'il y avait un problème technique à surmonter. On a gardé le truc à l'esprit, mais on l'a mis en attente. Là, j'ai décidé d'inscrire toutes les idées et de les mettre dans deux boîtes différentes, une « Action », et l'autre « Projets ». Donc, la créature diabolique dans la deuxième boîte.

Élisabeth a enchaîné avec une de ses vieilles obsessions : que ce soit moi qui aille au dîner. Avec chandelles. Autrement dit, je pars à l'attaque de Merlin à coups de décolleté indécent et de minauderies et je le fais craquer. Là, je l'ai arrêtée net en disant que j'en avais aucune envie et que c'était pas une vengeance de lui donner l'occasion de s'envoyer en l'air avec moi. C'est plutôt un cadeau, non ? Comme elle argumentait en disant que Paul, maintenant remarié, tromperait son épouse parce que « tromper leur femme chez les hommes c'est génétique », je lui ai répondu un peu agacée : « Et chez Philippe, c'est génétique aussi ? » Là, elle a fait la gueule, Élisabeth, et elle a dit sèchement : « Dans notre couple, on est au-dessus de ça. » Bizarre comme réponse.

Pour détendre l'atmosphère, Chloé qui s'y connaît en amnésie fiscale, vu qu'elle est souvent payée en liquide, a lâché : et si on le balançait au fisc ? Ils pourraient enquêter sur ses petits voyages à l'étranger, en Afrique par exemple ? Élisabeth a fait une drôle de tête. Je me suis dit que chez eux aussi la fraude... Enfin, bref, il était temps de changer de sujet. En plus, avec sa gourde à le pousser sans arrêt, le Paul, il serait bien capable de me chercher des noises. Même si je suis toute mignonne et bien honnête. Les impôts, c'est sérieux, faut pas toucher à ça.

Au fond, a repris Élisabeth d'une voix que le champagne avait rendue un peu tremblante, moi je pense qu'il faut le planter à son boulot. Chercher dans ses vieux papiers des conneries qu'il aurait pu faire. Il y a forcément un plan pas net, un contrat pourri qui t'attend quelque part, Juliette. Il était dans le BTP, tout de même ! Suffit de te donner un peu de mal. « Trouver un truc chiadé lié à son entreprise », j'ai écrit sur un papier que j'ai glissé dans la boîte « Actions ». Bon, elle commençait à prendre forme notre stratégie d'anéantissement de Merlin ! Touché sous la ligne de flottaison le rafiot Tcherko ! À la mer le Paul, la Nadine et la Jennifer !

À cet instant, j'ai repensé à une histoire que m'avait racontée un jour une des jalouses de l'abri de jardin du temps où je leur adressais la parole. « Hé, les filles, j'ai hurlé parce que la boisson commençait aussi à faire de l'effet sur mon cerveau concentré depuis des heures, et le coup du déménagement, vous connaissez ? » Elles m'ont regardée d'un air tellement idiot... Je leur ai expliqué. C'est tout simple. Un jour on appelle une boîte spécialisée. Bonjour, monsieur, Mme Tcherko à l'appareil. Voilà, j'habite rue de Fleurus — par exemple — dans le VIe et je voudrais déménager dans quinze jours — rue d'Assas, dans le même VIe. Oui, il faudrait mettre tous mes meubles — 22 mètres cubes — en attendant la finalisation de l'achat du nouvel appartement, huit à dix jours, au garde-meuble. Mon mari s'occupe du nouvel appartement et moi de l'ancien. Voilà, je vous précise bien de tout embarquer. Absolument tout. Quoi, un petit chèque de caution ? Bien sûr. Et le week-end où les deux malfaisants se font bronzer à la Mamounia — c'est plus fréquent que les chèques de pension — grâce à mon agent double tout mignon qui m'a permis de faire une copie de leurs clés, les pros se pointent et le soir du retour, bien contents de rentrer chez soi, surprise : l'appartement vidé. Et après, il leur faudra encore payer les types pour récupérer canapés, lits, chaînes stéréo... ! C'est pas bien organisé ça ?

Après, on s'est complètement défoulées. On parlait toutes ensemble. On s'écoutait pas vraiment. Mais quelle ambiance ! On va pirater sa banque, a dit Chloé qui a déjà réussi une ou deux fois ce genre d'arnaque avec de pauvres prétendants animés des meilleures intentions ! Il suffit d'envoyer un fax comme s'il venait de son bureau, s'il vous plaît, virez 10 000 euros à Mme Chloé, vaut mieux que ce soit moi qui encaisse elle a rigolé, puisque dame Tcherko, euh, Beaumont, est un peu carbonisée ! Et le tour est joué si l'employé n'est pas trop regardant. Et la fête peut commencer !

Et son psy ? j'ai fait à ce moment-là. Tu nous as dit qu'il en avait pas, a répondu Élisabeth. Pas le sien, j'ai crié, celui de sa pouffe. Elles ont explosé de rire. C'est pas sympa ça, a dit Élisabeth un peu plus calme, mais évidemment, c'est sa faute si elle est obligée régulièrement d'annuler ses séances la pauvre Nadine, hein ? Eh oui, j'ai enchaîné, vous imaginez la troisième fois où elle arrive et où l'autre sort tout rouge de son cabinet en lui disant, mais enfin, à quoi vous jouez, vous avez appelé ce matin pour déplacer ! Nouvelle crise de joie du trio. Parce que en plus, même annulées à l'avance, on les paie quand même les séances. J'en sais quelque chose, j'ai ajouté !

On s'est alors lancées dans le plan « Destruction de la rivale ». Ça m'aurait étonnée qu'elle nous échappe, celle-là ! Après le choc du déménagement, les rendez-vous manqués avec le psy, on peut inventer quoi ? Encore une idée de Chloé : la marabouter. Hé oui, aussi facile que ça. « J'en connais, des techniques, moi... » a-t-elle précisé. Je veux bien le croire, car après le bottin des voyantes, je me doutais bien qu'elle le compléterait par celui des sorciers, un cran au-dessus.

Là, je leur ai avoué que j'étais un peu initiée. Certes, j'ai pas lu grand-chose, juste un ouvrage récent sur *Ces sorciers qui nous gouvernent*, une enquête fascinante au XXIe siècle sur le sujet. Donc, je sais que ça existe. Et ça fait peur. C'est mieux sur le papier. Car je ne tiens pas à me payer le fameux « choc en retour » issu des lois de ce monde occulte.

En clair : deux ans d'ennuis non-stop dans tous les domaines. Tout ça, juste pour intimider la Nadine. De quoi s'agit-il ? De plein de farces et attrapes invisibles. Genre : faire subitement tomber en panne le moteur de sa nouvelle voiture sans qu'aucun garagiste parisien puisse rien faire. Mais si elle fait, elle aussi, appel à un autre homme de l'art, c'est moi qui dérouillerai cette fois. Non merci, trop cher payé. Autre chose, les copines ?

— Alors, si on en revient à des sanctions plus classiques, a dit Élisabeth, on peut aussi voir du côté de son boulot à elle. Puisqu'elle est banquière, euh guichetière je veux dire, elle a dû aider ton escroc d'ex-mari dans ses manips de comptes, tu crois pas ? C'est peut-être d'ailleurs comme ça qu'ils se sont connus, je le sens. Donc, trouver une faille pour qu'elle soit impliquée elle aussi dans un petit scandale familial, ce serait sympa, non ? Les banques n'aiment pas beaucoup que leurs employés trafiquent avec les clients et leur consentent par exemple des découverts injustifiés !

Va pour couler la Nadine et sa banque. Même si elle n'occupe qu'un poste minuscule. Mais faudrait encore qu'une occasion se présente. On verra bien.

L'heure tournait et j'avais mes bébés qui m'attendaient. Mais ça, j'y tenais. Après le Paul, le couple, la Nadine... Les autres ! « L'entourage proche ! Olé ! » s'est écrié le trio.

— La briseuse de ménage ne va pas s'en tirer si facilement. S'il y en a une à emboucaner, ce serait bien elle.

Ah, j'allais oublier, j'ai brusquement crié dans le salon de thé. Les bijoux de famille. Là, je leur ai donné un cours spécial, à mes deux complices.

— Figurez-vous que dans la convention définitive de divorce, il y a un article très particulier — mentionné sur insistance de la partie adverse (faut le faire) — ayant trait au patrimoine mobilier de la famille Tcherkodriou. Ça consiste en quoi ? Eh bien, trois commodes de grand-mère, deux demi-tableaux — reçus en cadeau de mariage quand même, donc j'en possède la moitié — et une magnifique porcelaine de j'sais plus où, à laquelle Mme Tcherko mère tient particulièrement. Donc, ma juge de première instance, en plus des trucs habituels, a dû statuer sur ces objets-là. Et qu'est-ce qu'elle a dit, la pauvre, qui, bonne poire, n'a pas voulu désespérer la vieille guenon ? Elle a dit : usufruit pour Mme Beaumont jusqu'à la majorité des enfants. Donc, le jour des dix-huit ans d'Arthur, les commodes et le reste, direction Grasse.

— Si elle est encore en vie, a gloussé Chloé.

— Donc, les filles, voilà mon idée. Avec mise à exécution dès ce soir. Vous me suivez ? Faites pas les idiotes. Parmi ces objets confiés à ma garde, ce qui vaut cher, c'est ce vase, genre vase de Soissons qui date de deux siècles. Eh bien, imaginez que, par malheur bien sûr, je le casse ? Me voilà obligée, dès demain matin, de faire un crochet par la poste. Colissimo express avec AR vers Grasse où elle recevra son précieux vase de famille brisé en mille morceaux. C'est pas de chance, hein ? La pauvre. Retour à la propriétaire et, pour Noël prochain, si elle est gentille, je pourrai lui envoyer sa commode de la même manière !

Chloé et Élisabeth applaudirent avec enthousiasme ce projet.

Quoi ? Qu'est-ce que vous dites ? Ah, l'ONU ? Non, l'ONU, pas touche, il peut servir. Je le garde intact. Il aura de la peine par sa mégère interposée. Ça suffit.

Considérant qu'on avait fait le tour cette fois-ci, on s'est séparées épuisées par tant d'efforts.

Élisabeth a filé rejoindre son Philippe et sa maisonnée.

Chloé m'a raccompagnée jusqu'à ma voiture. Je sentais qu'elle n'avait pas envie de rentrer chez elle. Son projet de mariage s'éloigne sérieusement et elle s'en rend compte maintenant. Elle n'en parle plus d'ailleurs. Elle ne jure plus que par ses peluches. Elle se traîne dans des soirées Casimir où on boit au biberon, elle avale des fraises tagada toute la journée et passe ses week-ends devant la télé à dévorer des dessins animés.

En gros, elle régresse grave.

Il me reste plus qu'à la consoler en attendant qu'elle trouve un successeur à Alain-Serge. Ce qui ne devrait pas tarder.

25

ENTRE LES DEUX YEUX

Sommeil : revenu. Un miracle.
Enfants : Élise prépare tranquillement son anniversaire. Quatorze ans, ça compte.
Banquier : vit d'espoir de mes chèques à venir.
Praticiens de la beauté : pas le temps. Trop occupée. Concentrée sur ma mission. On verra plus tard.

L'avocat y avait fait allusion un jour, mais j'y croyais pas. Le monstre pourtant a osé. Alors, j'y suis allée à sa convocation de malade. Boulevard Malesherbes, immeuble bourgeois, cinquième étage, bonjour, madame, entrez, le docteur va vous recevoir. Dans la salle d'attente je me repassais le film au ralenti. Même plus un film noir : c'est le divorce infernal. Apocalypse post-conjugale. Vol au-dessus d'un nid de truands.

Une expertise psychiatrique à la demande du « divorcé » depuis six mois, séparé depuis dix-huit mois. La révélation à Merlin après quatorze ans de mariage. Et acceptée par la « cour » ! La cour des miracles. La cour des dingos. La basse-cour oui, voilà sur quoi je suis tombée. Ma lettre à Paul a dû arriver chez lui en même temps qu'il me faisait envoyer la petite missive du Dr Hivy, interne des hôpitaux de Paris et expert auprès des tribunaux (en quoi ? en époux procéduriers ?). Maintenant que j'étais dans sa salle d'attente, ce jeudi après-midi, je me demandais encore comment le prendre. Si j'écoutais mes impulsions, je lui balancerais : « Écoute, le toubib, je suis venue parce que la justice de notre pays m'y a contrainte sous la pression d'un escroc, mon ex-mari, dit Merlin le Menteur qui essaie de me faire passer pour folle. Mais ton QCM, tu peux te le garder. Alors, ciao. » Mais je n'écoute pas toujours mes premières pulsions. Et j'ai raison. La seule question est : sérieusement, qu'est-ce que je fous ici, docteur ?

La veille, d'ailleurs, quand j'ai expliqué à mon avocat préféré mon intention de l'envoyer balader, il a failli avoir une attaque. Susceptibilité des médecins, surtout des mandarins (ce qui est le cas du Dr Hivy, paraît-il), et plus encore quand ils sont agréés auprès des tribunaux, il a rajouté. J'ai insisté et là, il a failli devenir méchant. « Du suicide ! il a gueulé. L'expert rendra un rapport épouvantable et les juges feront la gueule à l'idée que vous avez refusé de jouer le jeu. » Mais je joue pas moi, maître ! Mais pas du tout. Je dois payer les traites du loyer, calmer le contentieux de XA — bientôt mon futur ex-propriétaire — qui m'écrit toutes les semaines parce j'ai pas encore tout remboursé (malgré le chèque d'Éric destiné aux cadeaux de Noël) ! Et puis, les cours particuliers d'Arthur, et ceux d'Élise ! Et les courses ! Oui, on mange aussi à la maison. Ça nous arrive. Et la Twingo ! Et la facture de la peinture refaite qui a été entièrement pour ma pomme bien sûr ! Et les vacances des enfants, et le cadeau d'anniversaire d'Élise. Elle prétend aller une semaine à Ibiza pour Pâques. Rien que ça. « C'est la seule chose qui me ferait plaisir », elle m'a dit l'autre jour d'un air désespéré. Et la cantine, et... et la vie quoi !

Il a alors penché la tête, embêté en me voyant au bord des larmes. Je sais bien, Juliette, il a murmuré à voix basse, mais je suis pas là pour vous faire plaisir, je suis là pour vous aider à gagner votre procès en appel. Encore heureux, j'ai grogné. C'était vilain mais j'étais trop énervée contre l'ex et ses sales manips. Une expertise psy ! Me donnerait presque des regrets de pas l'avoir fait tabasser lui. Et la Nadine. Au moins, j'aurais quelque chose à me reprocher. Un acte violent. Ça justifierait son expertise à la noix. Et qui va encore le payer, l'expert là ? Frais partagés ? Comme d'habitude. Parfois, j'ai des envies de cogner. Mais bon. De plus, Élisabeth m'a mise en garde : « C'est beaucoup trop dangereux, ça finit toujours mal ce genre de règlements de comptes. » Et avec l'avocat, motus et bouche cousue, même sur le ton de la plaisanterie, je sens que ça lui ferait peur. Et il aurait raison.

J'en étais là de mes réflexions quand il a ouvert la porte de son cabinet, l'Expert. Pas l'air méchant, un grand type un peu décharné, genre aigle déplumé sur le dessus. Il m'a fait entrer, très courtois. Je me suis assise dans le fauteuil, un peu crispée. Ce qui m'a plu, c'est qu'il s'est excusé de m'avoir fait venir comme ça, au milieu de l'après-midi, mais c'était le seul créneau qui lui restait. Sans réfléchir, je lui ai répondu que côté démarches à toutes heures du jour entre le garagiste qui me bloquait ma voiture deux jours de suite, le propriétaire qui voulait me foutre dehors et mon psy qui me harcelait sexuellement, j'avais l'embarras du choix. Il a eu un petit rire et il a dit : le seul que je peux comprendre dans cette histoire c'est votre psy. C'était galant. Là, c'est moi qui ai souri et je l'ai trouvé vraiment gentil. J'ai senti que c'était gagné quand il a recommencé à s'excuser d'être obligé de me poser des questions mais qu'il espérait que je comprenais sa situation parce que expert, c'est pas toujours marrant, enfin bref qu'il comptait sur moi pour l'aider. Après, il a voulu savoir le pourquoi du comment du divorce. Et puis, il a posé quelques pièges pour voir si on s'était tapé dessus avec Paul. Ou si on avait maltraité les enfants. Enfin, moi, si je les tabassais quoi. J'ai eu l'air tellement éberluée qu'il a vite changé de sujet. Il m'a demandé ensuite ce que m'avait apporté ma psychanalyse et j'ai dit « une source d'ennuis supplémentaires » et il a franchement éclaté de rire. Mais c'était pas honnête de dire ça, alors j'ai expliqué le travail que j'avais fait grâce à mon psy et tout ce que j'avais compris sur Paul et sur moi, pourquoi j'avais bien voulu être victime, comment lui me manipulait et le rôle de sa mère et de son suiveur de père.

À un moment, j'ai jeté un coup d'œil à ma montre. Il était 16 heures et je devais faire semblant de repasser au bureau avant de retrouver le gars du fisc pour boire un verre, le type qui m'avait proposé un rendez-vous pour savoir s'il allait m'aider à coincer Merlin. Mon interlocuteur l'a vu. Il a fermé le dossier qui était sur son bureau et m'a dit qu'il n'allait pas me garder plus longtemps. J'ai protesté mollement en disant que je ne voulais pas être grossière ; que j'avais juste un rendez-vous professionnel après, et il a eu un geste de la main, genre « pas de problèmes entre nous ». Il m'a raccompagnée et, sur le pas de la porte, il s'est approché : « Ne vous inquiétez pas, madame Beaumont, je rendrai un rapport très favorable à la cour. »

Brusquement, j'ai compris que j'avais échappé à un truc terrible. S'il m'avait enfoncée, les juges auraient eu un prétexte béton pour me piquer mes bébés. Ma vie avait été pendant trois quarts d'heure entre les mains d'un parfait inconnu qui n'aurait jamais dû avoir un tel pouvoir. Malgré moi, j'ai eu les larmes aux yeux.

Il a paru tout chose pendant une seconde. Et là, il a fait quelque chose d'incroyable. « Je ne devrais pas vous en parler, madame, et j'espère que vous l'oublierez en sortant d'ici, mais votre ex-époux a-t-il des raisons d'avoir des relations haut placées dans la magistrature ? » Sur le moment, j'en suis restée soufflée. J'ai bredouillé : « Pas que je sache. — Il fait de la politique ? » m'a-t-il demandé. Je lui ai dit que non, que c'était pas du tout son truc. « Il est dans des clubs, des clubs de pensée ? » Où voulait-il en venir, l'expert ? Non, jamais vu Paul se dévouer pour la communauté, pas son style. « Quelle est sa profession, déjà ? — Cadre dans un grand groupe du BTP », j'ai répondu. La façon dont il m'a regardée à ce moment-là. J'ai presque eu peur. « Ah oui, un groupe où il n'y a pas seulement des cadres mais aussi des ouvriers, des maçons... » J'essayais de saisir ce qu'il voulait me faire piger. Il a continué à me parler tout en me dévisageant avec insistance : « Madame, il faut que vous sachiez qu'il est peu fréquent, en fait qu'il est très rare, qu'un tribunal d'appel accorde une expertise psychiatrique dans une affaire aussi banale que la vôtre... » Il a laissé sa phrase en suspens pendant que je faisais carburer mon neurone. « ... Il a donc fallu de bonnes raisons, a-t-il poursuivi, pour qu'on fasse cette faveur à votre ex-époux en exauçant sa demande. Une faveur qu'on se fait parfois au sein d'une grande famille, entre frères si vous voyez ce que je veux dire... » Comme j'avais un peu l'air dépassée par les événements, il m'a serré la main en me suggérant de réfléchir à tout ça, de me rappeler les mots qu'il avait utilisés.

Je suis sortie de l'immeuble, perplexe. Le temps de retrouver ma Twingo et hop, j'étais au bureau. Je me creusais la tête pour décrypter le message du docteur. Ça signifiait quoi, ces propos décousus ? La grande famille de Paul ? Laquelle ?

Robert, mon chef qui m'aime bien, m'avait laissé un Post-it sur mon ordinateur : « Juliette, si par hasard vous croisez le dossier du musée de Bourges, n'hésitez pas à vous en emparer et à me le faire parvenir. On ne le libérera qu'après la demande de rançon... » C'est qu'on a de l'esprit dans l'administration. J'ai pensé que je pouvais faire l'effort de le lui retrouver, ce tas de papiers, et de lui transmettre puisqu'il semblait en avoir tellement besoin. C'est ce que j'ai fait, parce que, au fond, je suis une fille consciencieuse.

Le téléphone a sonné. C'était Chloé. Elle avait une bonne voix. Je lui ai expliqué que j'avais pas trop le temps de m'attarder parce que 1) la note du boss en attente ; 2) le rendez-vous dans moins d'une heure avec Bercy ; 3) des papiers à photocopier pour ce-que-nous-savons. Pour une fois, elle ne s'est pas formalisée. Elle est susceptible, Chloé. J'ai raccroché et j'ai bondi sur mon manteau. Il faisait froid en ce moment à Paris. On ne se serait pas cru à l'approche du printemps. Et personne pour m'offrir un petit cadeau qui m'égaierait un peu. La dernière folie que je me suis accordée, un minuscule sac Prada de l'an dernier en solde, m'a valu une scène de jalousie d'Élise. Alors... maintenant, je planque tout.

Arrivée à Bastille, où m'attendait dans un café très comme il faut mon inspecteur du fisc, je l'ai identifié immédiatement. Il était tout au fond, l'air important, avec un dossier sur la table. Je me suis approchée. On s'est salués de façon assez cérémonieuse. Bizarre ce rendez-vous. Fallait lui montrer que j'étais pas en position de faiblesse. Alors je suis restée debout en fixant l'endroit où il s'était assis. Mal élevé : la banquette, c'est pour les dames ! Au bout de quelques secondes, dopé par mon insistance, il s'est levé et m'a laissé la place d'un air grognon.

En le regardant, je pensais que ça aurait pu être pire. Quarante-cinq ans, pas moche du tout, de beaux yeux en amande, quelque chose d'un peu insistant dans le regard. Par contre, côté fringues, ça le fait pas du tout. Mais pas du tout ! Limite Mimi-cracra. Comme je suis polie, j'ai rien dit. On a commencé à parler. De quoi ? Du divorce, tiens ! Et pourquoi je cherchais à le pister. Et comment on en était arrivés là ? Tout en parlant, je réfléchissais à la question qu'on se pose systématiquement. Oui ? Non ? Faut voir ? Dans ces moments-là, un rien fait basculer l'affaire dans un sens ou dans un autre.

Un serveur nous a abordés. Au début, le fisc n'a pas bougé, puis il m'a demandé si je voulais boire quelque chose, mais du bout des lèvres. Son classement dans la catégorie goujat s'annonçait rapide. Ensuite, on a parlé de voyages. Il a eu l'air passionné. Et très calé sur le sujet. Là, j'ai appris qu'il venait de s'acheter un trois-pièces à Rio, au Brésil. Qu'avec tous ses congés RTT et autres, il cumulait dix jours toutes les six semaines. Et hop, il filait là-bas. Et y vivait à la brésilienne. Qui a dit que les fonctionnaires avaient des vies plan-plan et restaient cloîtrés ? « Pourquoi vous ne viendriez pas avec moi ? J'y vais dans trois semaines. Ça vous dirait ? » C'était gentil comme proposition. J'ai répondu un truc vague, les enfants, les vacances scolaires... mais qui voulait pas dire non. Du coup, il a posé la main sur la mienne, genre je voulais attraper mon Perrier et j'ai dérapé. Pas terrible. J'ai eu un geste ferme et je lui ai rendu sa main, vite fait. Un malus cette fois.

Il a senti que c'était pas gagné d'avance et, pour se rattraper, il a reparlé de notre affaire. Il m'a demandé ce que je cherchais exactement. Le nom et les coordonnées de son employeur, je lui ai répondu. Le coup de l'insolvabilité organisée, il connaissait évidemment. Il a ouvert le dossier devant moi. J'ai attendu. J'ai mentionné le nom du groupe. « C'est pas ça », il m'a dit mais sans me montrer le contenu du dossier. J'avais l'air embêté. Il a cherché à reprendre l'offensive. J'ai eu droit aux compliments d'usage. Et que j'étais pas mal foutue, et que j'avais l'air drôlement futée (j'en aurais pas dit autant de lui !), et que ça tombait bien qu'on soit libres tous les deux en même temps (divorcé lui aussi, d'où son attitude compréhensive !). Je disais rien. Juste un très léger mouvement de tête. Les mecs croient toujours que c'est bien parti quand on les a pas envoyés bouler cinq fois d'affilée...

Je voyais bien qu'il voulait un petit geste encourageant pour trahir le sacro-saint devoir de réserve de tout fonctionnaire qui se respecte. Même au 3/8e brésilien ! Alors, j'ai eu une idée. J'ai sorti mon agenda et j'ai fait un gros sacrifice : j'ai arraché une page. Dessus, j'ai écrit : « Bon pour un dîner en tête à tête. » Je l'ai signé, daté et je lui ai tendu. En le lisant, il avait l'air au septième ciel. J'aurais mis : « Je suis sûre que t'en as une plus grosse que celle du serveur », je crois que ça l'aurait pas plus exalté. Ils sont trop cons les mecs par moments ! Bref, il m'a regardée comme si j'étais une apparition. Qu'est-ce que ça me coûtait de marquer ça ? J'avais donné ni date, ni lieu, ni rien. La promesse cool quoi ! « La Sénégalaise de travaux », il a dit alors. J'ai eu l'air surprise. « C'est une filiale du groupe de votre ex-mari », il a juste lâché. Vu. Opération réussie ! Des mois d'efforts pour dénicher cette information d'apparence anodine. Là, Merlin, t'es dans ma ligne de mire. T'as intérêt à te bouger, et fissa maintenant, compris ?

Pour le remercier, je me suis penchée vers lui et je l'ai embrassé. Sur la joue. Il a fait une grimace que j'ai fait semblant de ne pas voir. « Vous êtes trop sympa. — On pourrait se tutoyer, non ? il s'est enhardi. — Si vous voulez », j'ai répondu et j'en ai profité pour me lever. Je lui ai expliqué que je devais y aller. Il avait l'air contrarié. Comme s'il réalisait seulement maintenant qu'il s'était fait entuber cet idiot. Mais le chantage sexuel, monsieur du Fisc, c'est pas beau non plus ! « J'ai même pas ton, enfin, votre téléphone », a-t-il dit d'un ton presque suppliant. Alors, faussement émue, j'ai repris la page que je venais de lui donner et j'ai marqué dessus un numéro de portable. Un faux. Inventé. J'allais quand même pas dévoiler ma vie privée à n'importe qui sous prétexte que j'avais réussi à l'embrouiller, non ? Lui m'a tendu sa carte de visite, tout fier. Il avait préparé son coup : son numéro de portable était rajouté

à la main et je pense que c'était le bon celui-là. « Ça marche aussi au Brésil ? j'ai demandé toute mignonne.
— Bien sûr », il a répondu.

Ah les mecs !

26

PUNITION SUPRÊME

Sommeil, enfants, abri de jardin : tout roule.
Reste la banque : patience, jackpot en vue. Enfin !

Terminée l'époque où je me laissais guider par les événements. Fini la Juliette bordélique, cool, sympa. Maintenant, non seulement je suis organisée mais, surtout, je calcule. Tout. Sans en avoir l'air.

Avec l'avocat, pour l'appel, je ne suis plus obligée de me déplacer dorénavant. Tout se passe par téléphone. Ça me fait gagner du temps et à lui aussi ! Certes, plus de petit détour en cachette par les rayons lingerie des boutiques de luxe de l'avenue Montaigne. Exit Pretty Woman. C'est le mauvais côté des choses. Et ça me manque. D'autant plus que j'ai lu dans l'un de mes magazines préférés que finalement cet été « le string sera en état de grâce. Les slips ont du souci à se faire ». Va falloir compléter, voire renouveler ma collection. Le chic du chic reste de le laisser déborder du pantalon, qu'on porte légèrement taille basse.

Avec Marco, j'ai pas encore eu le temps de le tester. Cela dit, avant notre rendez-vous à 17 heures à son bureau, j'ai le temps de faire un petit crochet par ce magasin de lingerie italienne que j'ai repéré depuis longtemps. Il n'y a rien de plus sexy. Tout comme j'aime. Lui aussi d'ailleurs. Ça l'excite. Donc, je file. Je me gare (place livraisons). Je saute hors de ma voiture. Le choix du jour, madame ? Celui-ci en dentelle noire devant mais minimum minimorum. Et ça s'accroche comment ? Ah, d'accord, le fil en stretch rose à fleur sur les côtés et derrière, pour tenir le tout. Et ça tient ? Si, si signora... Bon faut y croire !

Ça y est, maintenant je suis en retard. Je me ferai pardonner ce soir en enfilant l'objet. D'ici là, Marco a une sacrée mission à accomplir. Il a intérêt à être performant.

Une petite bise en arrivant pour m'excuser et on s'installe dans son bureau de l'agence, tranquilles, détendus. À cette heure-ci, le personnel a disparu. Donc, on peut monter tous les coups qu'on veut sans être espionnés.

Objet de la réunion : mise en œuvre de la phase 2 du plan d'action décidé par le trio l'autre jour. Et pour ça, il nous fallait comme ustensile indispensable, nécessaire à l'attaque : un homme. Pas n'importe lequel ! Un stratège. J'ai choisi Marco sans hésiter. Éric, il est plus « love and peace ». Moins « créatif ». C'est vrai après tout, il faut qu'il prouve qu'il est à la hauteur de sa réputation, Marco (et pas seulement de « bite sympa », il a tendance à atteindre le stade de très bon baiseur — TBB — d'ailleurs, en ce moment !) : il est dans la pub et des types comme lui justifient leurs honoraires délirants par deux ou trois idées mensuelles, pas plus, parce qu'il ne faut pas gâcher le métier. C'est donc le moment pour Monsieur de la sortir, son idée du mois. Et elle est pour moi. En exclusivité !

Marco a approché sa main du téléphone posé sur le bureau. À cet instant précis, mon portable a sonné. Mon partenaire a eu l'air contrarié. Je lui ai fait signe que ça n'allait pas durer longtemps. Parce qu'on avait une sacrée mission à accomplir ensemble, donner le coup de grâce à Merlin l'Arnaqueur.

Oui ? j'ai fait. Et là, catastrophe. Chloé ! Plus de deux jours que je ne lui ai pas parlé, alors elle a l'air pressée de me tenir au courant. De quoi ? De la fin de ses mésaventures avec Alain-Serge. Elle l'a renvoyé chez son associé. Ce serait trop simple. Pour rompre, elle a encore trouvé un truc pas possible. On voyage beaucoup avec elle, entre les divorce-showers à l'américaine, les gris-gris des marabouts africains, et les entremetteurs japonais. Les agences de rencontre, tout le monde connaît. Mais les agences de séparation, c'est autrement plus confidentiel.

« Écoute, j'ai tenté une manœuvre désespérée pour endiguer son flot verbal, je suis en rendez-vous et... » Pendant ce temps, j'utilisais un ersatz de langage des sourds-muets pour apaiser Marco qui commençait à s'énerver. « J'ai presque fini, on s'y met tout de suite », ça voulait dire. Mais ma copine poursuivait de plus belle. Et est-ce que je connaissais ces agences ? Non ? Dingue ! Un truc incroyable pour rompre en douceur destiné à ceux qui n'ont pas la force ni le courage de le faire eux-mêmes. Les Japonais ont inventé ce concept d'intermédiaires payés pour se charger du sale boulot : la rupture. Commode, non ? Euh, oui, enfin si on veut, je réponds faiblement. Au moment où je m'apprêtais à interrompre la conversation, elle a attaqué sur le thème du new shopping, est-ce que j'en avais entendu parler ? Comme j'ai répondu que non, elle s'est écriée d'un air horrifié : « C'est pas vrai ? » Elle est partie dans son délire où il était question de jeans customisés, d'une secret-partie hip-hop et de retrouver un type qui avait flashé sur elle au cours d'une one-shot soirée, la semaine précédente. Là, je l'ai interrompue, je lui ai dit que je la rappellerais et j'ai raccroché.

Bon, il était temps de se concentrer sur notre attaque. Marco a acquiescé, soulagé.

Alors, je lui ai raconté sans m'étendre comment j'avais réussi à identifier la filiale qui payait l'ex-mari.

Une embûche de moins. Lui, de son côté, avait déniché un copain qui travaille dans le même secteur que Paul et qui lui avait raconté les astuces du métier.

Marco s'est lancé. Un coup de fil au copain et, dans la minute il a trouvé le nom de la banque de la Sénégalaise de travaux, la filiale qui payait Merlin en douce. Elle a un sacré nom : BAFC. Ça veut dire « Banque africano-française de coopération ». Des baffes, oui. La banque des Merlin et des enfoirés du BTP, oui ! Ça sent l'argent liquide, les prête-noms, les sociétés-écran à plein nez ! Doit même certainement y avoir un détour par les îles du Pacifique ou d'ailleurs...

Je regardais Marco à la dérobée, pendant qu'il parlait : on était dans son agence mais pas dans son bureau. Il avait préféré aller dans celui d'un de ses associés qu'il ne pouvait pas encadrer. Plus sûr en cas de problème. Parce que avec ce qu'on s'apprêtait à faire...

Tout à coup, j'ai eu envie. Là, tout de suite. Sur cette grande table de réunion vide, plate, en verre légèrement fumé... Récréation, avant l'action ? Non, plus tard. Ne jamais mélanger baise et business. Un principe chez moi. Et je le respecte.

Ici, dans ce bureau, Marco et moi, on bosse ! Donc, après identification de la filiale, de la banque où l'angélique Paul planque son fric, il restait plus qu'à mettre la main sur le compte. Direct.

À mon tour d'appeler Élisabeth, notre associée sur le coup. Elle attendait réjouie près de son téléphone. Je lui ai communiqué le numéro. Pas d'agences, juste un siège social. Bizarre. Elle adore ça. C'est son côté RG. Si elle avait dû travailler, elle aurait aimé faire ça : espionne. Maintenant, fallait trouver le coffre-fort de l'ex. Elle a joint la banque en se faisant passer pour la secrétaire de Paul qui avait besoin de son numéro de compte. Elle a fourni les quelques détails que je lui avais filés, le nom de notre ancienne banque, de l'agence et tout ce qu'il fallait pour inspirer confiance et l'employée a tout gobé. Élisabeth m'a rappelée avec son butin. Je l'ai félicitée. On a hurlé de joie avec Marco. Étape suivante : actionner l'huissier. À lui de foncer. Il s'est abattu sur le compte et l'a vidé avec une joyeuse férocité, à en juger par le message qu'il m'a laissé deux heures plus tard. De quoi remettre à flot ma situation. C'est mon banquier qui va redormir !

Satisfaite, je m'apprêtais à rentrer à la maison avec mon complice. Mais il a bondi. « Tu ne vas pas en rester là ? » Si, je lui ai répondu. Ce que je voulais c'était que mon ex paie ce qu'il me devait, rien de plus. Marco soutenait, lui, qu'il fallait lui donner une bonne leçon une fois pour toutes. Sinon, qu'est-ce qui l'empêcherait de recommencer, dans un mois, dans trois mois ? Et puis le crime ne doit jamais rester impuni. Il est créatif celui-là, y a pas à dire. Il cumule les bonus ce soir. Attention, ne pas me laisser attendrir. J'écoute son idée. Pas mal. Vicieuse. De quoi me convaincre ! Feu vert. On appelle aussitôt la boîte de Paul. Distribution des rôles. Là, c'est moi qui commence :

— M. Tricom, s'il vous plaît...

— ...

— C'est personnel, j'ai dit d'un ton qui ne plaisantait pas.

Et là, Marco m'a bluffée. Je venais de lui expliquer comment Merlin s'y prenait pour décrocher de gros contrats, en Afrique par exemple. Il a tout de suite pigé : « Il distribue des commissions, évidemment ? » C'est bête, mais j'avais jamais pensé au boulot du père de mes enfants sous cet angle. Arrangeur d'affaires, magouilleur de gros marchés, entremetteur. Je lui ai répondu que je ne savais pas exactement, qu'il ne me racontait pas grand-chose, qu'il voyageait beaucoup mais que j'en savais pas plus.

Marco a ensuite pris le relais au téléphone :

— Monsieur Tricom ?

— ...

— Je me présente : Félix M'Bako. Je suis un proche du secrétaire général de la Présidence, vous voyez de qui je parle présentement ?

Avec l'accent adéquat. Où ce fils d'immigré italien de la troisième génération avait-il appris à parler ainsi ? No lo so !

Tricom était le maillon faible. Chef de Paul, un type fuyant qui, à force de raser les murs, avait fini directeur dans la boîte. Enfin, un des directeurs mais qui avait l'Afrique en charge. Pas le genre à assumer en cas de problème sur son territoire. Ça je le savais.

En fouillant — pardon, rangeant ! — dans les cartons que l'ex avait laissés dans ma cave — le mal élevé —, j'avais trouvé une note intrigante et gardé sous le coude une sorte d'organigramme de la présidence de la République du pays. C'est ce bout de papier, que j'avais montré incidemment à Marco, qui l'avait inspiré. Il lui suffisait de se faire passer pour ce M'Bako, pseudo-homme d'affaires proche du pouvoir là-bas. L'imposture pouvait commencer.

Marco poursuivait d'une voix grave :

— Écoutez, monsieur Tricom, je ne vais pas vous déranger longtemps. Faudrait qu'on se voie vite parce qu'on a des soucis qui pourraient bien vous concerner, vous aussi. Il s'agit d'un gros contrat sur lequel on travaille tous depuis des années. Vous voyez maintenant ? Oui ? Parfait... Je suis rassuré.

L'idée de bousiller le magnifique contrat sur lequel Merlin le super-vendeur avait travaillé pendant tant d'années m'avait emballée. Le grand stade de la capitale. Là-bas, c'est quelque chose, le foot. Que de voyages accomplis en son nom !

— ...

Marco enchaînait :

— C'est difficile de parler de tout ça au téléphone, monsieur Tricom. Mais vous connaissez le dossier ? Je ne me trompe pas d'interlocuteur ?

— …

— Ah bon ? Vous ne savez pas qu'on a promis à mes amis, comme ça, un petit cadeau, là, peut-être ? Et qu'on a jamais rien reçu ?

— …

— Ah, vous ne comprenez pas ? Et si je vous précise que le compte de la Banque africano-française de coopération n'est pas alimenté comme il le faudrait depuis de nombreux mois, vous comprenez mieux, monsieur le directeur ?

Estomaquée par l'aplomb de Marco qui agitait son bras libre tout en parlant et accompagnait ses mensonges de grimaces, moi j'étais au théâtre. Au bord du fou rire. En tout cas, l'astuce fonctionnait au-delà de toute espérance. Et si l'ex avait vraiment été mouillé dans des trafics avec l'Afrique ? Et s'il avait vraiment détourné des commissions qui ne lui étaient pas tout à fait destinées ? Et moi je n'en aurais rien su.

La réponse s'imposait : possible. Très possible. Probable même. Quatorze ans de vie conjugale, quatorze ans de misérables petits secrets. Et en plus, maintenant, il jouait au pauvre ! Sûr qu'il était coupable, Merlin, avec ses airs d'enfant de chœur.

Marco a fini par lever le pouce en signe de victoire : en dix minutes, il avait réussi à terrifier le supérieur de Merlin, à lui donner un nouveau rendez-vous téléphonique bidon, tout en évitant de lui livrer les détails qui permettraient de le démasquer. Il avait obligé Tricom à prononcer le nom du responsable : Paul Tcherkodriou. Et fait comprendre au directeur Afrique que ça allait chauffer, que le contrat risquait de sauter si l'argent détourné n'était pas restitué au plus vite. Difficile de faire mieux en si peu de temps.

Génial Marco ! Je rayonnais. Je lui ai sauté au cou. J'imaginais la scène. L'apparatchik de la boîte, terrifié à l'idée de voir son contrat annulé ou de voir les paiements bloqués, convoquant Merlin dans son bureau.

L'autre, sûr de lui, attendant même peut-être des félicitations. Et puis le ciel qui lui tombe sur la tête.

Qu'est-ce que c'est que cette histoire de pot-de-vin ? Vous ne m'aviez jamais parlé de ça, mon vieux ? Mais, monsieur le directeur... Laissez-moi parler ! La présidence de la République africaine où nous sommes implantés depuis des années vient de m'appeler. Ils sont furieux. Votre nom a été cité... Désormais, vous êtes grillé là-bas. Mais, monsieur le di... Taisez-vous. On m'a fait comprendre que des sommes importantes avaient disparu du circuit. Je veux une description complète de la situation avant ce soir. Sinon, je demande un audit de votre service... Voilà, je ne vous retiens pas...

J'étais ravie. Mais aussi un peu inquiète. « Il va être dingue, l'ex, quand il va être convoqué chez son boss ? » Marco pensait que ça n'avait pas d'importance. Il l'avait bien cherché, non ? Soit il ne comprend pas d'où vient le coup et là, vengeance invisible. C'est tout bon. Soit il pige vite fait d'où ça vient et là, c'est encore meilleur parce qu'il prend peur. Fini les chèques en bois, la fuite en avant et les grands airs hautains de monsieur. « Le seul hic, a alors lâché Marco, c'est s'il se fait virer. Tu auras encore plus de mal à te faire payer la pension. Mais il saura qu'il ne fallait pas faire le mariole ! »

Le Tcherko, au chômage ! Je n'y avais jamais songé. Je ne suis pas comme ça, moi. Je ne suis pas aussi mauvaise que sa greluche. En même temps, je fondrais pas en larmes. D'accord, il me poursuivrait de sa vindicte quelque temps. Mais ce serait peut-être l'occasion pour lui d'un petit examen de conscience... Je préfère tout de même qu'il reste vivant. Mort, il ne sert plus à rien. J'aurais engagé tant de frais, pris autant de risques, trouvé des spécialistes de la loi, de la saisine et tout ce cirque. Pour avoir quoi à la fin ? Rien. Plus de pension du tout. Stupide, non ?

J'étais tout excitée maintenant. J'avais plein d'idées

qui me venaient dans la tête : et si les journaux en parlaient ? Alors là, ça le ferait, comme disent les enfants, et dans les grandes largeurs. « Un cadre supérieur d'un grand groupe mêlé à une étrange affaire. » « Scandale chez un des leaders du bâtiment : un responsable soupçonné d'avoir détourné de l'argent ! » « Une entreprise française se sépare d'un employé accusé de trafic d'influence. »

Pendaison sur la place publique ?

Non, faut que je pense à mes bébés quand même. J'arrête. Ça pourrait finir par me nuire.

Simplement, si un jour par hasard je le croisais dans son restaurant habituel, là où il organise tous ses déjeuners d'affaires et trône au milieu des convives, je pourrais frôler sa table. Avec mes lunettes noires sur le nez, personne ne reconnaîtrait l'ex-Mme Tcherkodriou. Sauf si bien sûr elle salue tout le monde. Gentiment, poliment. Et en plus, je pourrais être accompagnée d'un beau Black, bien plus jeune que moi. Et le présenter à toute la table. Discrètement.

— Félix. Félix M'Bako, un ami africain...

27

DESTRUCTION ÉLECTRONIQUE

Banquier : au nirvana !
Sommeil : en veille. Besoin de réfléchir.
Enfants : en ce moment, tendance à être délaissés.

Au ski, le mois dernier, un soir, Éric a fini par me livrer le fond de sa pensée : « Finalement, ce qui l'embêterait le plus ton ex-mari, c'est que tout le monde sache comment il se comporte. Attaquer son image sociale, voilà ce que tu aurais dû faire depuis longtemps. Si tu veux mon avis. »

J'avais enregistré l'idée dans un coin de ma tête, mais sans plus, profitant du repos ambiant.

Chloé, avec son espèce de « pyramide des besoins » de marshmallow, n'allait-elle pas dans le même sens ? Ça m'est revenu, tout à coup. En pleine nuit. Je me suis fait une petite séance de réflexion stratégique.

Récapitulons.

Depuis quelques semaines, le rapport des forces a évolué en ma faveur. Les amis ? Ils ne savent plus où ils en sont, ni quel camp rallier. Je parle pas de son boulot. Depuis notre arnaque téléphonique, il est mal. À la première gaffe, la porte ! Pauvre chéri. La rivale ? À terre et elle doit douter de lui : dommage, elle a tellement besoin de l'admirer pour exister ! Arthur et Élise sont devenus de plus en plus sévères avec lui. Surtout depuis leur fuite de Grasse.

Quant à moi, sur le plan financier, plus d'angoisse. Son compte est identifié et, tant qu'il ne paie pas volontairement, chaque mois un nouveau raid aura lieu. Pillée, la cassette du Merlin !

Le moment de lui donner le coup de grâce est arrivé. En effet, je voulais mettre un point final à cette histoire qui s'éternisait. La nuit ayant été fructueuse, j'avais décidé d'éclaircir les choses vis-à-vis de notre entourage. Je n'avais pas revu beaucoup de gens depuis un an, que comprenaient-ils de la situation ? Je savais que Paul choisirait la stratégie du pire s'il était acculé, pour gagner en appel. Me charger à coups de témoignages bidon, d'attestations dictées par téléphone, de petites phrases vicieuses, distillées aux amis indécis ou faibles. Je devais donc reprendre l'initiative et bloquer toute offensive sur ce terrain.

Pourtant, j'étais lasse. L'avocat avait fait un point après le coup de l'expert psychiatrique. Le rapport médical était parfait pour moi, comme promis. En plus, les éléments sur le train de vie de l'ex que j'avais glanés, accablants.

J'apparaissais comme une toute mignonne, pauvre comme il faut, sans plus, et très soucieuse pour l'avenir de mes enfants.

Même le confrère de l'adversaire — toujours leur langage très imagé — n'affichait pas bon moral. Bref, j'avais confiance. La justice allait me donner raison. Une seconde fois. La vérité allait éclater. Moi, Juliette, j'étais la persécutée, depuis le début !

Simplement, pendant ce temps, la vie continuait, avec ses contrariétés quotidiennes. Arthur voulait abandonner le foot alors que j'avais payé à l'avance pour toute l'année. Élise s'était subitement mise à sécher les cours au lycée. Elle m'épuisait avec ses excuses inventées dans l'urgence. Un jour, elle ne se sentait pas bien, un autre, il fallait qu'elle révise d'urgence un contrôle de maths, et un troisième... elle avait pas envie, c'est tout !

La gestion sans fin de ma PME me pesait. Peuvent comprendre ça, les amis ?

Le déclic a eu lieu quand je suis tombée sur un article dans un journal spécialisé. Le titre « Internet et vie privée » m'a interpellée. Pourquoi ? Mystère. En tout cas, ça a fait tilt. Ça m'a passionnée. Alors que le Net, la toile, les TIC (Technologies de l'Information et de la Communication), tous ces machins-là c'est pas mon truc, mais alors pas du tout. Les téléphones, les portables, en revanche oui, ça je suis leader mondial. Rien que grâce à moi, tous les grands opérateurs de télécom devraient remonter la pente à la Bourse !

J'avais remué et touillé tout ça dans ma tête cette nuit. Et ce matin, sur le trajet de l'école, ça cogitait encore dur. Arrivée au bureau : 9 h 20. Lundi matin. Rarissime. Je m'y suis mise immédiatement. Pas question de les fatiguer, les amis. La semaine commence. Il me faut un texte court, percutant. Pas plus d'une page. Et personnalisé. Customisé, même. Un tronc commun et puis quelques lignes différentes selon le destinataire. Ensuite, mettre en copie à tout le monde, à la suite, tous les textes destinés aux uns et aux autres.

Une jalouse a passé la tête à ce moment-là dans mon bureau. « Tu viens pas à la réunion ? » Quoi ? Quelle réunion ? Ah oui, de service. Faire semblant de poursuivre les petits et grands voleurs de la République de la France d'en haut. Non merci pas aujourd'hui. Pas le temps. La fille a fait une drôle de tête en refermant la porte. Bon alors, par qui je commence ?

Juliette B

De :	Juliette Beaumont [jbeaumont@mobilier-national.fr]
Envoyé :	lundi 25 mars 10 : 07
À :	henriethélène@hotmail.fr
CC :	(il y avait 22 adresses mail à la queue leu leu !)
Objet :	Message aux amis de Paul et Juliette
Importance :	Haute

J'ai rajouté au texte principal une petite phrase consensuelle pour faire la fille honnête.

Observation attendues d'ici mardi 18 heures. Merci.

Et à la fin du mail, comme il est d'usage — et parce que la prudence est devenue une seconde nature chez moi —, j'ai précisé :

Les informations contenues dans ce courrier électronique sont confidentielles. Elles peuvent être couvertes et protégées par le secret professionnel.

Et une touche de paranoïa :

Sauf mention contraire dans le corps du message, la présence de cette note prouve également que ce message électronique a été vérifié par un logiciel antivirus.

Eh oui, l'antivirus, c'est important car je ne veux surtout pas d'ennuis avec l'abri de jardin à cause de l'ex-Paul.

De quoi il était question dans mes mails ? C'est tout bête.

D'abord, de lui et de moi. De notre mariage, du passé, des relations de l'un et de l'autre, du désamour progressif, de la séparation, du divorce. Mais attention, tout ça en quelques lignes. Et puis, de ce constat, je glissais à la description des méfaits de l'adversaire : contestation du montant de la pension pour commencer, refus pur et simple de payer, non-application du jugement de première instance, ensuite. Et puis, plus lourd, plus grave depuis quelques semaines : la menace du référé, de vol d'enfants, l'appel, l'insolvabilité organisée. Sans oublier l'expertise psy — la classe quoi ! — et les pressions sur les juges — puisque j'avais fini par découvrir fortuitement, grâce à un courrier mal adressé, que Paul appartenait de longue date à la franc-maçonnerie — le médecin avait vu juste — et s'en servait pour mener à bien ses affaires.

Tout en me remémorant ce passé, je me disais que dans un mariage, l'autre est un inconnu. On le devine parfois, on le lit dans les romans et les interviews des psys, on vous le fait remarquer, mais rien ne vaut l'expérience. Et après un divorce, l'autre devient un étranger.

Voilà pour la partie commune de mon petit missile électronique. Maintenant, chaque partie personnalisée : en peu de mots, et avec tact, je crois — enfin j'ai essayé — je disais à chacun ce que Paul pensait d'eux. Le jeu de la vérité, une bonne idée, non ? Après, il a suffi d'appuyer vingt-deux fois sur la touche envoi. Opération bouclée. C'est rapide, discret, efficace et tout le monde est prévenu en même temps. Les amis sont traités avec un parfait sens de l'équité.

Les collègues n'en revenaient pas. Arrivée aux aurores ce matin, je n'avais pas décollé de l'ordinateur à la fin de leur réunion. Encore là à midi ? Preuve que j'avais bossé dur. Pas pour l'abri de jardin ? Qui oserait l'imaginer ?

Je ne répondrai plus à leurs sarcasmes. En réalité, le bureau me gonfle de plus en plus. J'ai beau n'accepter aucun nouveau projet — les vacances de printemps arrivent, les grands ponts du mois de mai aussi — et éviter mes supérieurs hiérarchiques, même Robert, eux me poursuivent.

Surtout avec la délicate mission que j'ai de retrouver les meubles qu'on n'a plus revus depuis le passage de l'ancien ministre de l'Éducation. Trois mois que je les piste. J'ai déjà reçu deux coups de fil me suggérant d'ignorer les rumeurs destinées à nuire à cet honnête homme et me mettant en garde contre l'existence possible d'un complot politique visant à l'abattre. J'en ai aussitôt parlé à Robert. Impérial, mon boss m'a rassurée. « Tu fais ton boulot. La prochaine fois qu'ils t'appellent, tu me les passes... »

Dorénavant, après avoir vécu cette épreuve d'un divorce dur, je n'ai plus la moindre indulgence pour toutes ces choses absurdes qui, au bureau, sont considérées comme importantes. Mon équilibre en dépend. Et j'y tiens de plus en plus.

Quand je circule dans les étages, de celui de la direction aux sous-sols, ma façon de me déplacer signifie clairement : « Ne pas déranger ». D'ailleurs, au bureau j'ai remplacé le message sur mon répondeur — effacé le conventionnel « Vous êtes bien sur la messagerie de Juliette Beaumont. Laissez votre message. Je vous rappellerai dès que possible » — par : « Je ne suis pas disponible. Pas nécessaire de rappeler immédiatement. À plus tard. »

Je me moque des dates limites, des menaces et des ultimatums. Voilà pour la hiérarchie. Juliette devenue rebelle même au boulot. Quant aux « collègues », je vais leur concocter un petit tour de garce à toutes ces envieuses. J'ai le choix : intervertir le déca et le café normal. Mais faudrait que j'arrive très très tôt un matin avant tout le monde. Genre 7 h 45. Impossible. J'ai école à 8 h 30. Quoi d'autre ? Comme je suis entraînée à chercher des bonnes idées, maintenant ça fuse direct ! Remplacer les numéros en mémoire dans les téléphones de ces néfastes, par exemple par le numéro vert de SOS-Femmes battues. Ou celui de l'assistance psychiatrique. Pas mal.

Et encore ?

Tiens, ça je vais le faire tout de suite, pendant leur déjeuner : retarder d'une heure les pendules murales du bureau. Ces dames seront en retard ce soir chez elles et à la sortie des écoles. Ça va être le binz dans les foyers. Enfin une conversation en vue !

Éric, décidément un amour, est passé au moment où j'avais fini l'envoi de mes chers courriers électroniques. Bien qu'il soit midi et demi et que j'aie séché la réunion, il a pris le temps de me donner des nouvelles des réactions du chef de Paul. Très excité. La Sénégalaise de travaux, il connaît. Par l'intermédiaire de ses réseaux, plus efficaces que je ne l'aurais pensé — maçon lui aussi ? —, il a eu des échos de l'« aventure » africaine. Merlin avait dû s'expliquer, mettre à plat tous ses dossiers et venir se justifier auprès du grand patron de l'entreprise en personne. Depuis, l'ex oscillait, paraît-il, entre la dépression et la rage. Chacun son tour, mon biquet. D'après Éric, il était désormais sur la corde raide. Au moindre incident, il risquait de sauter.

Je songeai tout à coup que pas un chef de la boîte à Merlin ne figurait parmi les destinataires de mon mail « Spécial divorce ». Les pauvres, pourquoi ils en étaient privés, eux ? Avais-je envie de lui couper la tête à Paul, au pauvre ex-mari ? Réponse : oui. En avais-je le droit ? J'avais toujours eu des scrupules dans la vie. Souvent mal placés. Était-ce encore le cas ? Vingt-deux mails envoyés. Vingt-deux personnes en train de découvrir en ce moment les coulisses peu reluisantes du merveilleux divorce de Juliette et Paul. Vingt-deux proches qui allaient en parler entre eux. Mieux qu'un communiqué de presse. Restait à trancher la question fatidique : envoi complémentaire au bureau de Merlin, oui ou non ?

Je n'avais pas envie de consulter mon staff privé.

Je dois décider seule. Le divorce m'a rendue adulte. Forte. Mais c'était dur, croyez-moi.

28

TOTALE REDDITION

Coach : à chercher à nouveau ? Pas sûr.
Le reste : tout va bien.

Mon opération électronique lancée hier matin commençait à avoir quelques retombées.

Un des objectifs cachés était pour moi de faire le tri parmi les « amis ». Je ne voulais plus m'encombrer de gêneurs pour l'avenir.

Toute la journée au bureau, entre deux appels à dénonciation de meubles — volés — reconnus dans des salles à manger particulières au cours de dîners mondains, je m'étais précipitée pour consulter mes mails. Peu de réponses franches et directes. Ça devait cogiter sec et se téléphoner dans les chaumières.

Mais j'étais rentrée à la maison un peu bredouille, faut bien le dire. Les enfants vaquaient à leurs occupations : cours particuliers pour les deux. Tranquille.

Le téléphone sonna.

— Juliette Beaumont à l'appareil.

— C'est moi, Paul.

Six mois de silence. Six mois à ignorer mon existence. Six mois à ne communiquer avec moi que par lettres recommandées, avocats, émissaires et fax-vacances interposés. Et tout à coup Merlin sortait de sa boîte. L'homme que j'avais épousé il y a longtemps, à qui j'avais confié ma vie, mes enfants.

— Tu es contente de toi ?

Tout en prêtant une forte attention à ses paroles et encore plus à celles qui allaient suivre, je réalisai instinctivement : ma rafale de mails ! J'allais assister en direct à sa réaction. Branché l'ex ! Certes, il lui avait fallu deux jours. Mais quand même. Le laisser venir. Pas de raisons d'abréger ce petit plaisir.

— Oui, j'écoute, de quoi s'agit-il ?

— Ne fais pas l'idiote.

Décidément, il serait décevant jusqu'au bout. Il ne m'appelait que pour m'agresser. C'est monotone la gestion d'un après-divorce qui s'éternise.

— Cette saloperie que tu as balancée sur le Net...

— Écoute, si tu me parles sur ce ton, je raccroche, OK ? Si tu as quelque chose d'important à dire, j'ai un avocat. Tu peux l'insulter si ça te chante, il est payé pour ça.

Une seconde de pause. L'ex réfléchissait.

— Mais quel besoin, reprit-il en essayant de retrouver son calme, avais-tu de mêler nos amis, ma famille, la tienne à nos affaires ?

Bien sûr, mon adorable ex-mari, je comprends que tu sois contrarié. Moi non plus je n'aurais pas aimé. Mais je me serais arrangée pour ne pas me retrouver dans ta situation.

Pourtant, je n'ai pas envie de l'enfoncer. Pour la première fois, je le sentais désorienté. Affaibli. Hésitant. Une certaine satisfaction m'envahit.

— Je ne l'ai pas fait de gaieté de cœur, crois-moi, j'ai affirmé. Mais tu ne m'as pas laissé d'autre choix que l'escalade. Tu ne peux pas prétendre le contraire. Et dans ce cas, encore une fois, ça ne m'intéresse pas d'en discuter avec toi...

Encore un long silence.

— Tu es gonflée, Juliette ! Tu n'arrêtes pas de me gâcher la vie depuis des semaines, tu le sais et...

— Pourrir... je préfère. C'est plus juste.

— Quoi ?

— Je te dis pourrir la vie, pas simplement la gâcher. C'est plus clair.

Interloqué le Paul. Où était passée sa petite femme si sage, si soumise ?

— Oui, enfin, peu importe. En tout cas, c'est bien toi qui me fais envoyer de la bouffe chinoise à la...

— Non, japonaise.

— Hein ?

— Pas chinoise, japonaise, c'est beaucoup plus fin, plus raffiné. Et plus cher aussi.

— J'en sais quelque chose puisque tu fais tes petites plaisanteries à mes frais ! Voler mon numéro de carte de crédit, non mais franchement, tu n'es pas bien ? Tu sais comment ça s'appelle, ça ?

— Je n'ai rien volé du tout, dis-je d'un ton posé destiné à calmer son imagination. Je ne me serais pas permis.

— Tu te fous de moi...

— Pas volé, emprunté.

— Ah bon ? Mais comment ?...

— Ça, c'est mon secret.

— Bon, passons, mais nous... enfin me faire réveiller au milieu de la nuit en plus, huit jours de suite. Ça rime à quoi ?

— C'est la Nadine, qui a dû être fâchée. Il paraît qu'elle dort mal déjà en temps normal. Alors...

— Laisse-la en dehors de tout ça, veux-tu, dit-il en élevant la voix comme autrefois.

— Plus de hurlements. C'est fini. Ça ne m'impressionne plus.

Je parlais d'une voix douce. Je me rappelais l'angoisse qui m'étreignait autrefois lorsque la tension montait entre nous. Je me sentais comme une petite fille désarmée. Coupable. Oui, c'est ça coupable. Et souvent, je terminais en larmes.

— Et puis, ne l'appelle pas la Nadine ou Poustiface ou je ne sais quoi encore, s'il te plaît. Tu es ridicule, reprit-il d'un ton plus normal. C'est ma femme.

— Oh ! quelle susceptibilité. C'est pas moi qui lui ai choisi son prénom !

— Et puis le coup des billets d'avion ! Pas de quoi être fière. Deux jours d'école de perdus pour Élise et Arthur.

J'ai hésité quelques secondes à lui répondre. L'avocat m'avait à plusieurs reprises mise en garde contre les enregistrements clandestins de conversations entre ex-époux malintentionnés. Mais il me semblait qu'on n'en était plus là. Paul avait perdu de sa morgue. Sa voix trahissait ses doutes.

— Tu vas continuer la liste de récriminations toute la soirée ?

— T'as raison ! Dix-huit heures de vol avec trois escales imprévues au lieu d'un retour direct Saint-Martin-Paris ! Remarque, je dois avouer que c'était pas mal trouvé. Tu as toujours lu beaucoup trop de romans.

Pour la première fois depuis longtemps, on pouvait se reparler.

— Et toi de ton côté ! Rien à te reprocher ? J'ai eu du mérite à ne pas avoir porté plainte, tu le sais ?

— Je ne vois pas...

— Ma Twingo bousillée, ça ne te dit rien ?

— Ah ? Il n'y avait vraiment pas de quoi...

Il s'arrêta net. Piégé. Et embêté. Il s'était trahi le nouveau mari.

— Oh, pas la peine de jouer les innocents, j'ai lâché, c'est trop tard. J'ai tout de suite su d'où ça venait.

— Tu as raison, j'en suis désolé, elle n'aurait jamais dû faire ça. Je le lui ai dit d'ailleurs.

— Tu lui as dit vraiment ?

Un silence.

— Oui, enfin, après coup.

Cette confession imprévue me procura, je l'avoue, un infini plaisir. Il fallait que je lâche quelque chose de gentil pour le désarmer totalement.

— Je peux imaginer que cette série de petits malentendus a été lourde à supporter. Mais tu n'avais qu'à pas te défiler depuis le début. Tu n'as pas respecté ta parole, même sur la pension !

— Tu avais de ces exigences ! Et le temps de...

— Joue pas le SDF, ça ne marche pas du tout avec moi. Ni avec les juges d'ailleurs.

Cette évocation parut l'énerver à nouveau.

— Parlons-en ! Toutes ces conneries que tu... enfin que ton avocat en tout cas a sorties ! Ces sous-entendus minables, vraiment... Si tu m'avais laissé un peu de temps sans me mettre sous pression, tout se serait arrangé.

— Toujours des discours !

— Mais c'est vrai.

— La vérité, c'est que tu m'avais promis, quand on s'est séparés, de ne jamais nous laisser tomber. Et tu nous as abandonnés ! Et après, y a eu un jugement. C'est simple. Tu aurais dû l'appliquer. Or, tu n'as pas arrêté de fuir tes responsabilités...

— Ah, tout de suite les grands mots !

Son ton sarcastique et supérieur revenait.

— Exactement. Et l'expertise psy, ça c'était nécessaire, hein ? Une trouvaille. Un truc d'avocat en mal de scénario ou de femme intéressée ?

Un silence. Gêné Merlin ? Il lui en fallait plus que ça avant.

— Je sais. Je n'étais pas... C'est-à-dire... J'ai été influencé. Tu as raison. C'était pas indispensable.

T'aurais dû y penser plus tôt.

— Eh oui, voilà ce que c'est que d'écouter « ta femme » les yeux fermés.

— Elle me tannait toute la journée. Elle insistait en

disant que je ne pouvais pas ne pas réagir, que tu nous attaquais sans arrêt, qu'il fallait répliquer. Un cran au-dessus. Alors, c'est vrai. Elle a tout organisé et pour avoir la paix...

— Tu as cédé. Comme un faible. Tu es un faible, Paul.

— Ça t'est facile de dire ça. Tu as toujours été forte.

Là j'ai halluciné.

Il continuait son délire, mais je ne l'écoutais plus.

C'est donc ainsi qu'il me voyait l'arnaqueur conjugal. Depuis toujours. Moi forte. Lui faible. Attaqué de toute part. La justice qui se refusait à lui donner gain de cause. Les avocats, les huissiers, les avoués qui le poursuivaient. Poustiface qui le malmenait sous peine de rétorsions. Et moi qui lui réclamais de l'argent ! Au fond, à l'entendre, il vivait le même cauchemar que moi. Voire pire.

Je ne vais pas me laisser attendrir tout de même.

— Bon, le but de ton appel ce soir, au fait ?

— Si on essayait de trouver un accord ?

Cette fois, c'est moi qui me mis à élever la voix.

— Un accord. À l'amiable, c'est ça ?

— Mais...

— Assez joué. Tu ne cesses de te défiler, de mentir. Dès que mon avocat prendra contact avec le tien, tout aura changé. Hors de question. On continue, même si ça doit prendre des années !

— Écoute-moi ! Tu n'as pas idée des problèmes que j'ai en ce moment ! On m'a collé une histoire tordue sur le dos, au bureau c'est l'enfer. Ça me prend un temps fou.

— Désolée...

— Tu n'y es pour rien, je m'en doute, mais enfin, tu peux comprendre ?

— Je comprends. Et alors ?

— Bon, tu veux quoi exactement ?

— Quoi ? Qu'est-ce que je veux ? Tu te fiches de moi ?

— Ta pension, c'est ça ?

— La pension. Mille deux cents euros, par mois. Ce qui a été décidé par le tribunal.

— Je vais faire de mon mieux.

— Quoi ?

— Je t'envoie le chèque... dès demain...

— Avec les arriérés ? Et tous les frais concernant les études des enfants ? Comme convenu depuis toujours.

— Ça va. Mais tu arrêtes toutes les saisies en cours.

Mon neurone fonctionnait à plein régime. Ne pas le lâcher.

— On verra. Mais c'est pas tout ! Et les fortunes que j'ai dépensées en avocat, en assignations, en avoués ? Pour ma pomme ? Qu'est-ce que tu proposes ?

Je l'entendais soupirer. Fallait faire vite. Presser le citron Merlin tant que je l'avais sous la main. Pas plus, on arrête là. Terminé les marchands de tapis.

— Je peux en prendre 60 % à ma charge.. En échange, tu arrêtes ton harcèlement et tu acceptes de parler normalement à...

— Non.

— Quoi non ?

— Ça jamais. Je ne lui adresserai jamais la parole. On a été mariés quatorze ans, on a eu deux gosses ensemble alors on doit être capables de communiquer directement entre nous. Pas de greluche au milieu. Point.

Son gémissement m'aurait sans doute attendrie dans un autre contexte. Mais là ! J'ai enchaîné :

— Confirmation du tout par fax. Tout de suite.

— Tu es devenue dure en affaires !

— En affaires, comme tu dis !

Je l'avais amené petit à petit là où je voulais en venir. Il venait de rectifier les erreurs du passé. Mais j'en avais pas terminé.

— En dernier lieu, et pour conclure, tu renonces à l'appel. Tu te débrouilles. Tu annules tout. Je ne veux pas savoir ni comment, ni où, ni auprès de qui. La seule chose que je sais c'est quand : maintenant.

Il a dit oui. Sans se débattre.

Peut-être qu'il n'attendait que ça. Depuis le début de la conversation. Que je prenne l'initiative, cette fois.

Je raccrochai. Épuisée. Mais gagnante sur toute la ligne !

29

FEU D'ARTIFICE

Banque : que des félicitations. Ils n'en revenaient pas. Ils ont même cru que j'avais fait un hold-up chez un concurrent ! Pas tout à fait faux !

J'étais en train de me verser un bon verre de sangria quand Chloé a surgi de ne je sais où. Comment tu vas, ma belle ? Et toi ? On a commencé à papoter. On ne prononce plus le nom d'Alain-Serge, même pour rire. Elle l'a totalement éliminé de sa vie et a surmonté l'épreuve. Un mois déjà ! « En tout cas, toi tu as l'air en grande forme. » C'est vrai que j'ai retrouvé la pêche. Au bureau, ils me trouvent « impliquée » depuis que, par hasard — un long coup de fil à la voyante, mais chut ! —, j'ai localisé le tableau et la paire de chaises disparus. Il va les rendre, le ministre, foi de Juliette. Sinon, ça va chauffer pour sa pomme.

— Alors, Paul, je peux redire Paul maintenant, où ça en est après votre conversation ? T'as des nouvelles ?

J'ai eu un sourire plus large que celui de la Joconde.

— Impeccable.

— Mais encore ? Ne me fais pas attendre.

— J'ai reçu un chèque... ce matin même. J'ai dû lui faire confiance après l'arrêt de toutes les procédures.

— Et il y avait tout ?

— Tout. J'en croyais pas mes yeux. Les mois de retard plus une provision pour le séjour linguistique d'Élise et le stage de raid d'Arthur pour les vacances, là, de printemps et plus de la moitié des frais d'avoué que j'avais engagés. Le maximum, je te dis !

— Cool. Mais t'es sûre qu'il ne peut pas changer d'avis pour l'avenir ?

— Difficile. Son avocat a envoyé un fax au mien hier confirmant notre protocole d'accord validant les concessions de part et d'autre. S'il ne respecte pas cet accord, ça ira mal pour lui cette fois, genre « abandon de famille » ! Direct au pénal.

À ce moment-là, j'ai aperçu Éric. Comme il restait à distance pour ne pas s'imposer, je lui ai fait signe d'approcher.

— Tu connais mon amie Chloé ?

Pendant une seconde, il a paru pétrifié. J'ai vu dans son regard l'éclair passer. Je le connais bien Éric. Je l'ai jamais vu comme ça. Un coup de foudre en perspective ? Inattendue comme rencontre.

— Depuis le temps que j'entends parler de vous...

— Moi aussi, a gloussé Chloé en gigotant d'une façon que je ne lui connaissais pas vraiment.

Éric s'est tourné vers moi.

— C'est très sympa ta petite fête. Mais, dis-moi, il y a du monde !

J'ai improvisé ça il y a quatre jours. Pâques. L'arrivée du printemps, en plus, il fait doux, ça compte. D'ailleurs, il y a des mois que je n'ai rien organisé à la maison. Alors, Chloé et Élisabeth m'ont aidée à tout préparer. Le sucré pour la première et le salé pour la seconde. Et le reste pour moi ! On a réussi en peu de temps à ressouder le trio. Pourvu que ça dure !

En regardant tous ces visages, dont certains que je n'avais pas croisés depuis longtemps, je n'en revenais pas. Les fidèles ne manquaient pas bien sûr. Mais les autres aussi étaient venus. Y compris beaucoup des copains touchés par le mail « Spécial-divorce » envoyé huit jours auparavant. Près de la moitié de ceux qui l'avaient reçu avaient accepté l'invitation. Ils étaient même venus en couple !

— Tout va bien, ma chérie ? Pas trop fatiguée ?

C'est la voix de Marco. Comment il m'a appelée ? Décidément, de plus en plus attentionné et présent celui-là. Côté intendance, il s'est limité au minimum : l'approvisionnement en vins (le chianti était un peu surreprésenté à mon goût mais ça part d'une bonne intention). J'ai remarqué qu'il a toujours un œil sur moi depuis le début de la soirée. Et je ne sais pas pourquoi, mais ça me plaît bien. Il est très à l'aise avec tous ces gens qu'il ne connaît pas pour la plupart, mais qu'il séduit manifestement. J'ai hoché la tête pour le rassurer et lui ai déposé un baiser sur le bout du nez.

Un éclat de rire. En me retournant, j'ai vu qu'Éric et Chloé semblaient devenus les meilleurs amis du monde... Curieux, je n'aurais jamais pensé à les présenter. Mais bon, puisque le hasard s'en est chargé...

— Alors, Juliette, tu as remis la main sur nos trésors disparus ?

Pour la première fois, j'avais laissé tomber l'un de mes grands principes. Séparation entre le boulot et les loisirs. Mais je ne regrettais vraiment pas d'avoir fait une exception pour Robert qui, malgré sa réserve, paraissait s'amuser. Sans donner trop de détails, je lui décrivis les nombreux courriers que j'avais adressés ces dernières semaines aux anciens collaborateurs du ministère de l'Éducation. Ils avaient commencé à réagir.

— On en reparlera au bureau. Je ne souhaite pas t'embêter avec nos affaires, ce soir. Mais ce qui est sûr, c'est qu'il va devoir envisager un petit déménagement avec camionnette à ses frais, l'ex-locataire de la rue de Grenelle. Ça va faire un vide dans le salon de sa fermette normande.

— Qui parle de ma terre natale ?

Je connaissais cette voix grave, toujours un peu ironique. Impossible. Je ne les avais pas revus depuis des mois.

— Pas possible, Henri !

— En personne.

— Tu n'es pas avec...

Il ne m'a pas laissé le temps de finir ma phrase. Il m'a attirée vers lui et chuchoté deux trucs à l'oreille. Henri, et sans Hélène ! Il lisait la surprise totale dans mon regard. Alors, tout en me prenant un peu à part, un bras autour des épaules, il a essayé de résumer la situation, en quelques phrases pudiques, comme à son habitude. En l'écoutant parler, je réalisais, au fond, que c'était de lui dont j'étais la plus proche aujourd'hui. Pendant toutes ces années où on les voyait, avec Paul, je m'étais accrochée à l'idée de préserver le quatuor de jeunesse qui n'existait plus depuis bien longtemps.

Je me sentais mal à l'aise au fur et à mesure qu'il parlait. Et là, il a prononcé le mot : divorce. Encore un : le sien. Le leur. Ils allaient se séparer Hélène et lui, le couple idéal qui suscitait depuis des années notre amicale jalousie à tous ! Le portrait qu'il faisait de sa femme me surprenait. Quoique à la réflexion... Capricieuse, exigeante, boudeuse, refusant de partager ses passions, elle s'était rendue insupportable. Tout ça en ayant l'impression d'être indispensable. Faut jamais être trop sûre de soi. Et voilà qu'il y a quelques semaines, après bientôt vingt ans d'un mariage apparemment sans nuages, la crise. La vraie ! Elle est tombée sur un vieil agenda et elle a découvert qu'il voyait quelqu'un en cachette. Il la trompait quoi ! Et avec une régulière en plus. Alors, là, chacun avait lâché ses frustrations, ses griefs et la parfaite union avait explosé en quelques minutes. Mais le plus effrayant, du moins à mes yeux, c'était le détachement. Il parlait d'elle comme d'une affaire sans importance finalement. Tout à coup, je m'aperçus qu'il me fixait.

— Tu m'écoutes ?

— Oui, bien sûr. Enfin, non, excuse-moi, je pensais à autre chose.

— Je te disais que je m'en voulais de t'avoir lâchée pendant ton divorce. Ce n'était pas bien et même si Hélène ne facilitait pas les choses, j'aurais dû réagir...

Sa gêne semblait sincère. Ma rancune commençait à être entamée.

— Pour moi, c'est fini tout ça. C'est loin, je t'assure. Je ne t'en veux pas, enfin je ne t'en veux plus exactement.

— Tu sais, je comprendrais parfaitement...

Je posai ma main sur son bras pour interrompre son autocritique. Il parut soulagé. La conversation dévia sur ce qu'il pourrait faire. Il paraissait à la fois décidé et un peu perdu. Tout l'angoissait. Ses enfants surtout. À juste titre peut-être. Je lui proposai quelques conseils de bon sens, issus de mon expérience. Juliette, l'experte ! D'abord, un bon avocat ? Je lui promettais de lui laisser les coordonnées du mien sur son portable. Mais au fait, je l'avais invité : où se cache-t-il ?

— Mais c'est bien ce lâcheur d'Henri que je vois ?

L'intéressé eut un réflexe de recul. Élisabeth ! Depuis combien de temps ne l'avait-il pas vue ? Une éternité. Il l'embrassa avec enthousiasme.

— J'ai fait mon mea culpa, n'est-ce pas, Juliette ? Alors, qu'est-ce que tu deviens ?

Je hochai la tête. Mais Élisabeth n'entendait pas laisser cet homme, qu'elle jugeait follement séduisant lorsque nous avions vingt ans et qu'il en avait déjà dix de plus que nous, s'en tirer à si bon compte. Elle le prit par le bras et l'entraîna après m'avoir jeté un coup d'œil on ne peut plus clair. Je lui abandonnai bien volontiers sa conquête.

Et mes bébés ? Où étaient-ils passés ? Leur disparition n'annonçait jamais rien de bon. Qu'est-ce qu'ils pouvaient bien trafiquer tous les deux, guidés par leur infaillible capacité à commettre les bêtises de leur âge ? Je repensais à ce qu'ils m'avaient dit le matin même au petit déjeuner. Quelle avait été leur expression déjà ? « Tu vas voir, il va s'en passer des trucs pendant ta fête. » Je crains ce genre de déclaration. Des trucs de quel genre ? Sur le moment, trop occupée, je n'avais pas relevé. En regardant tous ces gens affalés dans mon canapé, ou préoccupés à l'idée de trouver des plats vides sur les buffets, je me sentais bien. Ils étaient tous venus pour moi, pour voir la nouvelle Juliette, la Juliette divorcée avec son bloc d'amour Arthur et Élise.

Tout à coup, j'entrevis dans l'embrasure de la porte l'homme qui m'avait permis d'affronter la belle justice française et de décrypter son charmant langage d'appelants-en-train-de-solliciter-de-la-cour-sa-haute-bienveillance-afin-que-justice-soit-faite. À côté de lui, dans l'entrée, se tenait une femme dont la silhouette ne m'était pas inconnue. De dos, je lui donnais une cinquantaine d'années. Peut-être un peu plus.

— Ma fille chérie, qu'est-ce qu'on fait maintenant, on mange un peu ?

Sacrée inspiration d'inviter ma mère. Après l'avoir calmée, je finis par comprendre l'objet de son angoisse. Pénurie de sangria. Le drame. Enfin pour elle. Parce que bon, il y a tout de même la situation pas formidable due aux conséquences de la mondialisation, la Bourse toujours en petite forme, les couloirs Delanoë, les sacs Tods de l'année — horribles, qu'est-ce qui leur est arrivé ? —, enfin toutes ces misères qui vous tombent dessus tous les matins

— Maman !

C'était Arthur qui avait cette grosse voix ? Je le cherchai des yeux sans l'apercevoir. Où il est mon petit homme ? Et Marco, qu'est-ce qu'il manigance, celui-là ? Un brouhaha s'éleva à ce moment-là dans le salon :

Juliette, Juliette, que se passe-t-il ? J'aime bien tout contrôler. Surtout quand c'est moi qui reçois. Qu'est-ce qu'on a organisé dans mon dos ?

Tout à coup, j'aperçus au fond de la pièce Arthur qui s'était hissé sur une chaise. Trop fatiguée, j'ai juste pensé : « Faut qu'il descende tout de suite. » Mais, avant que j'aie pu tenter quoi que ce soit, les invités avaient formé un cercle autour de moi. Juste à côté d'Arthur se tenait Élise. Et derrière elle, discret, Marco. Marco ! Il sortait du rôle exclusivement sexuel qui lui avait été attribué celui-là. Et sans me consulter encore !

Arthur a interrompu mes récriminations naissantes. Il a parlé. À dix ans, il a fait un discours pour sa maman. Il était question de nous, le bloc d'amour, de comment on avait tenu le coup malgré les difficultés et les événements que tous ceux qui étaient là, ce soir, connaissaient. Peu à peu, l'émotion me faisait perdre mon sang-froid. Les mots parvenaient jusqu'à mon neurone, je distinguais les visages qui m'entouraient, j'entendais les rires mais comme à travers une fenêtre obscurcie par la pluie.

Il disait qu'Élise et lui, eh bien, ils n'écoutaient pas toujours, ils étaient dissipés à l'école, ils étaient des soucis pour moi et ils le savaient. Mais ils voulaient que je sache aussi autre chose, le plus important, qu'ils étaient de bons petits diables, qu'ils me défendraient toute leur vie parce que... eh bien parce qu'ils m'aimaient et qu'on était une famille, qui avait besoin de personne. Et là, il a montré qu'il était de la graine de comédien mon fils chéri. Il s'est tourné vers Marco et il a dit que lui et sa sœur étaient prêts à accepter d'examiner sa candidature dans le bloc d'amour, d'abord le week-end seulement, s'il faisait ses preuves.

Marco a eu l'air tout bête quelques secondes. Pas prévenu de la chute du discours, le beau Marco, apparemment. Lui aussi il a paru perdre ses moyens. Il s'est frotté les yeux et il a pris Arthur dans ses bras. Ouf, j'étais soulagée pour la chaise. Non, je rigole. Ils se sont embrassés tous les trois avec Élise. C'est elle qui s'est penchée et a brandi quelque chose qui a déclenché une vague d'hystérie. Ils criaient à nouveau mon prénom.

Je me suis approchée du trio en trébuchant à chaque pas. Elle tenait un paquet dans ses bras. Je l'ai déchiré d'un seul geste. Alors, une nuée de strings de toutes les marques — Dolce et Gabana, Prada, Dior... — s'est envolée. Les femmes s'agitaient pour les attraper. C'était trop : j'ai éclaté en sanglots. Et ils ont tous applaudi. La soirée de vrais dingues. Une réussite. Au moment où je cherchais mes mots pour répondre quelque chose, la femme qui accompagnait mon avocat a agité dans ma direction l'un des strings qu'elle avait ramassé par terre avec un large sourire. Ma juge. Notre juge.

Une réalité, soudain, m'apparut clairement au milieu de cette ambiance rassurante. Grâce au divorce, je m'étais trouvée.

La vie de la vraie Juliette commençait.

EN GUISE D'ÉPILOGUE

« Dans la famille, l'amour doit prévaloir sur la règle juridique — la loi naturelle de la piété filiale et la fraternité doit l'emporter sur la loi civile de l'intérêt. Il convient donc de préserver la famille des corps étrangers que sont les juristes, de les écarter de cette sphère privée où le magistrat, lui-même, doit pénétrer le moins possible. »

Jean-Louis Halpérin, « Tribunaux de famille ;
les juristes : comment s'en débarrasser ? »,
in I. Théry et Ch. Biet (sous la direction),
La Famille, la loi, l'Etat,
Centre Georges Pompidou/
Imprimerie nationale, 1989, p. 293.

REMERCIEMENTS

Je voudrais remercier tout d'abord les professionnels :

Muriel Beyer, mon éditrice, pour sa clairvoyance, et qui a pris ce livre à cœur. Tellement qu'elle souhaite interpréter le rôle de Chloé, une fois le roman adapté. Avis aux producteurs !

Pierre Belfond, pour ses encouragements et toujours son « excellentissime » flair.

Et Alexandre Wickham, mon éditeur préféré, qui mérite un traitement à part, qu'il a d'ailleurs.

Ensuite, mon petit comité de lecture :

Geneviève, la première à avoir cru au projet, avant même toute lecture. « J'adore l'idée. Vas-y, fais-le. Il faut qu'on sache ce qui se passe dans nos têtes. Pour une fois ! »

Michel M., grand lecteur et bon critique, d'une efficacité toujours absolue.

Antonella, pilier du comité et toujours avide de connaître la suite, la suite... des aventures de Juliette.

Nathalie A., perspicace conseillère trop tôt happée par ses occupations de mère de famille.

Anne C., grande lectrice de scénarios, charmante

entre les charmantes, toujours disponible et de bons conseils.

Bernard L., pour son enthousiasme et ses intervention d'homme avisé.

Seamas Mac S., conseiller technique hors pair, malgré son mauvais caractère et sa disparition prématurée... du comité de lecture !

Un remerciement particulier à mes amis, Isabelle, Éric, ainsi qu'à Françoise V., qui, des mois durant, m'ont écoutée, m'ont raconté, ont participé activement à la vie de Juliette.

Enfin, un hommage, non deux, exceptionnels, à ma plus jeune lectrice, particulièrement attentive, et à mon très jeune conseiller-dialoguiste, qui se reconnaîtront...

TABLE

Cet ouvrage a été composé par
Graphic Hainaut (59163 Condé-sur-l'Escaut)
et imprimé par la Société Nouvelle Firmin-Didot
Mesnil-sur-l'Estrée
pour le compte des éditions Plon
Achevé d'imprimer en février 2003

Imprimé en France
Dépôt légal : février 2003
N° d'édition : 13954 – N° d'impression : 62961